# 你是我的遥遥归期 2

川澜 著

APGTIME 时代出版
时代出版传媒股份有限公司
安徽文艺出版社

图书在版编目（CIP）数据

你是我的遥遥归期. 2 / 川澜著. — 合肥：安徽文艺出版社，2022.11

ISBN 978-7-5396-7532-9

Ⅰ.①你… Ⅱ.①川… Ⅲ.①长篇小说－中国－当代 Ⅳ.①I247.5

中国版本图书馆CIP数据核字(2022)第161600号

NI SHI WO DE YAOYAO GUIQI 2

你是我的遥遥归期 2

川澜 著

出 版 人：姚 巍
责任编辑：王婧婧 胡 莉
装帧设计：佘彦潼

出版发行：安徽文艺出版社 www.awpub.com
地　　址：合肥市翡翠路1118号 邮政编码：230071
营 销 部：(0551)63533889
印　　制：湖南天闻新华印务有限公司 (0731)88387856

开本：150 mm × 210 mm 1/32 印张：9 字数：280千字
版次：2022年11月第1版
印次：2022年11月第1次印刷
定价：42.00元

（如发现印装质量问题，影响阅读，请与出版社联系调换）

CONTENTS

# 目录

Chapter 19

## 第十九章

# 假扮纯情

喻瑶醒得很艰难，疲惫到睁不开眼睛，她眯眼看到自己正趴在某人怀里，耳朵越来越红，不禁伸手捂住双眼，随后目光愤愤地落到诺诺的脸上，掐住他清瘦的下颌，拇指从他浅红色的唇边划过。

“你还好意思笑？”她有点难为情地假装凶他，“后来你是几点睡的？醒这么早。”

容野的视线没有离开过她，盯着她的每个动作、表情，忍得脸颊紧绷，终于控制不住翻身把她压在身下。

他垂下头，脸埋在她的颈窝里，没回答。

喻瑶搂住容野的脖颈，他垂眼。她对懵懂无知的诺诺如此纵容宠爱，明知道诺诺就是自己，可他依然嫉妒不已。

喻瑶下午就要回剧组，虽然还很累，但她已经睡不着了。她翻身起来，慢吞吞地翻看自己的手机。她的手机在诺诺这里，诺诺的手机却被程怀森扔在了那辆越野车上，不知去向。

昨天那些跟容野相关的荒唐事情，这才重回喻瑶的脑中，她正想着该怎么把诺诺的手机取回来，就看到手机的通知栏跳出了一条信息，是程怀森发的：“我知道你已经离开容野的私宅，手机和生日礼物给你送到剧组了。如果有任何事，随时联系我。”

这哪里像是程怀森平常的语气？昨晚见面的时候，程怀森还硬把她拽上车，强硬得连一丝转圜的余地都没有。

过了一晚，他就变了个人？她还会接受这种虚伪的亲情？

她的亲情早已随着母亲的过世而消失了。

喻瑶冷哼一声，肩膀被容野从身后紧抱住。她亲昵地跟他贴了贴，手指随意地向下划拉着手机，看到朋友们发来的各种生日祝福以及快递信息，光许洛清就给她寄了一堆东西。

翻到最后一条未读信息，是陆彦时零点发来的微信祝福消息。

她还没来得及看内容，手就被容野握住，手机随即被扣下去，痴缠又隐隐夹杂冷意的声音在她耳边响起："不要看，看我。"

喻瑶嘴角上扬，她知道诺诺小心眼儿，于是把手机丢开。然而手机刚脱手，来电铃声就响了起来，是白晓打过来的。

她本以为白晓也是打来跟她说生日祝福的，没想到白晓凝重地说："我看韩凌易那个人病得不轻，明明是他恶毒在先，诺诺那时候没冻死算是万幸了，你还击不是应该的吗？韩凌易因为那些脏事被曝光已经被编剧圈联合抵制了，结果他还不老实，想趁你今天生日再惹事。"

喻瑶拧眉："我还有什么事能被他利用？"

"以我目前了解的情况看，他好像想曝光你父亲过世的事。"白晓骂道，"他简直鬼迷心窍，觉得你是真生他的气了，想了几天，偏激得要'帮'你洗脱圈里的那些骂名，打算用你检察官父亲的事情替你这个做女儿的拉好感，依我看他就是别有用心！"

喻瑶忽地坐起来，可又被容野从身后拥住。他的手掌安抚着她绷直的背，半掩的眼中满是寒意。

韩凌易的父母当年跟程梦熟识，所以知道后来她家里发生的事。

喻青檀清正一生，最后却走得那么凄楚孤独，怎么可以被拿出来当作网络上的谈资？更何况，这件事的内幕龌龊，真相也还没有被查出来，如果现在翻出来，谁能保证不被歪曲利用，进而带给喻瑶更大的伤害？

“你别急，也千万别去找他，免得反被利用。”白晓又说，“我一定想办法摁住他，不让他乱说话，你在剧组等我消息。”

容野的下巴垫在喻瑶的肩上，紧紧扣住她发凉的手：“瑶瑶，别怕，我们回剧组，今天是你生日，不会有不好的事。”

离开酒店的时候，容野将折得整整齐齐的床单带走了。剧组的人都以为喻瑶跟着外公回家过生日了，并不知晓其中的波折。

喻瑶回到片场，果然收到了程怀森派人送来的生日礼物和手机。她没管礼物，直接拿过手机擦干净，确定没损坏后，递给容野。

容野的视线定格在她的脸上，从接到那通电话起，她再没笑过一次。

他弯下腰，抚了抚她的头，在她没注意的时候，他的眼神几番流转，定格成她最爱的天真纯情，轻声说：“瑶瑶，我回房间给你拿套衣服换一下，冰箱里的蛋糕也要收拾，等我。”

导演照顾喻瑶脚疼，给她排了不需要走动的戏份，她要留下拍摄。昨夜落水后又折腾了一番，她确实该换衣服了。

她捏捏容野的手：“快点回来，最近我老是觉得有人窥探你，搞不好就是容野派来的人，我上次看他那长相就知道他不是什么好东西！”

容野低下头，撇了撇嘴角，眼中流露出了几分委屈。瑶瑶本来就对容野这个名字没有好印象，上次他又被冒充，害她落水，果然更惹她讨厌了。

容野低下头，撇了撇嘴角，眼中流露出了几分委屈。

导演用大喇叭喊喻瑶过去。容野握着自己的手机倒退两步，目送着喻瑶融入人群后，才慢慢走出片场。

他没有看屏幕，手指快速按出一串号码，接通后，语气是成为诺诺以来极少有过的淡漠："十分钟后，到206房间。"

剧组酒店的206房间里，只抹了奶油的蛋糕坯还在冰箱里，床边和窗口的暖黄小灯依旧亮着。那张存了他所有的钱，要给喻瑶买小房子的银行卡还在枕头下。

容野坐在窗边，侧脸被投映在墙壁的装饰画上，五官并没有任何改变，那乖巧懵懂的神色却被抹得一干二净，尖锐与张狂仿佛从骨子里挣脱而出，撕破了盖在他身上的那层伪装。

"是不是很多人还不懂封杀是什么意思？"他略微抬了下眼，"那就拿韩凌易做个示范。"

小时候，他就无数次在喻瑶口中听到"韩凌易"这个名字。她明明在他的身边，却总是提起韩凌易。她治疗韩凌易，让他痊愈，唤他"凌易哥哥"，每一次听到她这样叫，他心里就会泛起酸涩。

他那时就想，如果以后她再提，他就让韩凌易消失。

韩凌易觊觎她、欺骗她。在艺术中心的那十五天里，韩凌易尽情地用她折磨他，逼他走进那场暴风雪里，他差点死在她赶回来之前。

如果他那天真的死了，她该多伤心啊！

在喻瑶生日这天，她刚刚属于他的这一天，韩凌易又想拿喻青檀做文章，惹她难过。

韩凌易不该消失吗？

元洛和江淮战战兢兢地并排站在容野对面。

元洛脸色煞白，颤巍巍地举起手："哥，很快。"

两个人刚痛哭了一场，自从几年前跟在容野身边，他们就一直是容野重用的人。即便是在整个容家，他们也足够让那些集团高层忌惮，但在外头说一不二的两人，一到容野面前就成了两个哭包。

没过多久，在片场中途休息的喻瑶接到了白晓的电话，她以为韩凌易那边有动作了，连忙接通。白晓却匪夷所思地说：“不知道是不是神仙显灵，刚才编剧联合会突然正式发公文宣布永久封杀韩凌易，不仅这样，听说今天之内韩凌易参与制作的所有片子会全网下架，相关资料都被封杀声明替换了。还有人查到他在经济上出现问题，可能会面临冻结财产，全面限制出行。我这边一直在盯着他，他应该是受到的打击太大，不知道从哪里跌落，已经送医院抢救了。”

“我算是见识了，喻瑶，这才叫真封杀。你当初的雪藏和这一比，根本是小打小闹啊！”他半开玩笑地感慨，“我看这个才像是容狗的作风。”

喻瑶没理他的调侃，总算是松了口气，心里的阴霾随之散开，情绪也不由自主地好起来。她瞄了一眼时间，见诺诺还没回来，又有些不安。

正好一个正在拍戏的配角状态不好，反复重拍，估计要拖延一点时间。喻瑶的脚伤的不是筋骨，也没那么疼了，她想着干脆回酒店去接诺诺。何况，诺诺在酒店房间里为她生日做的那些准备，她也想亲眼看看。

酒店 206 号房间。

元洛和江淮僵挺着背，如实地叙述处理韩凌易的结果。凌晨他们就收到容野交代的事了，这会儿事情做好了，他们希望能给自己加个微弱的保护层。

俩人酝酿了满肚子的话，容家这几个月来的巨变，容野当时被药物破坏脑神经之后遭遇的那场车祸，他在车祸里因何会背离原本的计划，跟喻瑶相遇，以及最重要的……

容野站起身来，目光冷厉。他往前走一步，元洛和江淮就后退两步。他的瞳仁上似覆着一层冰，影子被拉长，投映在墙上，只是抬抬手的简单动作，却立即就让元洛的声音带上了哭腔。

元洛赶紧求饶：“哥，哥，我们真不知道那是嫂子，我们那样做全是为了找你，嫂子落水纯属——”他话还没说完，紧闭的门就传来轻轻的敲击声，喻瑶的声音从外面传来："诺诺，开门。"

只是轻飘飘的一句话，便让容野浑身的戾气消散，他的嗓音顷刻间软了下来，转向门口："我来了。"

元洛和江淮被容野的这个反差彻底惊呆。这房间不算大，浴室门是磨砂玻璃制的，半透明，衣柜也藏不下一米八的大男人。

俩人要往哪儿躲啊？

容野指向窗外，薄唇微动："滚！"

俩人一点声音都不敢出，西装革履的他们狼狈地爬上窗台，好在窗口不是朝着大路，不至于光天化日被围观。

但二楼也很高，跳下去纯属找死。

元洛和江淮的手扒着窗沿，吊在半空，勉强踩着楼下的空调机箱，欲哭无泪。

容野大步上前关上窗户，因为动作太急，他的手指被一块凸起的锋利金属划了个口子。

他拉上窗帘，赶紧走到门边。打开门的刹那，他合眼调整呼吸，神色里混入纯真，变回诺诺。

喻瑶站在门外，容野拉住她的手腕，她略显吃力地走了一步。

他将她抱起，仰着一张勾魂摄魄的脸，干净的眼眸有些湿润，轻声说："老婆，我的手被划破了，疼，你给吹吹好不好？"

喻瑶猝不及防被抱住，身体摇晃着，下意识赶紧环住容野的脖颈。

他的手臂看上去修长匀称，但是有点瘦，可不知哪来的力气，就是稳到不行，单手也能把她托住。

她拍着他，催他快点进房间，别让人看见。

容野将她抱进房间里。总算安全了，她马上拿起他的那根手指仔细地看了看。

一道小伤口，可真是“严重”到不行，她再晚到会儿，估计就看不出来了。她想笑，可瞧着他装出的可怜模样，又忍不住掐了下他的脸颊：“你是不是恃宠而骄了？以前可没这么会撒娇。”

她顿了顿，感觉到他的心跳声，不禁问道：“怎么突然心跳这么快？”

说话间，她才注意到房间里昏暗的光线，存心逗他：“等你好半天，你都没回去，在房间里也不开灯，窗帘还拉起来了，我敲门你又开得慢，一个人背着我悄悄做什么坏事？”

喻瑶只是随口说说，并没有丝毫怀疑。诺诺在她心里像是一张纤尘不染的白纸，哪怕落上一丁点儿颜色，他都会巴巴地捧给她看。

就算她心里隐约觉得有些不妙，她也不会朝诺诺欺瞒她的方向去想。但她不知道，她开玩笑说的几句话，每个字都像刀一样在往容野的心上捅。

他从小到大活在阴霾里，为了生存下去，早就变得铁石心肠，人话鬼话都说，好事恶事都做，见什么人就摆出什么脸色。笑是假的，邪是假的，戴着各种虚伪的面具。

他一路都是这么活过来的，早就没人了解他在想什么，喻瑶刚刚这些并不认真的质疑，却让他慌张得连呼吸都变得急促了。

他不敢想，刚才如果动作再慢点，说话声再大点，她发现端倪后会是什么反应。

单纯的诺诺已经不存在了，只剩下他这个藏在纯真躯壳下的恶魔，阴暗又卑劣地想多得到一些她的感情，但他再怎么努力扮演诺诺，还是跟以前不一样。他演不好那个单纯的、她爱的人。

容野抬头亲了亲喻瑶，把她放到床尾坐下，自己则蹲下，揉着她的脚腕，找理由解释：“回到房间，看见行李，想你。”

窗外传来一阵轻微的响动，随即接连响起两声闷响，好像有什么重物掉到了地上。

喻瑶吓了一跳，想去打开窗帘看看是怎么回事。容野拉住她，顺势搂着她的腿：“你的脚已经走疼了，不能乱动。”

说话间，他还隐忍地低哼了一声，让手上的口子故意被她的鞋边剐到，伤口又大了一点。

喻瑶哪还顾得上看热闹，忙坐回去，这回真得给他吹吹了。她一边吹，一边因为他刚刚说的那句话心猿意马。

她抓了抓床单，红着耳朵转移话题：“不是说有银行卡给我吗？拿来。”

容野去枕头下摸出银行卡，交到她手里，有点不解。

喻瑶则掏出随身携带的钱包，抽出一张银行卡来，把两张卡合到一起。她低头望着他，唇边露出清甜的笑：“回酒店的路上，我收到《阴婚》中期的款项了，虽然不太多，但好歹也是一笔钱。电影已经制作完过了审，马上就会在平台上线，等到给尾款的时候就是按合同比例分成了。《阴婚》这部电影肯定能有个好成绩，我们拿到的钱不会少，到时候……”

她停了几秒，容野半跪在地板上，定定地望着她，房间里很暗，她宛如杏仁的双眼却亮得灼人。

他忽然心跳加快，紧张地攥住她的裙角。喻瑶轻声说：“等到时候，钱存够了，我们挑个喜欢的地方买套小房子，然后结婚吧！”

她没忘，诺诺向她求婚两次了，昨晚还流着泪跟她说，他在拼命存钱买房子，等到第三次向她求婚时，让她不要拒绝他。

她的心在昨夜百分之百地确定，她不但不想拒绝，还要主动给他承诺，让他不再惶恐不安。

其实就在刚刚，她收到中期款之后，《阴婚》的导演还打了电话来，吞吞吐吐地说：“喻老师，剧组的人都很关心你，他们托我来冒昧地劝一句，你在感情方面要慎重，谈谈恋爱没什么，但结婚可是一辈子的事，千万要考虑好，还是找个相配的为好。”

他们说，一个能够逆境翻身的年轻影后，以后的名誉和财富不在话下，只会比过去更多。他们还说她出身不错，应该找个企业家嫁了，做豪门太太。

《阴婚》剧组的人经历过火灾，他们也见证过喻瑶和诺诺的感情，感动归感动，觉得两人相配归相配，但要说到定终身，他们谁都不会赞同，也不相信喻瑶真的会冲动犯傻。

自从承认恋情，喻瑶不止一次看到推送的八卦消息，标题是“最不可能的‘白玉配对’居然玩真的，喻瑶是不是比助理更白痴”等等。

那些人笑她平常看着挺精明，居然蠢到公开对一个白痴许下未来。网站里和她相关的话题讨论量居高不下，看她不顺眼的那些对家粉和路人猛烈地嘲讽，把她形容成色令智昏的蠢货。

就连喜欢“白玉”组合的网友们都在唱衰：“是很迷这对没错啦，但喻瑶怎么能真和他恋爱啊？他是一个心智不全的病人，恢复得再好也不可能正常，赚钱都很难吧，难道喻瑶要养他一辈子？”

没人看好她和他，讥讽和质疑声铺天盖地，可能全网都等着看她的笑话。

喻瑶手里捏着两张银行卡，凝视着容野的眼睛，倾身贴了贴他的脸颊，郑重其事地说：“别用这样的眼神看我，又让我心疼。我知道你也看见了网上的那些评论，不用管。不管你能不能好，都是我的诺诺，赚不赚钱根本无所谓，以后也不需要太辛苦地雕木头。别怕，我养你。

“诺诺，第三次求婚就换我来说吧，我嫁你、娶你，都可以。婚礼不用太复杂，小小的一个仪式就够了。等我们真正有了家，你就再也不用担心会被抛弃，怎么样？”她弯着眼，“答应我？”

光线很弱，整个房间都像被一层薄薄的纱网笼罩，喻瑶看到容野在笑，嘴角翘起来，弧度漂亮，却夹着悲凉的意味，一双眼红得让人心疼。

不等她看清楚，容野已经换了姿势，在她面前单膝跪下，脊背缓缓弯折，额头抵在她的膝盖上，双手藏在她裙摆下，手指骨节攥得泛白。

瑶瑶答应跟诺诺结婚了，可他不是诺诺。

他被容绍良囚在那座空荡的宅院里，接受训练，已记不清自己学过多少东西。若他不够强，就将面临失去用处被处理掉的后果。

他始终明白，有用，才有活下去的价值。

十四岁那年，他被容绍良认可，被冠上了容家二少的名头，走进外界视野。后来，他上了国内外的名校，学管理、学医药、学语言，凡是涉及生意的他没有不精通的。

随后他又进了国外的雇佣兵部队，被容绍良安排的许多人故意折磨。一年半的时间，他遍体鳞伤，但那些人也付出了很大的代价。

在人群里，他是被忌惮的危险人物。他必须无可替代，才能换来小小的喘息空间，才有机会亲手捧起他最向往的那朵小桃花。

容绍良真正要保护的人是长子长孙，也就是他的舅舅和表哥。那父子俩一直被容绍良放在保护罩里，对集团的黑暗面一无所知，只等着光明正大地继承家业。

如果他是阴影里的恶魔，他们就是阳光下的天之骄子。

可那父子俩并不领情，他们只看到容绍良对他的重视和在乎，根本不知道背后的真正原因。于是他们表面上对容绍良奉承孝顺，背地里则对容野恨得入骨，怕他会分走财产。

他原本还能忍耐，想等自己实力够强的时候再有所行动，但那父子俩为了丰满羽翼，竟然瞒着容绍良私自在外设置违规实验室，挂名建造不能见光的药厂，做起了有高额回报的违法勾当。

其中一个做违禁药品的实验室出了事，接手案件的检察官叫喻青檀。容家父子俩藏得够好，即使那个实验室暴露，也有的是人背锅。

包括容绍良在内，没有人知道那事跟容家有关。容野又恰在那时出国了，不在国内，等到他回来的时候，喻青檀已经自杀。

但背后的真相，是喻青檀清正强势，一直查下去难保不会揪出容家父子，于是他们在喻青檀日常吃的抗抑郁药上动了手脚。平常是程梦负责拿药，但那一次程梦被调去出差，是喻青檀去诊所自取的。

药的外观一样，味道一样，里面的成分却被换了，连量都控制得精确无误。喻青檀出事时恰好吃完药不久，整件事处理得了无痕迹。他早已平稳的病情急剧加重，最终意外死亡。

容野赶回国内时，远远地看见喻瑶绝望哭泣的一幕，得知她因内疚而痛苦不已。内疚是因为她认为自己忽视了父亲，从而导致悲剧发生。

她的性格一夜之间发生改变，他所有的忍耐、谨慎和周详的计划全部失去了意义。

或许喻青檀和程梦的死会随着时间的推移被人淡忘，谁都不会知道事件背后还有另一层真相。只要他能压抑住自己，迟早会踩到容家所有人的头上，把整个家业攥到自己手里。

哪怕全世界只有他一个人，他也要去给喻瑶报这个仇。

如果再拖延下去，跟容家父子相关的证据就会被他们抹得一干二净，所以他毫不犹豫地打进容家的权力核心。那父子俩抵不过他的针锋相对，渐渐在容绍良面前露出了恭顺良善背后的真面目。

容绍良不肯相信自己多年来精心保护的子孙会是这种面目，甚至反过来把罪名安到容野的身上，反正他就是个替死鬼的角色。于是容野把自己的命当成赌注，给容绍良也设下了圈套。

容家父子要除掉他，而他要拿到证据。那父子俩背后在研制的新药他了解，供给的对象都不是正经行当的，其中某种药很适合用在他的身上，只要一针下去就会破坏脑组织，人哪怕不死也醒不过来，正常医学检查也找不出具体病因。一个人就算只被推进半管药剂，最后也会心智全失。

他知道后果，他能做的是为自己准备另一种红色药剂。那药剂虽没有救命的作用，但在他没有立刻死亡的情况下，注射后就能抵消药效，或许心智还有机会恢复正常。

准备实行此计划之前，他想见一次喻瑶，哪怕就只是看她一眼。

那个傍晚，他穿了最正式的西装，准备了她会喜欢的花，亲手做了每一道菜，但她并没有来见他。

是啊，他是个恶名昭著、人人避之不及的恶魔，虽然他很想见她，可她对他避之不及。

他等到天黑，知道喻瑶不会来了，便带着那束花去了她家楼下。

那套房子又旧又小，但他知道，喻瑶从毕业后就住在这儿。她习惯了，舍不得搬，那是她的家。

他在楼下望着那扇偷偷看过无数次的窗，坐在昏暗的车里，见到她牵着芒果下楼，亲昵地摸它的下巴，对它笑。

做一只狗多好。

如果能在她身边，跟她回到同一个家门，被她喜欢、宠爱，即便是狗，也好。

他留到深夜，看到喻瑶房间的灯熄了，只剩下他一个人站在风里。他捧着那束花，默默地守了一整晚。

天快亮时，他把花轻轻放在喻瑶单元楼门外的捐助柜旁边，一声不响地离开了。他换上他最放肆张扬的表情，走进他的战场。

这个战场不被喻瑶知晓，如果他不能脱身，即便证据拿到了，也只是通过他身边的某个人去澄清真相，喻瑶不会知道他的存在。

没关系，就让他永远作为一个她童年里失败的治愈对象，一个对她心有歹念的纨绔二世祖，一个死讯上了新闻会让她感到解气的恶人，也很好。

容野靠在喻瑶的膝盖上，牙齿紧咬嘴唇。

那场斗争他没输，他拿到了证据，也成功把过于袒护儿子和孙子的容绍良算计进去，老头子被急于“篡位”的父子俩注射了跟容野同样的药剂。

唯一的意外，是他有计划地离开时发生了严重车祸，没有到达自己预设的地点，药效提前发作。他伤痕累累，脑海中一片空白，所有能力和记忆力迅速消退，最后执念一样刻在脑子里的，只有一个喻瑶。

那夜下着暴雨，他又痛又冷，忘记了全世界，唯独记得一个渴求了快二十年的怀抱。

现在——容野睁开眼。

关于喻青檀死亡真相的大部分证据已经在他手里，容家父子多半以为他死了，现在把容氏集团内部搞得一团糟。

容绍良如他所料还活着，那老狐狸也差不多应该恢复过来，要有所动作了，估计过不了多久就会找上他。

他还没有为喻瑶报仇，解除她心里的负担，容绍良的威胁仍在，他们的亲密关系，只会给她带来危机。

他必须回到容家铲除一切，在那之前，他哪有资格当着她的面说出自己是谁？让她心爱的诺诺消失，她也许会更憎恶他。可他没有时间了，他只想再自私地偷几天幸福时光，再多索取一点她的爱。

“居然还不回答，”喻瑶难以置信地抬起他的下巴，手指有意无意地按到他的唇边，“你不想结婚了？那我可反悔了。”

容野张嘴，含住她伸过来的温热指尖。她心一跳，被烫到似的抽出手，却看到自己的手指上沾着一点血迹。

“怎么破了？”她蹙眉，赶紧摸他发凉的唇查看伤口，没找到。

容野却把她拉到地上，圈进怀里，眼底是浓重的黑，泛红的唇用着诺诺的语气，纯稚又喑哑地问：“我还想要和你白头到老，少一分钟都不行，你也给吗？”

喻瑶答应着“给”，又感觉到他的肩背紧绷得厉害，不太像是正常该有的反应。

如果是以前，她主动跟他说这些，他会激动得往她身上扑，但这天他明显有些反常。

提结婚他不开心吗，怎么反倒难过了？

喻瑶想问的时候，容野搂着她说：“我做梦都想跟瑶瑶结婚，不能办很小的婚礼，我的女明星要风风光光地出嫁，让别人都羡慕，谁也不敢嘲笑你。”

他很有钱，她喜欢的他都能堆到她面前。

她不需要再辛苦存钱付一套小房子的首付，再大的房子他也买得起。婚礼费不用节省，在海岛、在古堡，只要她高兴，在哪里举行婚礼都可以。

只是，他不是她想要结婚的那个人。

诺诺的爱澄净明亮，但他的爱——阴暗、扭曲、压抑、偏激，对她来说都是负累和危险。

容野的话打消了喻瑶心里的不安，搞半天她家诺诺这是在纠结自己不够体面，怕给她丢脸。

她柔软的手指顺着他的头发：“诺诺是天底下最好的人，谁敢笑我，打断他的狗腿。”

喻瑶的休息时间有限，抓紧换了身衣服后，容野陪她返回片场。

走之前，他状似无意地拉开窗帘，视线扫过外面。元洛和江淮掉下去之后已经隐匿起来，没给他惹麻烦。他的手机上有二人发来的信息，他看完后就删掉了，一点痕迹也没有留下。

两人到片场时，正在拍男主角后期当了医生的戏份，年轻的男演员穿着白大褂走进镜头里，身高腿长，还真有点帅。

喻瑶发誓，她就只多看了一眼而已。容野的注意力完全在喻瑶身上，见状，他抿了下唇。趁着她去拍戏，他让人暗地里送来一套合他尺码的衬衫、西装裤，外加医生制服。

他的心眼儿小，她分给别人的，即便只是一眼，他也难以接受。

喻瑶在拍戏时全身心投入，还不觉得有什么，可一旦导演喊“停”，那种属于诺诺的、对她独特的关注目光就非常明显。她不需要抬眼去找，就能准确无误地感应到他在哪里。

他的目光贪恋地凝在她身上，他本来就爱黏她，她习惯并且享受这种依赖。但不知道是不是她的错觉，在两人确定了恋爱关系后，他好像变得患得患失起来。有时候只是眼神对视，他就那么定定地看她，像是把每分钟都当成世界末日在过。

喻瑶摇摇头，肯定是她想得太多。诺诺只是没有安全感，她给的感情还没有多到让他安心。

喻瑶的戏份就快要杀青了，晚上回酒店比较早。到房间门口时，根本用不着她开口，诺诺在她开门的瞬间就挤进她的房里，紧紧地抱住她。

她纵容地抚着他的背，脚步错乱间，手机连续振动了两下。她余光瞄到好像是导演发来了微信。怕是剧组有什么事，她艰难地从容野怀里抽出手，解锁了手机屏幕。

微信收到了两段语音，她没多想，顺手点开，导演做贼似的压低了的声音响起：“上回团建跟你聊过，你不是想知道容野小时候的心理疾病被谁治疗过吗？我最近还真上心帮你深入打听了。

“听说是当时一个挺有名的心理团队，主治医生姓程，是个大美人，给容野治疗的是她女儿。我只打听到这么多，再私密的我实在是打听不到了。”

喻瑶怔住，一时没察觉到搂着自己的那双手臂有多用力。

这些信息已经足够证明她那个荒唐的猜测是真的，当年小恶魔一样的病人确实是容野。

两年的时间，她都没能感化他一丁点儿，长大后，他还三番五次地为难她。看来他那时候就对她怀恨在心，到现在还没忘。

喻瑶渐渐回神，才意识到耳畔的呼吸又烫又重。

她勾着容野的手解释：“就是‘容野是狗’的那个容野，害我落水的也是他，只是我没想到我们小时候还有渊源。”

容野垂着头，埋在她的颈边，低声问：“那么讨厌他？”

喻瑶想起自己最后一次跟“小恶魔”见面，临别时他那孤零零的身影。这么多年了，明明她连他长什么样子都没看清过，可始终忘不掉他那一瞬的悲伤。她其实不是讨厌他，只是……

算了，诺诺很在意，会吃醋，这些不愉快的陈年往事，她还不如不说。

喻瑶顺着诺诺的话点头：“我治疗了他两年，他和我一句话都没说过。最后离开的那天，他弄伤了我，你看——”

她露出肩颈处一道很浅的伤痕，像朵桃花的碎瓣：“这么多年还没消失，让女孩子留疤，简直可恶。谁知道他长大之后坏得更彻底，仗着身份欺压人，把我害得那么惨。”

想起没戏拍的那段日子，加上落水，还有他们盯上诺诺的仇怨，喻瑶不免有些气愤：“提起容野我就生气，我再也不想看见他。”

容野眼神灼热，执拗地缠着她问：“如果是因为他喜欢你呢？”

喻瑶从不曾考虑过这种可能性，回想自己诸多的亲身经历，她愣了片刻，好笑地揉揉他的脸：“不可能，喜欢一个人怎么会是那种表现？就算是真的，未免可怕了点。正常的喜欢，应该是像你这样——直接、坦率、热情地付出真心。容野要是用这样的方式喜欢我，那我只能趁早打跑他。”

沉默持续了片刻，在喻瑶以为他在暗自别扭时，他却弯起眉眼，笑得和平常一样乖：“嗯，我帮瑶瑶打跑他。”

“不想说他，那我们就忘掉他。”他的脸磨蹭着她的耳郭，哑声唤她，“瑶瑶……”

喻瑶穿了大半天的戏服，必须要去洗澡。她本以为诺诺会缠人地跟进去，可他没有，他这天难得安分。

她洗好后，裹着浴巾钻进被子，有点难为情地盖住半张脸。等了十几分钟，水声停止之后，再从浴室出来的人，让她意外地睁大了眼睛，呼吸急促。

酒店的灯不算亮，追光一样的灯束照下来，打在年轻男人身上那长至膝弯的白大褂上。

他的制服平整得没有一丝褶皱，里面是系上所有纽扣的白衬衫，紧窄的领口束缚着脖颈和起伏的喉结，长褂之下，深黑色的裤管包裹住一双笔直的长腿。

喻瑶攥着被子，气血急速上涌。容野赤着脚，一步步走到床边，单膝跪在床沿，双手陷进凌乱的被子里，缓缓靠近她。

“瑶瑶……”他神色无辜，“你不要看别人，只看我行不行？”

喻瑶这么近距离地望着他，能清楚看到他的额发还在滴水，俊美的眉眼至纯至净。

迷乱间，有人沙哑地反复喃喃："我喜欢你！这一辈子，我只喜欢你！"

Chapter 20

# 第二十章 初露端倪

《梦境山》这部戏喻瑶拍的只是一个单元，总体戏份不算多。两天后，她正式杀青，仪式搞得轰轰烈烈，剧组给她准备了蛋糕，她拉着容野的手一起切。

同一天，《阴婚》正片上线，喻瑶没时间去看，但手机收到的电话和信息多到快要爆了。她抽空刷了下微博，《阴婚》官博下被各种网友的评论刷屏。营销号截了数据一小时一报，她甚至上了热搜榜——喻瑶的时代回来了。

就在这样的气氛下，还有一大批人乐此不疲地来讥讽她的感情，好像生怕她飞太高。喻瑶卷起袖子，见一个回复一个。

网友："事业起飞，感情白痴。"

喻瑶："我们很正常，白痴竟是你自己。"

网友："下次采访，请记者们问问喻瑶，找个傻子当男朋友究竟是什么体验。"

喻瑶："你先自问，做个傻子是什么体验。"

网友："想到喻瑶是个跟失智患者谈恋爱的恋爱脑白痴，我就不想看她的电影了。"

喻瑶："挺好，反正你也看不懂。"

喻瑶出了口恶气，把微博一关，也不管别人会怎么发散这个话题，开始考虑自己已经拿到的几个新片约。

她心里倾向一部下个月就能开机的双女主谍战片，剧本好、人设好，导演知名，团队也够水准，就是时间有点急。

但她家诺诺能每天跟组，从早到晚陪着她，她完全可以无缝接戏，拼命赚钱。

恋人近在咫尺，去哪儿都是约会。

谍战片的片约是通过《梦境山》的导演帮忙牵线拿下的。杀青仪式结束后，导演私下找到她说："赵导名气比我大，我跟他算不上熟，是他主动找我问起你的，这次机会很好，你把握住。"

"另一个女主已经定了，就差你，时间挺赶的，"他说，"刚刚赵导让我告诉你，今天晚上在星云斋有个私人饭局，他想让你过去面谈，带上你男朋友。"

喻瑶皱了下眉，星云斋是京城中有名的会员制餐厅，一般圈子里想炫耀的都去那儿吃。按理说，面谈很正常，吃饭也没什么，但赵导特意强调让她带着诺诺，未免有些奇怪。

导演安慰道："我猜他们也是八卦，想见见你家属呗！人不多，就赵导，加上两个投资人，你们去吧，别错过。"

喻瑶想了想，也觉得是自己过于敏感了。对方让带男朋友，证明是个光明正大的饭局。她当即跟容野说："诺诺，晚上陪我去吃顿饭，见见下部电影的导演和投资商。"

容野略弯下腰，亲了亲她的鼻尖："好，我想给你买裙子。"

喻瑶笑着点了下头。去见外人是该打扮打扮，尤其她的男朋友长这么帅，好不容易拉出去亮相，衣服必须衬得起他的脸。

下午在商场采购完，喻瑶挤进更衣室，亲手给容野换上她选的西装。

容野俯身抚着她的裙角，听她讲起晚上私宴的情况，狭长的眼睛里凝起不易察觉的厉色。

晚上七点半，喻瑶和容野抵达星云斋。

三楼，停云阁套间，两个服务生推开对开雕花门，里面正在谈笑的三个男人同时转过头，而后俱是一愣。

那个赵姓导演年过四十，而两个投资商年轻些，三十岁出头的样子，都算是资本圈里有头有脸的人物，平常没少投资影视剧，被拍到约见女明星的次数也不少。他们见过的艺人数不胜数，但门开后看到喻瑶的这一刻，还是恍了神。

喻瑶穿着一条墨绿色刺绣长裙，完美地勾勒出身形，又丝毫不显暴露。像墨染过的长发随意地垂在身后，一张过分出彩的脸清冷与妖冶相融合，半点不矛盾，而她手挽着的男人就是那个传闻里的“白痴”男友。

赵导自动忽略容野，招了下手：“喻瑶，过来跟梁总和江总问好。”

喻瑶没有搭理他，径直介绍道：“这是我男朋友，许诺。”

赵导见她不上道，脸微沉：“坐吧！”

圆桌有七八个座位，喻瑶坐在和那三人有一点距离的空位上。容野垂眸，轻轻地握住她的手，乖乖地坐在她身边。

开头的寒暄千篇一律，喻瑶听完几句，确定梁总和江总就是屡次被“狗仔”拍到私会女星的那两位所谓的大佬后，心里提高了警惕。

“喻瑶，别光说不动，赶紧敬梁总和江总一杯。”赵导笑呵呵地道。

喻瑶刚要张口，容野就端起被倒满的酒杯：“瑶瑶不能喝酒，我替她。”

赵导的脸上没了笑意，梁总和江总则轻蔑地笑起来，也不装了。

“喻瑶，搞清楚自己的身份，你最多算是刚翻身，演了一部成绩就那样的网络电影而已，还担着容二少指不定哪天再搞你一次的风险，今天让你坐在这儿是给你脸了。

"就算你外公程怀森在，我也照说不误。程家在我眼里不算什么，何况你们还断绝关系了。喻瑶，出来混，哪能没个靠山？你的路走得也不易，不如各取所需嘛。知不知道为什么让你带男朋友来？因为想帮他见见世面。"

梁总摇晃着杯子，肆无忌惮地打量喻瑶："你也好好看看，圈子里就是这么残酷，一个当助理的傻子，就得眼睁睁地瞧着你靠别人翻红。"

他甩出一份合约，一张支票，扔到喻瑶面前："院线大制作，双女主之一，拍了就能拿奖翻身，多少人求都求不来。你今天若陪我和江总尽兴了，钱和片子都是你的，随时可以签约进组。"

喻瑶咬紧牙关，随手拿起个瓷碗，就要往餐桌中间砸。容野一把握住她的手腕，手指收紧，抬起眼帘："瑶瑶，会弄伤手。"

他话音刚落，仿佛有精密仪器算准了时间，门一秒不差地被敲响。服务生进来，恭恭敬敬地说："喻小姐，前厅有人找您。"

喻瑶气得胸口还在起伏，闻言拧眉，回过头问："找我？"

"是，"服务生笃定地说，"对方说刚才看到您了，有急事，请您务必去见一面，前厅是开放的空间，不必担心。"

喻瑶抓着容野的臂弯："我们走，没必要再废话！"

桌边的三个男人都在冷笑，容野听话地跟随喻瑶起身，护着她走出套间。几步之后，他抚着她的背低声说："瑶瑶，别生气，我想用下这里的洗手间，你先过去，我马上就去找你。"

服务生也在催促，喻瑶只得点头。她不由得怪自己让诺诺目睹了圈子里这么恶心的一面，不放心地叮嘱他："我在前厅等你。"

喻瑶被服务生带着转过拐角，脚步声渐远。容野站在原地，等她彻底离开后才略微活动了下脖子，简单的动作间，那个单纯无害的许诺消失了，冷酷凶狠的容野出现了。

他单手解开衬衫最上面的两颗纽扣，转身走回去。

套间的门没关严，不堪入耳的对话声从门缝里传出来。门外的服务生看到容野，弯下腰，紧张得不敢吭声，替他把门打开，再恭顺地关紧。

席间的三个男人听到声音，不约而同地闭上嘴。梁总看清来人是谁，刚想骂句脏话，却无论如何也骂不出口，几个字生硬地卡在嗓子眼儿里。

套间的面积不小，此刻死一般地寂静。

门口的人还是刚才陪在喻瑶身边的那个傻子，但眨眼之间，他眉宇间的纯真荡然无存，只剩下让人不寒而栗的压迫感。

容野走向刚才喻瑶坐过的位子，那里还摆着合约书和支票。他嘴角上翘，嗤笑一声。

桌边的三个人齐刷刷地站起来，惊疑不定地看着他。圆桌中间的转盘不知道被谁推动，有道用金属大碗装的牛肉转到了他面前。

他抬手，把拿来威胁喻瑶的合同和支票像丢垃圾一样扔进碗里。

“啪”的一声响后，他顺手拿起一个长火柴盒，用冷白似玉的手指从中抽出一根，半垂着眼划亮，往碗里随便一扬，火苗腾地燃起，几秒钟就把纸张烧成橙红刺目的一团。

火光张扬，烈烈跳动，映着容野凌厉的脸。他抬眸，嗓音疏冷慑人，脸上却带着几分漫不经心的笑：“再说一遍，想把我老婆怎么样？”

赵导在影视圈里多年，混得风生水起，像今天这样帮着大投资商组织饭局的事做得太多了，自认为什么样的人都能应付得来。

梁总和江总更不用说，他们向来高高在上，把女明星当成招招手就能随意使用的物品，天王老子来了也敢横一横。

他们几年前就约过喻瑶，但没能得手，不知道被什么人暗中阻拦了，喻瑶栽得不轻，花了很长时间才恢复元气。如今喻瑶重回他们的视野，看起来也没有靠山，他们当然想侮辱她一次。

看着桌上肆意燃烧的火焰，三个人的脑袋上如同悬了把斩头刀，集体失声，本能地往后退，瞪着容野大气都不敢喘。

他长着一副似被精雕细琢的面容，没有疾言厉色，就只是站在这里，一个动作、一个眼神，骨子深处透出来的戾气就足以叫他们畏惧。

他不是什么助理，也不是能随便拿捏的傻子！这种上位者的威压，如果不是经历过很多大场面，就算是在大家族里再怎么悉心培养也教不出来。

容野捏了把餐刀，银光冰冷，被火照得通红。

“不回答？”

他手指间把玩着刀，视线在三人的身上一一扫过。

“没人教过你们，招惹别人的老婆之前，要先掂量掂量自己的斤两吗？”

喻瑶跟着服务生走到前厅，她想了各种可能性，就是没料到等自己的人竟然是圈内大名鼎鼎的经纪人之一，传说影视资源最好、为人最挑剔、脾气也最差的宋岚。

她跟宋女士只有过几面之缘，还是当年她正红的时候，谈不上有私交，相当于不认识。

她如今重新来过，跟人家站一块儿都属于高攀了。而今这种情况，她怎么可能被宋岚叫出来见面？

宋岚谨慎地往她身后看了一眼，开门见山地说：“我是过来吃饭的，碰巧见你进了那个套间。姓赵的不是什么好东西，我估摸着他又要拿那部谍战片做幌子坑女演员了，就顺手照顾你一下。”

喻瑶觉得不太合逻辑，但也不好多问。她正要客气地道谢，宋岚又利落地道：“你跟原公司解约之后还没新经纪人吧？你看我行吗？行的话，咱们就签约，我平常不会多干涉你，资源方面你也有选择的权利，具体的条款看合同，要是有任何猫腻，我在圈里也不用混了。”

宋岚简单的几句话比赵导他们龌龊的行为更让喻瑶吃惊。哪个女演员不想签在宋岚手下，可使尽浑身解数也沾不上人家的边。这份经纪合约，说出去能让一众一线女明星都眼红。

喻瑶的手指紧了紧：“岚姐，你别开玩笑了。”

宋岚蹙眉：“我从来不开玩笑，当年要不是你家里出了事，我早就签你了，不然你以为我今天会这么好心，谁的闲事都管？现在签也不算晚，何况——”

何况，你背后站着一个连名字都不能提的男人。

当初她就被容二少私下授意，找合适的时机签下喻瑶，带其走上坦途。她本身也看好喻瑶，当然乐意接受，但没想到喻瑶家发生变故，不久又传出“喻瑶被容二少封杀”的荒谬传闻，她也无法再联系到容野，只能暂时搁置此事。她摸不透那位二少的意思。

如今她终于又得到了二少的授意，被安排在这晚出现。

宋岚拍了下喻瑶的手臂：“看来你是愿意的，那就来吧！谍战片没拿下不用遗憾，我给你挑一部更好的电影。”说着，她就从包里拿出两份标准的合约，递给喻瑶。

喻瑶惊了：“这就签?!”

她拿着合约，觉得自己未免太幸运了，有些不安：“岚姐，我也算是有了家室的人，这么大的事，我想跟男朋友说一声。”

宋岚一笑，没有拒绝，但心里有点不解，二少都不介意喻瑶跟傻子谈恋爱的吗?

她要把喻瑶带到旁边的茶室里细谈，喻瑶却惦念着诺诺这么半天还没过来，想回去看一看他，所以一时没动。

她怕诺诺气不过，会为她转头去跟那几个人渣起冲突。

宋岚又说了一遍：“我们去茶室。”

喻瑶踌躇之间耽误了一会儿，正准备开口解释，走廊里猝然响起急促杂乱的脚步声。

她扭过头,看见以梁总为首的三个人快速出来,神色中透着惊恐狼狈。三人没敢多瞧她一眼，躲避洪水猛兽似的急匆匆下了楼。

喻瑶心一跳，跟宋岚说了句“抱歉”，立即往回跑。

诺诺在哪儿?

她冲向之前的套间，心跳越来越快。

她经过洗手间门口时，容野正好从里面走出来，他气势已经收敛，乖顺地望着她：“瑶瑶，怎么了？”

他拉住她的手，低下头，睁圆了无辜的眼睛：“等急了是不是？我在呢，不怕。”

喻瑶摸到他手指上湿凉的水，应该是刚洗过。他真的去了卫生间，没去其他地方。

她这才松了一口气，踮起脚，给他理了理头发：“你不在，我总是不安心。”

她牵住他的手要离开这个地方，余光却看到有几个服务生在套间里进进出出，忙着收拾东西，其中一个推出来几道剩菜，一只金属大碗只露了半边。她隐约记得那大碗里装的是牛肉，但方才那极短暂的一瞥，她分明看到里面变成了一小堆……灰烬?!

是她看错了吧?

但她没机会去求证，服务生已经快速端走了。

喻瑶愣了愣，不由自主地仰起头，看向容野的侧脸，那么干净漂亮、纯真简单，是她最温顺、最可爱的恋人，她却不知道这一瞬的心慌从何而来。

喻瑶下意识攥住容野的手，跟他十指紧扣：“诺诺，我们回家。”

喻瑶跟宋岚定下第二天签约。隔天一早醒过来，她装作什么都没发生，主动发微信去问《梦境山》的导演，昨晚面谈赵导觉得她怎么样。意料之外，又意料之中，导演跟她大发牢骚。

“哎哟，可别提了，昨晚不知道撞了什么邪，赵导直接进了医院，也没顾得上说你的事，现在还在医院躺着呢，我估计那电影一时半会儿开不了机了。两个投资商也是，我这边的小圈子里都在传，他们去吃了顿饭却像丢了半条命，生意上貌似也出了事。

“喻瑶，这两个人的风评不行。抱歉，我之前不知道是他们，要是知道，肯定不会让你去！”

一夜之间，欺辱过她的三个人都遭了报应。她说不清那一刻的感受，陌生又熟悉。她曾经有过多次这样的经历，妄图让她吃亏的人，用不了多久就会遭到现世报。

她心跳不太稳，把手机关了，放到枕头底下，悄悄翻过身，靠近容野。她刚一动，腰就被箍住，火热的体温包围上来。那种他把每天当成末日过的感觉又来了，甚至比之前更强烈。

喻瑶钻出被子，对上容野的眼睛。他的声音里带着清晨慵懒的鼻音，异常性感，又显得委屈可怜：“老婆和谁发信息呢？我心里酸，要哄哄。”

喻瑶笑着捏捏他的鼻尖，将遇见宋岚的事如实告诉他，而后窝进他的怀里，轻声问：“那三个人渣这么快就都出事了，我却还能跟宋岚签约。诺诺，你猜我在想什么？”

容野长睫垂下来，头埋到她的长发里，呼吸有些乱。他什么都能计划，但计划不了她的反应，她的心是不受控的。

因为担心他，她不肯乖乖被带走，不肯进茶室，那么棒的经纪合约也无法吸引她的注意力，她还坚持跑回去找他，恐怕他已经露了端倪。但他没时间了，做不了更精细的准备。他只想替她把前方的路铺平，无论他以后在不在，她都能被保护好。

喻瑶温软的唇贴向容野耳边，郑重地说：“我在想，我的神明回来了。”

喻瑶跟宋岚签订经纪合约之后，宋岚立即给她安排日程。

《阴婚》不出意外地爆红了，全网讨论热度连续几天居高不下。

三天后的电影节原本没有邀喻瑶出席，可是受《阴婚》热度的影响，加上她和宋岚签约了，主办方紧急邀请她参加。

这一次电影节规格很高，女星们的团队为了话题度早就在预热了。喻瑶被打了个措手不及，最难的是借礼服和首饰，别人都早早选好并借到了手，她却要临时解决这个问题。

宋岚手里的资源再多，这么急也不容易调动，何况还要找到符合她风格和尺码的礼服，这并不是一件容易的事。

但宋岚看不出一点着急的样子，淡定地拿了几张图给她选。她留心让许洛清查了一下，都是奢侈品牌手工高级定制的礼服。

首饰里最普通的是一套蓝宝石，但也是她根本买不起的天价。她没见别的女星戴过，像是个人私藏。

这些真的是宋岚靠自己的能力拿下的?

喻瑶很敏感，她能察觉到，背后像是有一双手，把她拥住，推进了一个用来遮风挡雨的保护罩。

她把图片拿给容野看：“诺诺，你帮我选，哪个漂亮？”

容野状似认真地翻过一遍。这些其实都是他挑的，每一件都想看她穿在身上，可等她真的穿去给镜头前那么多人看，他心里又不乐意了。

他只想把她藏在身后。

如果是诺诺，他再不舍得，也会乖巧地笑着告诉她穿哪个都好。

容野弯起唇，揽着她低声央求："瑶瑶不管穿什么都最美，但是我吃醋，不想给别人看。"

他忍不住做了一个不太符合诺诺性格的反应，等待她的回答。

喻瑶望着容野，目光很深。探究片刻之后，她抱着他的头，在他微颤的睫毛上亲了亲："好，宠你。"

春寒料峭，室外走红毯对女明星来说本来就不容易，主办方为了话题度还搞了个复杂漫长的红毯通道，从头走到尾得七八分钟。

电影节当天，喻瑶妆容精致，微卷的长发慵懒地散在肩上，穿了一件垂到脚踝的长风衣，纤腰不盈一握。

喻瑶气定神闲地等车门打开。在她迈下车的同时，快门声突然接连响起，闪光灯此起彼伏，连成晃眼的一片。

她的衣摆连风都吹不动，吝啬地只露出锁骨和细腻白皙的一双脚，保暖又明艳，清冷飒爽，自在得像是来电影节玩的，在众多露肩露背、于寒风中瑟瑟发抖的女明星中一枝独秀，异常惹眼。

仅仅亮相几分钟，她这套典雅长风衣的打扮就被评为今日红毯最佳着装，气疯了一群等着嘲讽她的对家。

主持人满眼羡慕，冻得牙齿打战，问道："怎么会想到穿风衣的？"

喻瑶点头一笑，毫不掩饰眉眼间的甜蜜："没办法，男朋友爱吃醋。"

她脸上笑得甜蜜，心里却骂骂咧咧。衣服倒是挺保暖，鞋是什么鬼东西！她太久不穿细高跟鞋，不适应不说，鞋还磨脚，一动就感觉一片黏腻，八成是脚被磨出血了。

喻瑶应付完记者的提问，被缠着拍了好久的照，等走向红毯边界的时候，她的脚快废了。远远看见容野守在那里，她咬着牙，加快脚步走过去。

寒风里，男人的五官精致而锐利。镜头前飒爽的喻瑶，埋头朝着她的恋人急奔，脚流血本来没什么，但一见到他，她忽然就觉得自己疼得厉害了，急需安慰。

容野跨上台阶，迎着喻瑶微微张开手臂，放肆阴郁、温顺甜美的气息交融在他的身上。

“瑶瑶来，”他的声音很低，混在风里，像轻吻一样落到她耳边，“老公抱。”

红毯尽头有巨大的广告挡板，绕过去之后就是相对安静私密的通道，没有媒体和闲杂人等，下了红毯要去往后台的艺人和团队才会走这里。

此时前一个艺人已经走远了，后一个还没过来，只有喻瑶和容野在这里。容野拉住她被风吹凉的手，用五指包裹住，低头看着她被磨出了点点血迹的脚，薄唇抿着，眉心拧紧，俯身把她抱起来。

“别走了，”他再次说，“老公抱着。”

喻瑶确定周围没别人，杂声都离得很远，外面的灯光和喧哗好像在另一个世界。这短暂的几分钟，是专属于她跟他的安静时光。她环住他，闻着他身上熟悉的清寒草木气息，感到很安心。

她深吸口气，把头歪过去，靠在他的肩上。就算她穿得再美，在公众前气场再足，但只要到了许诺面前，她就自动变得娇气，愿意依赖他。

她的膝弯搭在他有力的手臂上，随着走动轻轻地晃。她甚至无意识地甩着小腿，放松又享受。

喻瑶闭上眼睛，究竟是从哪一天开始的？诺诺越来越不像个心智残缺的病人，而她也不再是当初那个感情掌控者了，她跟他的关系不知不觉发生了变化。

他变得不太一样了，以前的他会天然流露出懵懂、青涩的样子，很多事都需要学习。但现在的他，身上几乎找不到那种脆弱的样子，虽然也乖巧听话，但他不再弱势。

喻瑶咬了下唇。他最近特别痴迷叫她“老婆”，但很少自称“老公”，可刚才，他说得太自然了。她差点以为他不是个病患，而是一个各方面完全正常的男人，这种感觉并不是第一次，只是这天更明显。

她对他一直了如指掌，他却忽然悄悄地脱离了她的控制。作为身体、灵魂都交付彼此的恋人，这种变化，她怎么可能一点也察觉不到？

喻瑶的心跳得极快，她睁开眼睛，望着容野优美的下颌线，不经意地笑：“我家狗狗长大了，没有过去那么害羞了，在这么多人面前还敢说是我老公……”

容野看着她那流血的脚，蹙眉说：“我本来就是你老公，但我做得不好，让你受伤了。”他给老婆选了不合适的鞋子。

喻瑶举高手，在他的眉峰上轻柔地一抚：“我记得你难过着急的时候，只有眼尾会可怜地垂下去，不太会皱眉，今天是怎么了？”

容野一惊，连忙低下头亲了亲喻瑶的额角，掩饰骤变的神色，放软了嗓音说：“瑶瑶，我是新学的，人在心情不好的时候都会这样皱眉。”

喻瑶这么一试探，他没有立刻给出相应的反应，那就代表要么是她多虑了，要么是他不想解释。

而直觉告诉她，是后者。

喻瑶及时打住话头，当什么都没有发现，揉了揉容野的后脑勺，勾着细白的手指让他贴过来。

她抬头，很小心地吻他的唇：“不要跟别人学，我教你，皱眉不可取，吻才能治愈一切。”

喻瑶在后来的室内活动仪式上换了盖住脚面的长裙，双脚被容野亲手擦干净血迹并上了药，换上了一双足够软的平底鞋。

容野半跪在她面前，为她抚平裙角，完美复刻诺诺的表情和眼神，勾着她的小指，瞳仁清亮，轻声说道："瑶瑶，快点结束。"

喻瑶捏着他白净的下巴，她的表情还算正常，心脏却在怦怦地跳。一旦开始往那个方面去想，就如同开了闸门，洪水倾泻一样，她控制不住自己琢磨更多。

她太了解诺诺了，这一切都不是她的错觉。经过观察之后，她确定，他的很多细微反应，如眼神、动作，都跟过去有差别。

她的诺诺被别人的灵魂抢占了身体？这未免太脱离实际。还是说诺诺有双重人格？诺诺的病加重了？不光失智，还分裂出了一个性格不同的他？

可这也不对。

诺诺变化再大，性情的本质是绝对没有改变的，也不存在什么分段式的反差。她能百分之百肯定，那些潮涌的爱意，亲密熟稔，都是来自同一个人，不是假的。那就是他的病好了？能力、心智、记忆都找了回来，但是没有告诉她？

虽然医院说过他恢复的希望极其渺茫，但不代表没有可能。

这么一联想，喻瑶就没办法忽略掉这几天里明显过高的幸运值，神明什么的应该都是她的幻想，难道幕后之人真有可能是她的诺诺？

喻瑶快被满脑子乱七八糟的念头搞疯，综合目前的情况，她列出了各种可能，根据推理再一一划掉，最后只剩下一个最有可能的——

遭到残害的豪门霸道总裁，纨绔富二代，世家继承人，或者挥金如土的二世祖……意外失智在外面流浪，误入她家小区，被她捡回家养着，然后不知道哪天自己恢复了，却不敢告诉她真相。

问题是，如果真是这样，他怎么可能不回去找自己的家人？

为什么去办身份证上户口的时候，都没有历史记录呢？

但他有另一个她完全不了解的身份很可能是事实。为什么他不承认？总不能因为他以前是花花公子，“前科”累累，没准儿家里还安排了什么未婚妻，才不敢和她说？

喻瑶被自己脑补的画面气到，心口跟着酸涩起来。她抿着唇，从容野那里抽出手：“不说了，我去前面。”

然而，看到他因为她的一句话，一刹那流露出来惶恐和脆弱，她又心疼，怪自己太鲁莽，没确定的事，何苦吓他。她随口给自己编了个理由，说的时候都没思考过：“就是想起那部谍战片拍不成，有点遗憾，我很喜欢那个剧本，不是故意朝你发脾气。”

喻瑶把容野从地上拉起来，环住他的腰：“好啦，我保证快点拍完，早点结束回家。”

她在前厅参加了一个多小时的典礼，始终无法集中精神，心里想的全是诺诺的事，一遍一遍回忆他最近的变化。终于熬到尾声，她提起裙摆往后台走的时候，小手包里的手机振动起来。

宋岚打来电话，语气很平常：“有个好消息，那部谍战片要换导演了，投资人也换了。目前几个实力不错的导演都很有意向，你如果还愿意，我就帮你定下角色。”

喻瑶愣住，站在人来人往的典礼现场，身边衣香鬓影，头顶的灯光强到晃眼。

刚刚那些猜测在这一刻显得更加合理。哪有这么多巧合？离奇的幸运事件一件一件被她遇上？

那会儿她心里太乱，对他闹了情绪，所以为了让她高兴，他把她根本没有走心的一个借口当成了她的愿望，悄无声息地为她实现了？

喻瑶口干舌燥，耳中的嗡鸣声一阵强过一阵，熟知的世界像是被倾覆了，她最亲密的爱人确实有了不为她所知的另一面。

人都走光了，还剩几个工作人员在善后，问她："瑶瑶姐，没事吧？"

喻瑶这才醒过神，动了动脚，脚上磨出来的伤口还挺疼的。她重新迈开腿，刚走了两步，只见一道修长的身影逆着光而来，走到她面前，依然用乖顺的眼神看着她："瑶瑶，瑶瑶。"

他只是叫着她的名字，一声又一声，跟从前的语气不太相同。她觉得头重脚轻，有些机械地说："我刚刚知道那部谍战片换团队了，也许，我可以拍了。"

她被眼前的人搂住，火热的手掌抚在她的背上。他的眼角眉梢透出滚烫的甜意，还有小心翼翼的讨好，生怕她再对他冷淡："瑶瑶运气最好了，是不是开心了？"

喻瑶直直地望着他，他明明还是诺诺的模样和神情，她怎么也想象不出另外一个灵魂有可能也在这具躯体里。

她尽力调整呼吸，不想拐弯抹角，想听他说实话："你有没有什么事瞒着我？"

容野直视着她的眼睛，喉结干涩地动了动，最终摇头："没有，诺诺什么都是瑶瑶的，一眼就看得透。"

喻瑶气得想揍他一顿，翅膀硬了啊，小狗变狼崽了，跟她玩文字游戏是吧？她能看得透诺诺，但另外一个大概率存在，名字却不叫诺诺的人呢？

如果她直接问，他却不肯说，她也没有什么证据。非让她抓到现行他才肯乖乖承认，对吗？

喻瑶心绪纷乱，她知道即使自己的想法属实，那诺诺也一定有他隐瞒的原因。

反正不会是他有情史之类的。她相信一个人的身体有本能，他的初吻、青涩失控的第一夜，她都细致地体验过，他所有情动都是她教的，不存在别的人。

总之，她不能乱了阵脚，她要逼他自己承认！

想到这里，她眉眼一弯，笑着揉了下容野的脸颊，靠近他，小声地问："我不相信，你难道没有瞒着我悄悄想我吗？"

容野展开手中的大衣，裹在她的身上，眼睛一眨不眨地看她："没有，都是光明正大地想的。"

喻瑶点点头。好，演技真好，今年的最佳男主角不给她家诺诺，她就去投诉电影节组委会。

她要创造让他主动暴露的机会，于是她叹了一口气，抓着他的手腕边往外走边说："等下还有群访，导演说不止一个小时，而且是在那边单独的采访厅进行，我出不来，你又得等我好久。"

如果诺诺真有另一重身份，她相信这么长的空当，他一定会跟别人联系或见面，至少他的行为处事会有所改变，能被她发现端倪。

容野给她顺好长发，将脸靠过去眷恋地贴了贴："等你，不管多久我都等。"

喻瑶在采访厅门外跟容野暂别，随着剧组的人走向另一个方向。转入采访厅后，她首先接受采访，十分钟就搞定了。然后她随便找了间更衣室，换上导演帮她准备的常服。

导演担心地跟过来："你是躲'狗仔'吗，这么小心？你快走吧，我给你掩护，媒体那边我会搞定。"

喻瑶没多解释，全副武装，偷偷溜到后台，正好捕捉到戴着帽子的容野走向外面的侧影。

果然如她所料！她急忙跟上去，心里害怕自己会见到难以接受的画面，但容野只是拦了一辆出租车，微低着头，有些落寞地上了车。

喻瑶的心提着，有些紧张，也叫了辆车跟上去。很快，前面的车就停了下来，停在一家动漫用品店前。

她甚是疑惑，推了推大墨镜，做贼一样躲起来，拽着口罩偷偷看过去。容野走进门，离得远，她看不太清楚。她正在怀疑他是不是在搞什么暗中交易时，他出来了，手里提着一个不透明的袋子，不知道里面装了什么，他好像真的只是来买东西的。

他站在路边，打开袋子往里面看了看，眼皮很可怜地垂下。喻瑶的心脏突突地跳，那一刻，她很想冲上去抱住他。

等容野走后，喻瑶马上进店。这是很寻常的一家店，两个年轻店员在忙，对于她问的“刚才那位先生买了什么”的问题，二人脸上荡漾着笑容，偏说要保护客人隐私，不能透露。

喻瑶咬了咬牙，再次上车去追，却见他似乎是要返回电影节现场。她连忙给他打电话：“诺诺，你怎么不在后台？”

容野坐在车里，抚摸着刚买的小玩意儿，余光掠向后方的车影，软声说：“瑶瑶能拍喜欢的电影了，所以我出来买礼物，马上就回去。”随后他又装出惊喜的语气，“你提前结束了吗？可以回家了吗？”

喻瑶一时语塞，不禁怀疑自己是不是判断错了，顿了顿，只好说：“我已经跟剧组的人出来了，他们可以送我回去，你直接回去，我很快就到家，乖乖在家等我。”

电话挂断，容野盯着手机屏幕上喻瑶的笑脸，用指腹摸了摸，抬眸看向假扮成出租车司机的江淮：“回家。”

瑶瑶太聪明、太敏锐，就算没有这部电影，她也隐隐意识到了他不对劲。她太在乎之前那个痴傻、不谙世事的诺诺，但凡有一点异常，她都能察觉出来。

容野合上眼，有些嫉妒那被深爱的另一个自己，心里很不是滋味，指尖捻着袋子里的东西。

他还不能被发现，再吃醋也得扮成诺诺，还要比之前做得更出色。

喻瑶一直跟着那辆出租车，到了家里。他并没有去其他地方，她更觉得迷茫，特意等了会儿，调整出合理的时间差才上楼。

打开家门后，她习惯性地唤了声“诺诺”。

浴室门半开着，里面隐约飘出水汽，像是有人刚洗过澡，门口的小床是空的。她的卧室里亮着柔黄的灯光，一道羞涩沙哑的声音很轻地回应了她，是只属于诺诺的语气。

喻瑶心一跳，连忙脱了外衣，拖鞋都没来得及穿好，快步朝卧室走去。

她推开门，看到床上的被子乱了，隆起一道颀长的轮廓，被沿最上面露出一点水墨似的碎发，还有一抹白色的毛绒尖?!

喻瑶双腿有些不听使唤，加快了速度走到床边，抓着被角一点点掀开，灯光像黏稠的透明液体，倾倒向被子里的人。

他侧躺在床上，半张脸陷进枕头里，两只纯白柔软的小狗耳朵翘在乌黑的短发间，看似违和，又仿佛天生就是一体。

“瑶瑶……”他抬起眼皮，眼尾像是涂了捣碎的桃花瓣，艳色四溢，显得又红又湿，“你回来得好晚。”

他歪头，双手撑在床边，凝视着她。

喻瑶彻底看呆，这是谁都不可能模仿出来的——她的诺诺，她永远无法抗拒诺诺的诱惑。

喻瑶的手似有自己的意识，主动抬起来，碰上他那双白软的小狗耳朵，这耳朵好像真是从他的头上长出来的一样，那么敏感，她一摸，他的锁骨就红成一片。

喻瑶胸口微颤，忍不住施力，把小狗耳朵揉在手心里，毛茸茸的触感，牵动了无数神经。

“我要控诉，”他定定地看她，“你揉狗狗耳朵，欺负狗狗，占它的便宜。”

喻瑶嗓子也哑了：“我还能随便吃狗狗的豆腐，你想怎么样？”

容野低低地笑，忽然伸手环住喻瑶的腰。被子完全掀开，他把她拉到腿上，脑袋埋入她的颈窝里。

“主人，你得对我负责。”

喻瑶失去冷静之前，最后想到的只有一个词——色令智昏。

不能怪她定力不足，谁让对方的杀伤力太强，火力全开的时候，她唯有缴械投降。

Chapter 21

# 第二十一章

# 试探

喻瑶累极了，睡到天快亮时才醒过来，她还在容野怀里。他们面对面躺着，像是无意识的本能行为，让她的呼吸都不顺畅了。

她没有乱动，而是谨慎地抬起头，借着微弱的光亮看他的脸。她叫了很多次“诺诺”，倒不是有意的，但每一次“诺诺”两个字出口，他就有如受到什么刺激，眉眼笼上阴霾。现在回想起来，他很像是吃醋。

她本来略有减少的怀疑再一次飙升，就算跟了一路什么异常都没发现，但他会对诺诺的名字这么在意，就证明了她的猜测属实，那么他不仅仅是诺诺，还是另外一个人。

喻瑶用五指蒙住眼睛，一时间如陷进泥沼，不知所措，连睡在他怀里都感到紧张，拧着眉。

她的身体不自觉地紧绷，想暂时逃离开，冷静冷静，把自己脑袋里那些乱糟糟的东西梳理清楚，但她只是试探着动了两下，轻轻地从他的臂弯里撤开一点，就被他重新搂回去，抱得更紧。

“瑶瑶，我乖，很听话……”容野的声音暗哑，显然他并不太清醒，更像下意识的行为，“你别走。”

喻瑶头都快炸了，心里因为他这句断断续续的话又酸又胀。她一时不知道自己到底该怎么对待他。他既是诺诺，又是个隐瞒了她，连身份都没办法确认的陌生人。

但不管她是直接问或者试探，他都不肯承认，在她面前也没露出明显的破绽，展现给她看的都还是诺诺的样子，甚至拿毛绒小狗耳朵诱惑她，让她无法追究，这就很难办了。

他究竟要干吗？他恢复就恢复了，有什么不得已的理由，怎么就不能直接告诉她呢？

她突然悲从中来。可她的诺诺怎么办，她一个字一个字教会诺诺说话、写字，一口饭、一口水养着的诺诺，那个心里、眼里只有她的诺诺，以后还在不在？会被永远取代，甚至消失吗？她是不是要失去诺诺了？她的爱人是诺诺，可现在跟她躺在床上，搂着她的这个是谁她都不清楚。

喻瑶咬着唇，飞快地揉了下眼睛，把升腾起来的热意擦掉。总之，她不能这么傻等着，她还是得逼他撕掉这层伪装，弄清事情的真相。

既然目前试过的都没用，而她一时也想不到更好的办法，他心眼儿又这么小，那就只能让他吃醋，自动露出狐狸尾巴，到肯乖乖讲实话为止。

他这么瞒着她，也该受点惩罚了。

喻瑶给自己设置好角色定位：昨夜被诺诺蛊惑，彻底打消了疑虑，相信他就是从前的诺诺，并且更依恋他，更黏着他，不想和他分开的喻瑶。

清晨天光大亮，喻瑶拿捏好状态，跟刚睡醒一样蹭了蹭容野的胸口，懒洋洋地说："你也没个分寸，抱这么紧我有点疼。"

容野立即起身，她环着他的脖颈晃了晃："别动，再让我抱会儿。"

她浅笑着歪头，指尖触了触他的嘴角："无论什么事，我只对诺诺一个人有特例。"

容野笑着吻她，手指却紧紧地攥住床单，以缓解心里那泛滥的酸意。

喻瑶贴贴他的脸，无辜地说："我饿了，想吃南瓜粥。"

容野一脸纯良乖顺，忍下冲动，把她裹进被子里，自己披上衣服：

“我给瑶瑶煮，我会做。”

喻瑶没让他走，拉住他的小臂，毫不掩饰自己对诺诺的眷恋：“我陪你，我舍不得让诺诺一个人孤孤单单地去做饭。”

“我家诺诺，”她弯唇，“得宠着。”

她把“诺诺”两个字说得温柔缱绻，她就是要让他知道，她的爱意和宠溺、特权和偏心，都只属于诺诺。容野低垂眼睫，含混地答应了一声，而后抬起头，笑得明亮纯真，把她从床上抱起来。

喻瑶瞥到他手背的淡青色筋络紧绷到隆起，既心急又心疼。看来她的力度不够啊！她打定主意这天要缠着他，干脆放飞自我，尽情让他照顾。

容野抱她去洗漱，她含着牙刷，鼻尖上还沾着洁面乳的泡沫，任由他贪恋地揉弄，还不忘含混不清地夸奖：“诺诺什么都会。”

他在厨房的料理台上铺了厚垫子，把洗漱好的喻瑶放在上面坐稳，替她扎起微乱的长发。而后他自己卷起袖口，给她准备早饭。晨光熹微，他身姿挺拔，在厨房里忙碌着。

喻瑶满心都是心疼和忐忑，忍不住低声说道：“诺诺，你知不知道……”

“我”字轻得听不到，最后落进容野耳中的是“爱你”。

诺诺，爱你。

容野扔下切南瓜的刀，两步走到喻瑶面前，揽着她的后脑勺压向自己，重重地吻上去。直到把她抵向背后的烤箱，直到她不能抵抗，他才哑声求她：“瑶瑶，再说一次，不要别的，就要最后那两个字，再跟我说一遍。”

喻瑶知道这也许是逼他主动撕掉伪装的机会，只要再强调几次诺诺，刺激他，他多半就会露出不该有的反应。到时候抓住他的破绽，说不定她就能搞明白是怎么回事了。

她在暖色的光线中对上容野灼热的眼神时，却又说不出口，无法对他做到真的心硬。喻瑶跟自己反复强调，命令自己张嘴，但还是没能做到。

她叹了口气，回抱住他，就当是亲得意乱情迷，她装傻耍赖，什么都没有说过。即使拿诺诺刺激他失败，她也绝不可能去利用别的什么人，虽说是让他吃醋，但不会真的伤他。

芒果在宠物店寄养很长时间了，虽说每次打电话，宠物店都反馈说它玩得很好，但绝育手术一拖再拖，不能再等下去了。喻瑶心想也该趁着最近的空当，把它接回家来住一段时间。

喻瑶心里其实没底，诺诺以前会对芒果吃醋，应该是把它当同类了，可现在这位不一定啊，毕竟人狗殊途，她只能试试看。

吃过早饭，喻瑶带着容野直接去了宠物店。芒果和喻瑶久别重逢，一双黑溜溜的狗眼呆住，隔了几秒才激动地叫起来，扑进她怀里撒欢，还拼命地蹭她的脸。

以前芒果挺有分寸的，这会儿却收敛不住了，尽情舔她的手指，一时亢奋过头，鲜红的舌头都甩到她的脸颊边了。

喻瑶笑着推它，习惯性地揉它的毛，摸它的小脑袋。她的余光掠过旁边一言不发的人，又低下头，亲了亲芒果的额头，轻声问："想我没？我每天都在想芒果。"

芒果嗷呜叫，想再舔舔喻瑶的脸以表思念，但动物的天生警觉让它不由自主地压低身躯，警惕地看向另一个人。

这不是流浪狗吗？跟它抢窝、抢主人，赖皮不要脸的流浪狗。然而，待它和容野对视的瞬间，它像受到了什么致命威胁，立即四肢趴地，老实得舌头也不敢吐出来。

容野半蹲下来，苍白的手指放到芒果的头上，而它一下都不敢动。他看向喻瑶，一张蛊惑人的脸纯情又无害，凑过去，乖巧地亲亲她："瑶瑶，带它去做绝育吧！”

芒果狂叫着被拉到隔壁宠物医院，打了针，被摆上手术床，含着泪“大骂”容野——这是狗也干不出来的事啊！

芒果身体素质好，手术之后没过几个小时就醒过来了，也没有不良症状，除了精神萎靡，没什么大碍。但喻瑶还是等到满八个小时，由医生给它喂了好消化的食物，确定它没问题后，才把它带回家休养。

返程的车上，容野圈着芒果的小身体，但它不乐意，委屈地嗷嗷叫个不停，想要喻瑶抱抱。

喻瑶马上拨开容野的手，把芒果揽到身边，让它趴在自己腿上。它的小脑袋紧紧地靠着她的胸口。她一路抱着它，耐心地低声哄它，不时在它的头上落下轻吻。

她这时已经忘记了要让某人吃醋，只是单纯地安抚芒果。

容野没有说话，天已经黑了，他的脸隐匿在阴影中，只有偶尔流转的灯光映亮他幽深的双眼。

他还剩下三天。

到家以后，喻瑶把芒果妥善地安置到小窝里，还特意把窝拽到她的房门口。她正犹豫要不要继续往里拽，让它今晚进她的卧室睡时，她的手腕猛地被攥住。

容野托起喻瑶，把她抱进浴室，扯掉她身上沾满雪白狗毛的衣服，冰凉的嘴唇吮住她的耳垂：“主人，你能不能公平一点，能不能也管管我？”

喻瑶想说话，唇随即被深深吻住，只能发出细碎的音节。容野的眼中一片赤红，又狠又可怜地哀声问她：“我不是主人唯一的小狗吗？你怎么能把我扔在一边？瑶瑶，你宠宠我。”

芒果生无可恋地趴在窝里，看着鞋架上紧密挨着的两双鞋，有些沮丧。

去宠物店之后，喻瑶就一直没看透容野的反应，不知道他到底在不在意，一时间做不出准确的判断。

诺诺一直是她私有的，这种逐渐脱离掌控的感觉，让她无比难受。没想到他那副平静乖顺的样子都只是暴风雨前的假象。

突然被压在门板上的那一刻，喻瑶才明白他这醋吃得到底有多狠，狠到超出了诺诺平时的行事风格。他那么用力地拥抱着她，口中还酸楚地说着哀求的话，巨大的反差让她思绪混乱。

等喻瑶的呼吸平稳下来，安然睡在自己的臂弯里后，容野才在黑暗中睁开眼睛，亲了亲她的头发，又流连到她额角反复地吻，舍不得停止。

不抱紧，她就会走。不假装、不隐瞒，她大概一分钟都不想收留他，也许连带着这段感情都会让她觉得后悔，甚至恶心。

他一直是知道的，只是这天又听到她反复强调她的爱是给诺诺的，而他剥离开诺诺的身份以后，连一个普通人也不如，他是那个从小到大都让她忌惮和远离的恶魔。

那么多的误会，他在没有为她报仇、没解决掉容家的威胁前，就连一句解释也说不出口。

说了又怎么样？因为他的不得已、他偏执压抑的暗恋，她就必须马上接受一个取代了诺诺，接下来连自身安全都保障不了，还会连累她的容野吗？

何况他不希望她知道喻青檀的事，不想让她再痛苦一次，所有黑暗的真相由他去承担就够了。

他不仅要让那对父子付出代价，还要让容绍良永远闭嘴。把整个容家攥在手里后，他才有资格回到她面前，重新跟她认识。

到时候，他哀求也好，死缠烂打也好，巧取豪夺也罢，他都会把她据为己有，不可能放手。

容野的手机屏幕亮起，他拿起来，光芒照着褪去了艳色从而显出冰冷锋芒的眉眼。

“哥，容绍良答应了，三天后的晚上，他会和你见面，但是他要求见面地点由他来定。”

这在容野的意料之中，所以他给了肯定的答复。

当初离开容家之前，他拿到了容家父子的绝大部分罪证，他自己虽被注射了药物，但同时也把高高在上的容绍良套了进来，让那父子俩相信，容绍良要把他们赶尽杀绝，家产一分都不会给他们。于是，容家父子俩下了狠心，干脆连容家至高无上的掌权人容绍良也拉下马。容绍良对最宠爱的儿子、孙子没有多少防备，也自负地认定他们不敢，自然没什么好下场。

容绍良被注射了跟容野一样的药，他年纪大，加上急火攻心，状况很不好，被那父子俩秘密控制起来，对外宣称生病失智。之后，容家父子名正言顺地接管了容氏集团。

如容野所料，容绍良受困于人，过了一段行尸走肉的日子，但老狐狸毕竟是老狐狸，哪那么容易倒台？

前一段时间，容家父子以为囚禁容绍良的时间够久了，便放松了警惕，对他疏于管控。老狐狸得到机会，在心腹的安排下缓了过来，清醒之后，第一个要找的人就是容野。

容绍良很清楚，整个容家，只有他从小培养的容野知道全部真相，能替他夺回大权。但他不知道的是，二十几年来，容野看似是能够被他彻底拿捏和控制的工具，可他一旦回到容家，就会把他们一脉都置于死地。

容野反扣住手机，合上眼，回身搂住还在沉睡的喻瑶。

他没有时间了，三天后的晚上，他必须做回从前的容家二少，跟容绍良见面，取得老狐狸的信任，保护好喻瑶，一个人回到那片泥沼里。

天色刚亮，喻瑶就被宋岚打来的电话吵醒。

宋大经纪人语速飞快："谍战片换了比赵导更有名气的大导演，你是第一批在选的演员，早上八点半首轮试镜，还有两个小时，抓紧。"

喻瑶当时就清醒了，她说喜欢谍战片的剧本，并不完全是胡诌的借口，其实也是真心话。现在不管出于什么理由，片子有了新转机，她不想错失。

"好！"她果断答应，"我现在准备。"

喻瑶回过身，容野正在看她，用诺诺专有的乖顺语调喃喃："瑶瑶以后会拍很多好电影，能拿到更高的奖，站到巅峰。"

"我去巅峰干什么？"她的手指在他的短发上抚摸，"你记不记得，我复出拍电影是为了养你？"

喻瑶注视着他，抚过他微白的唇瓣："不管赚多少钱，都是为了养诺诺。"

容野握住她的手，贴在自己的脸颊上。不仅仅是这样，她热爱这个行业，如果不是喻青檀发生了意外，如果不是因为所谓的"容二少封杀"，她本来就该扶摇直上，拥有她本该拥有的一切。

他要把这些都还给她。

喻瑶的危机感越来越重，忍不住掐了掐容野的脸："快起来陪我一起去，不管我在哪儿，你都得跟着。"

容野仰起头，目不转睛地望着喻瑶："我跟瑶瑶寸步不离。"

宋岚来接喻瑶时，对她住的房子不禁感到惊讶，说："这儿未免太简陋了，我给你换个新住处吧？好歹安保好点。"

喻瑶笑了一下，摇摇头，婉拒了："我们在存钱，等再拿到两笔片酬，就能买房子结婚了。"

容野把喻瑶的手扣入掌心，描摹着她掌心的细细纹路，声音低到听不清："嗯，我们结婚，我想跟瑶瑶结婚。"

宋岚倒吸一口冷气，忍不住从后视镜打量容野。容二少到底是怎么想的，真允许喻瑶跟一个傻子谈婚论嫁？莫非是她格局小了，难道容二少对喻瑶根本没有那种世俗的欲望？

喻瑶赶去的试镜地点在一家花园酒店，场地开阔。她忙着试镜的时候，注意力没有离开过容野。容野站在离她不远的位置，目光始终在她脸上，有几次视线不经意对上，她都觉得心颤。

他就那么一动不动地看着她，眼里隐隐有难以言喻的绝望和沉重，好像第二天就要见不到她了。后来他安静地坐在一边，拿出平常记录她大小事宜的本子，低着头写字。

喻瑶不知道他在写什么，但能隐约看见他骨节分明的手指，笔尖力道大得能划破纸面。

试镜顺利通过，剧组把喻瑶的日程排得极满，满到她这么敬业的人都觉得烦躁，但细数起来，又挑不出毛病。

第一天的安排将近凌晨才结束，喻瑶累得挂在容野身上，迷迷糊糊去翻包里的手机。手机调成静音了，她看通知栏才发现陆彦时居然给她打过电话，还有一条他发来的微信——

“有空的时候回我电话，我有重要的事和你说。”

喻瑶没理他。自从那次表白被拒，陆彦时就好像受到了沉重的打击，听说他回去继承家业了。

小陆总根本没认识到核心问题，似乎觉得自己是因为那种纨绔不上进的做派才导致追求失败，于是洗心革面，把家里生意接过来不少，人也稳重了点。但喻瑶不信一个人的性情会彻底扭转，这天他忽然又冒出来联系她，能有什么正经事。若是叙旧她是不想去的，没空。

喻瑶没跟容野提此事，顺便把记录都删了。让他吃醋归吃醋，但她不会拿跟自己有过纠葛的男人来逼他，太不入流，她也不忍心。不管他怎么变，她唯一没怀疑过的就是他对她的感情。

剧组的节奏极快，连续两天，喻瑶吃饭喝水的时间都靠挤，别说想办法让他露馅了，就连和他多说几句话的工夫都没有。直到第三天，剧组临时有变动，原定的剧本研讨会改到晚上，白天才空了出来。

喻瑶等不下去了，说什么也要在这天撕掉容野的伪装，让自己悬着的心落下去。大不了就威逼利诱，开门见山地问他，她就不信达不到目的。

然而，她的计划又落空了。

喻瑶做好的打算一个也没用上，从吃完早餐到一起去厨房洗碗，她从背后环着容野的腰，准备发问的时候开始，所有事情都脱离了正轨。

他猝不及防地转过身，把她抱上了料理台，发颤的吻从嘴唇滑到锁骨。

喻瑶睁眼看他，她的诺诺脸色潮红又苍白，头发因为出了汗而变得湿润，有了一点卷曲的弧度，更显得脆弱。

“许诺，”喻瑶连名带姓地叫他，“你在怕什么？”

容野没说话，用手掌蒙住她的眼睛：“瑶瑶乖，该休息了，七点就要送你去剧组。”

许久后，他松开了环抱着喻瑶的手，走到桌边，在他那个已经撕到很薄的本子上写字。

他不能凭空消失，否则让她怎么承受？他总得给她一个交代。当面说他做不到，更怕自己走不了。拍视频，试了两次他都失态了。最后他只能写信，就像当初他用稚嫩的笔迹求她来爱他的时候一样。

三天里，他写过太多遍，都扔掉了，现在再不写，就没有机会了。

Chapter 22

## 第二十二章 他才是容野

喻瑶到剧组的时候是晚上七点半，导演把剧本研讨会列为机密，地点在一个小会议室，其他已定演员的助理都不能跟随，她也不能让容野陪着。

喻瑶坐在前排的位子上，眼睁睁地看着容野一步步往外走，背影清瘦又孤独，她心里突然有种不祥的预感。

“诺诺，”她轻声叫他，“在外面等我，晚上我有事告诉你。”

她忽然想通了。不管他在怕什么，重要吗？她只要当面告诉他，无论他是谁，都无所谓，他身上有多少负担也无所谓，她都愿意听他说出来。这样的话，他是不是就不会那么怕了？

容野回过头，朝她笑。像是天光乍亮，那一瞬间的冲击让喻瑶直到研讨会开始后十几分钟，都没能从这个笑里缓过来。

导演的声音变得模糊，喻瑶感觉到手机在振动，这才想起自己忘了调静音。

她以为来消息的是诺诺，赶紧拿出手机来在桌子底下看，没想到发微信的人是陆彦时，他发来的这三条信息，让她如堕冰窖。

“过去这么久，我终于查到了你父亲的死和容野有关。”

“你身边的那个诺诺很奇怪，你有没有怀疑过他的真实身份？二十分钟之前，我亲眼看到他离开了你所在的花园酒店。”

“现在你所在的会议室门外有好几个他安排监视你的人，如果你想知道他到底是谁，我现在就带你去亲眼看看。”

除了这些话，发来的还有一张模糊的照片。照片里，有一辆停在酒店外的黑色轿车，驾驶座的玻璃不算太暗，隐约能看出开车的人的轮廓。

那是她在私宅里见过的、害她落水的“容野”。

喻瑶攥紧手机，深吸两口气让自己稳住，她起身跟导演说有紧急事情要去处理。

导演见她脸色难看，很快便放行了。

她走到正门前，从缝隙里看到大厅里的宋岚。宋岚身边还跟着两个助理模样的姑娘，另外有几个并不是剧组工作人员的男人分散在各处。

宋岚不应该在这里，这些人都不应该在这里。

喻瑶退了一步，镇定地选了另一扇小门，小门通向走廊，出酒店要绕远路，基本没人会走这里。她出去后立即打电话给诺诺，拨号的时候手都在发抖。

诺诺究竟是什么身份？他又怎么会被容野带走？她爸爸……她爸爸不是因病自杀的吗？

没有打通，诺诺的手机关机。喻瑶咬着牙关，闭眼镇静两三秒后，打给陆彦时：“你知道什么？”

陆彦时的声音从听筒里传出：“我在酒店后门，你想知道什么，我可以带你亲自去看，再晚可能就来不及了。”

他坐在车里，看着喻瑶渐近的身影，握着方向盘的手极度紧绷。

自从告白被拒绝，他反思了很久，尽力打磨自己，改掉过去的毛病。通过查访，他隐隐觉得喻青檀的事情没那么简单，而以诺诺的条件，不像是一个会被遗弃的人，连程怀森对诺诺都十分忌惮。

但这么长时间过去，他的调查毫无进展，也没发现什么端倪。然而几天前，他派去调查的人犹如突破瓶颈，骤然间有了眉目，让他得知了令他极度震惊的真相。

即使这个真相巧得像是有人主动奉上的，他也管不了那么多了，必须让喻瑶知情。

喻瑶坐进车里，嗓音沙哑："他在哪儿？马上带我过去！"

陆彦时看着喻瑶的侧脸，抿了抿唇。他从没见过她这么在乎一个人，她只是听到一些消息就已经在失控边缘了，那等下她亲眼见到那样的场景后又会是什么反应？

陆彦时心疼她，又有些快慰。那个人骗了她一时又怎么样，等那人的真面目被揭开时，就是万劫不复，他才是能保护她的人。

陆彦时没说话，一脚猛踩油门，车子飞速驶出酒店。天色已晚，街上灯光亮起，他把车开到一家私人庭院改造成的会所外。

喻瑶的手越握越紧，掌心里已是一片湿汗。如果容野敢把诺诺怎么样，那她……

"到了，别出声，"陆彦时低声说，"会所今天被清场了，里面没有别的客人。我得知这个消息很不容易，买通会所更不容易，现在我带你悄悄进去，等八点半一到，你一看就明白是怎么回事了。记住，千万别露面。"

喻瑶忍不住厉声说道："你不能把自己知道的事情直接告诉我吗？我爸爸的事跟容野又有什么关系？"

陆彦时欲言又止，最后只说："喻瑶，我说了你也不会信的，你必须亲眼看。"

喻瑶头疼欲裂，最后一次拨诺诺的号码，仍然联系不上。

她看着手机通讯录里"宝贝诺"三个字，恍惚觉得，她可能再也打不通这个电话了。

陆彦时带喻瑶从会所侧门进去，里面三楼是包厢，二楼是露台，一楼是类似高端清吧的设计，是大面积的开阔场地。这晚一楼被特意布置过，周围被扫清，中间摆放的圆形沙发分外显眼。

“他们在一楼，你在这儿最安全，能看到。”陆彦时低声对喻瑶说。

喻瑶跟陆彦时艰难地蹲在二楼的栏杆处，身前有障碍物遮挡，视线却没完全被挡住，可以看到大门口的方向和楼下的沙发，也听得到底下的声音。

她的忍耐力在下降，神经紧绷到一个限度，音量压得极低：“陆彦时，你究竟想让我看什么——”

话音未落，一楼就响起了脚步声。喻瑶转过去，心中猝然一惊。她看到一道苍老的身影走进来，后面有多人随行。

这人她以前跟着程怀森见过，后来在新闻里也见过。这是容家的掌权人容绍良，也是容野的爷爷。

喻瑶愣住，看着容绍良被人搀扶着走到圆形沙发一边坐下。他用拐杖敲了敲地面：“容野还没到？”

有人躬身回答：“二少在门外了。”

偌大的空间一片寂静，只有拐杖一下一下点地的声音冲击着喻瑶的耳膜。她忽然心慌，慌到快要承受不住，栏杆把指尖磨破皮了都没察觉。

陆彦时的手毫无预兆地捂住她的嘴。她正要发火，又一道脚步声传来。那道脚步声很熟悉，她几乎每天都能听到。

她所有的动作停住，愣了几秒，死死地攥着栏杆让自己冷静，低下头，泛红的眼睛直直地看向入口。

脚步声越来越近，碾磨着她的意志，一双被黑色的裤管包裹着的笔直的腿从容地迈了进来。

喻瑶的呼吸似要停滞。那人走过转角，屋顶的灯像是骤然亮了几十倍，光束集中照向他。他的身姿颀长挺拔，一身远远看去都知道十分昂贵的西装，衬衣的领口松开两颗纽扣，露出修长的脖颈，起伏的喉结之上，下颚线如被画笔勾描。

喻瑶颤抖着，目光又向上移了一寸。那是她爱人的脸，她摸过、吻过，这张脸漂亮，也锐利。从前温软无害、昳丽勾人的五官竟是假象，在这一刻假象被撕开，一个她仿佛从未见过的男人踩着光影走出来。

男人只是踏进这里一步，气氛就变得压抑。他身上那股戾气再也不加遮掩，压得满屋子的人垂下头，不敢跟他对视。

他停在圆形沙发旁，嘴角向上扬了扬。

喻瑶紧咬嘴唇，急切地向他身后看去，她看到了！上次在容家私宅里见过的那个“容野”，就在他身后不远处，所以他不是——

答案呼之欲出，可她不敢相信。

怎么可能？她的诺诺怎么可能是……

“爷爷。”一道熟悉的声音响起，疏离清冷。

她无数次觉得，这样的嗓音像是大雪覆盖的松林，清寒又冰冷，每次对她说出的天真情话，都格外迷人。

容绍良转过头，看着他的脸，嗤笑一声：“容野，好久不见。”

悬着的刀落下，斩断喻瑶心头的最后一丝侥幸。

谁都不是容野！

眼前的这个人，依赖她、追随她、爱她、隐瞒她，一次又一次跟她亲密无间的人才是真正的容野！

喻瑶望着楼下的人，满腔尽是荒谬感和震惊，心像被压上巨石，沉到了自己也看不见的悬崖底。过去朝夕依恋的时光此刻突然成了被摔碎的残片，混乱地堆在她眼前。天真懵懂的诺诺、两人之间的眷恋甜蜜，此刻如大梦初醒。

她的耳朵被嗡嗡的噪音占据，有一瞬间什么都听不到。

那个让她的肩颈上落下伤疤的孤僻魔童，因为拒绝私下约见，就让她被整个圈子封杀的容家二少，随时要对她和诺诺不利的容野就在她面前……

“容野是狗”“他的名字，我连提都不想提”……这些话她全部亲口跟诺诺说过。他当时是什么反应？听她描述这些的时候，他的心智和记忆就已经恢复了是吗？

诺诺一直在装乖欺瞒她，什么都不肯承认，就因为他才是容野。他痊愈不是一天两天的事了，可是他对她连一句解释都没有！

喻瑶直勾勾地看着容野，她抬起僵冷的手臂，扯开陆彦时捂着她嘴的那只手，俯下身艰难地呼吸。

周围都是嘈杂的声音，容野的声音却破开了一切阻碍，挤进她的耳朵里。

“爷爷恢复得不错，”容野在容绍良对面的沙发上坐下，一身西装穿得没什么规矩，衣襟闲散地敞开着，单手插进长裤的口袋，“我以为我们见不到了。”

容绍良不动声色地打量他，眼神流露出复杂的情绪，里面甚至可见淡淡的庆幸。谁能想到，他精心爱护的长子、长孙连他的命都可以随便取走，对他不讲半点亲情，既然如此，他不可能再姑息他们。

这个被他捡回来当作工具培养长大的小魔鬼，倒是顽强地活到了如今，能力、心性、价值都远超容家那温室里娇养的无能小辈。

到头来，容野才是他身边最有用的人。

外界，包括容家内部，几乎没人知道容野的真实身世，从容绍良带他出来见人的那天起，他们都以为他是容绍良从外头领回来的私生子。

出事的这段时间，那对父子不敢对外公开容二少出事了，怕引起集团震荡，只说容野出国了，他们暂时接管了他手里的产业。

容绍良经过这么大的变故，已经不想再站到风口浪尖上去冒险，与其把希望寄托在那些不肖子孙身上，还不如让容野替他走到前面去抢夺家业，他只需在幕后把控着容野就够了。

容绍良的目光扫过坐在对面的人，流落在外的几个月，他好像一点改变也没有。

容野的嘴角习惯性地带着一点懒散的笑，他双腿舒展，眼底一片乖戾。不管在谁面前，他从来不知道恭谨是什么。

当初为了控制住容野，容野刚一成年，他就给容野安排过各种女人。少年正是血气方刚的年纪，他以为很容易就能借此牵制容野。

然而，那些女人几乎都近不了容野的身，最后一个倒是靠近了容野，却被容野吓跑了。

他记得那天，容野捏着那个女人的手腕，手里把玩着一盏尖锐的烛台，一双幽深的眼睛盯着他，漫不经心地问他："爷爷，你是非要我背上命案才满意吗？"

那些女人都不可以，那喻瑶呢？

容野不动声色地盯着沙发上的容绍良，心里明白，他血缘上的外公、名义上的爷爷，这一次得把他控制得更紧，容绍良才会放心。

这些年来，他表现出对权力和金钱的极度热切，让容绍良一直坚信他对女人没兴趣，只爱到手的权力和真金白银。但现在不同了，他的身边有了喻瑶，这几个月在他身上发生的事，瞒不过容绍良。

当年为了让喻瑶自由，他装作厌恶她，故意弄伤她，现在比那时候受到的威胁更大，他要保证她的安全，就必须表现得冷酷无情。

容绍良有意无意地朝楼上陆彦时和喻瑶躲藏的位置偏了下头，他眯着眼，笑道：“我们祖孙都活着就好，今天你就跟我回去，把你的小女朋友也带上。

“人家不在乎你失智，愿意跟你恋爱，以前小时候还陪过你两年，你怎么也得给人家一个交代。

“要是想结婚，我可以给你们办婚礼，”他活脱脱一个慈祥的长辈的模样，“虽然程家老爷子只是个无名小卒，可我不至于那么迂腐地拆散你们。”

容野靠向沙发背。

喻瑶在楼上，都能看到他那冷若冰霜的侧脸。她死死地抿着唇，干涩的唇瓣黏在一起。片刻之后，她清清楚楚地听到容野开口，语气漠然：“什么女朋友？”

容绍良缓缓道：“喻瑶。”

容野随手拾起桌上的打火机，苍白的手指拨动转轮，“啪”的一声划出火光。

“提她干什么？”他冷笑一声，“我被打了针，成了没记忆的傻子，凑巧被她捡到，我才会浑浑噩噩地跟着她。换成谁都是一样的结果，她只不过是个让我活下来的工具。跟她恋爱的又不是我，是那个已经消失的傻子，”容野薄红的唇一字一句机械地说着，心却像被坚冰划过，现出可怖的口子，“我刚清醒过来，根本没认出她是谁，后来发现的时候，只觉得倒胃口。”

他的脸在光影交汇之中，显得凉薄寡情。

“小时候我就最烦她，后来她混娱乐圈，我看着碍眼，安排人叫她来见我，不过就是无聊，打算折腾折腾她，没想到她还不识抬举。

“跟她结婚？开什么玩笑。”

喻瑶蜷缩在二楼的一片阴影里，怔怔地注视着容野。全世界轰鸣着，震耳欲聋，她不由得咬紧唇，腥气在口腔蔓延。灼热的泪填满眼眶，挣扎着要流出来。

她忍住眼泪，深深地喘气，栏杆把手磨得滚烫，她尽全力压制着心里的溃裂。

容绍良点了点头："也好，毕竟她父亲喻青檀自杀的事也不是跟你没关系。"

这话说得极为含糊，在知情人听起来，会认为容野知道容氏父子背地里做过的脏事，发现了喻青檀的死亡真相，但其他人听来，很容易理解成容野参与了害死喻青檀的计划。

陆彦时满头是汗，他之前只了解个大概，如今现场听见这些，差点按捺不住，几乎要弄出动静。他的音量极低，用气声焦急地对喻瑶说："你看到了吧？这就是你鬼迷心窍喜欢的人！

"他是容野，戏弄你、封杀你，让你在圈里无法立足。你照顾他这么久，到最后他就是这么对你的！

"他对你根本没感情，巴不得把你甩掉。

"他可能还是害死你爸爸的元凶！喻瑶，你别再被他骗了——"

陆彦时气急败坏的话打击着喻瑶，她直直地看向容野，身体抖动着，目光落到他额角隆起的淡青色筋络上。

只有她能看见他的异样，而从容绍良的角度，看到的则是他的冷淡无情。

喻瑶闭上眼，他现在的状态是诺诺强忍痛苦的时候才会有的反应。经过强烈的冲击，熬过最初的心脏钝痛之后，喻瑶反而迅速冷静下来了。

她脑海中浮现的全是她亲身经历过的甜蜜日夜，她手心里还有容野的温度，他眼中的那些爱意，念着她名字时的低哑哽咽，别人都不懂，只有她懂。

从见面到现在，容绍良的态度，像是在对待自己失散很久的孙子吗？

容野从小被囚禁在那座大院，传言，容家根本没把他当正常人对待过，如今想来，当初联系程梦去治疗容野的人就是容绍良，他怎么会对这个孙子付出真心？

喻瑶忽然警觉地抬起头，环视一圈。这家会所很像是一个提前搭建好的片场，容绍良是导演，陆彦时是一知半解混进来的演员，而她，就是这场戏的观众。

喻瑶咬紧牙关，猛地转过头，冷冷地逼视陆彦时："闭嘴！"

陆彦时愣住，震惊地发现她神色如常，已经不像刚才遭受打击时那般脆弱，虽然眼窝里的泪水滚了下来，但她并没有什么哭相。

她还没醒悟吗?!

陆彦时难以接受，想去拉住喻瑶，动作间，他腕上的手表意外碰在了金属栏杆上，发出"咚"的一声，在安静的空间里显得格外响亮。

容野心中一惊，猝然看向二楼，正对上喻瑶的脸。

不久之前，他还如影随形地守着她，眼里装满了她的影子。此时此刻，他却说着最狠的话，成了她的仇敌。

陆彦时脸色都白了，但还是坚持站起身来，慌乱地把喻瑶挡在身后，试图护着她。她的衣角从陆彦时的身后露出来。容野看到的那一刻，感觉仿佛天塌地陷。

仿佛有嶙峋的巨石压下来，砸到他的背上，他很快意识到，为什么容绍良要求自己选见面地点，这根本就是容绍良事先为他准备好的见面礼！

容绍良预料到了他的反应，也拿不准他对喻瑶到底有没有感情，所以要用这种方式逼他和喻瑶干脆地一刀两断。

过去的容绍良，需要一个人来牵绊他、制约他，但现在情势变了，容绍良不再把他单纯当成一个工具，而是要把他推上主位，自然不允许他存在弱点。

他的真实身份，他亲口说出的那些话，都以最惨烈的方式暴露在喻瑶面前。

喻瑶低着头，抹干净脸上的泪痕，揉了揉酸麻的腿，从陆彦时身后走出去，而后走下楼梯，一级一级走得很慢。

容野仍旧坐在沙发上，手中还握着那个打火机，金属转轮深深地嵌进皮肉里，有淡淡的血痕出现。

他迎着容绍良故作惊讶的脸，缓缓站起身，视线掠过不远处的元洛和江淮。

什么周全的计划？都是狗屁！喻瑶出现的那一瞬间，他就全盘皆输了。

哪个女孩子能承受这种打击？而一旦喻瑶崩溃，说出这几个月里他们在一起的事，容绍良自然能判断出他刚才话里的真假。

确定喻瑶之于他的重要性之后，容绍良对喻瑶什么都做得出来。

容绍良一直以为他爱权、爱钱、爱容家那庞大的产业，而今逼他到这个份上，他自然会妥协一二。但容绍良错了，他爱的从来就不是那些，他还有第二条路可走。

他的命始终悬在刀尖上，不值钱，既然容绍良敢威胁喻瑶，那他不如和容绍良同归于尽。

从此，他不用再步步为营，期盼未来了。他没有未来，他现在就可以直接让容绍良丧命，他只要喻瑶安全。

容野朝元洛和江淮抬起手示意的时候，喻瑶在他的身后，平静无波地问：“容野，瞒着我，好玩吗？”

她的心脏狂跳，语气却维持得非常平稳。喻瑶根本不知道前因后果，也想不明白接下来会发生什么事，但潜意识告诉她，她现在是一个被用来胁迫容野的筹码。

她如果情绪失控，就一定会伤害到他。

容野说的那些话她不相信，但她意识到，这天在这个场合，她跟他应该对立，互无感情，这样于他而言才是最有利的。

喻瑶没有多少考虑的时间，她完全凭着本能，挺直脊背，微抬起下巴，红唇扬起一道弧线，冷冷地看着他的背影，配合他的演出："你是不是以为，你在我面前伪装得很好？"

容野的手僵住，他垂眸，整个人仿佛被冻住。容绍良则脸色微变，眉头皱起。容野缓慢地回过身，撞上喻瑶毫无温度的双眼。

喻瑶还穿着他们分别时的那身衣服，裙子的拉链都是他亲手拉上的。她不疾不徐地走向他，鞋跟踩在地面上发出刺耳的轻响，最后停在跟他相隔半步的位置，有些好笑地问他："容野，你说得没错，跟我恋爱的人是诺诺，你算什么？你真以为你能骗得过我？我早就发现你不是诺诺了。"

"诺诺干净明亮，而你呢？"她略仰头，直视他，双手自然地抱胸，手指暗暗狠掐着自己的手臂，"你从小就阴暗、扭曲，哪里跟他一样？如果不是从你这张脸上能勉强找到一点诺诺的感觉，我怎么可能把你留下这么多天？"

容野一动不动地看着她，心仿佛被碾成泥。他笑了一下，发出一丝喑哑的气音。

喻瑶伸出手，像平常那样扣住他的下巴。

"容野，别这么看我。

"每次你露出这种眼神，就一点也不像他了。"

在伪装崩溃前，喻瑶收回手，退开两步。她不能再看容野的眼睛了，她得坚持熬过去。

过了这晚，还有以后。

她偏开头，转向容绍良，用恰当的语速念着自己应该说的台词。

“容先生，我只不过是个小演员而已，谈了段失败的恋爱，以后记都不想记起来。我还有工作，还得生活下去，身边有不少人追我，我打算尽快换一个男朋友。

“我父亲的事早有定论，我相信那个就是事实，不想听别的，我妈就是为这件事死的，我不想再重蹈覆辙了。

“你们这些高门大院的贵人，我攀不上，也一点都不想掺和你们之间的事情，我就当诺诺没了。至于容野怎么样，和我没有任何关系。

“所以，”她掐着指尖，镇静地问，“我可以走了吗？”

晚上的风呼啸而过，冷得有些刺骨。

喻瑶坐上陆彦时的车。另一个方向，容绍良的人浩浩荡荡地围着几辆越野车。江淮开来那辆黑色轿车，而容野没有动，手随意地提着西装，风吹动他的衬衫，贴上脊背。

喻瑶用余光看着后视镜。那道身影在风里，仿佛要被风吹起，但衣衫浮动之下，他始终岿然不动，像永不倒塌的山峦。

那是她从未真正认识过的容家二少，是很多人既惧怕又想攀附的恶魔。

容野迈上车，坐进后排，低声说：“开车，跟他们走。”

江淮一声不敢吭。容绍良的车在最前面，车很快驶入夜色，江淮只能开车跟上去。

容野合上眼，直到车子就快驶出这个路口，身后的车再也没有踪影，他才弯了一下背，把脸靠向冰冷的车窗。

灯光掠过，外面是当初他把红线缠上喻瑶的手后，牵着她的手一步步走过的那条街。

容野眼皮半抬，瞳中被霓虹灯映出深深的殷红。他抓紧自己腕上的宠物牌，眼里有泪悄然滑落。

喻瑶一路上没跟陆彦时说一个字，她浑身轻颤着拿出手机，上面显示有数个未接电话。

单元楼门口，宋岚带着一群人等在那里，看见她回来，都显得很为难的样子。

她拨开他们，走进楼道。宋岚追上去，犹豫了几次，到底还是没张口，只把一个有指纹密码的储物盒交给她。

喻瑶提着这个盒子，打开门回到家。芒果迷惑地迎上来，一时忘了撒娇，它好像不明白为什么今天回到家的只有她一个人。

她脱了鞋，弯腰看到诺诺那双摆得整齐的深蓝色拖鞋时，情绪突然彻底崩溃。

喻瑶光着脚，俯身喘了几口气，慢慢蹲坐下来。她将手按在储物盒的指纹感应器上，盒盖轻轻弹开，里面是一个丝绒首饰盒和一封信。

她掀开那个小盒子，里面是一枚流光溢彩的钻戒，信封上的笔迹她没有见过，跟诺诺的圆润字迹完全不同，冷峻遒劲，放肆狂野。

给瑶瑶。

深夜，家里只开了门厅里最微弱的一盏灯，喻瑶靠着门展开那封信的时候，视线已经模糊了。

三折页的信，她先翻开了最下面的那一折，上面的内容她都还没看到，最末尾的两行手写字就跃入她的眼帘。

等我回来的时候，能不能把属于诺诺的爱分给我一点？

一点点，我就满足了。

喻瑶坐在冰凉的地板上，把一封信翻来覆去看了很多遍。

这完全陌生的笔迹，横竖撇捺都锋芒毕露，张扬得像要从纸张上跳出来，勾勒出一个她似乎从来没有触及的人。

最近也最远，虽有过肌肤相亲，可又根本没正式认识过。喻瑶几次俯下身，抱着腿，脸垫在膝盖上，在会所里憋回去的眼泪此时都肆意流了出来。

芒果在她的身边急得团团转，不时发出“嗷呜”的叫声。她听着这个语调，想起诺诺跟她说的第一句话，就是这两个字。

电话还在不断地响，她一个一个都接了，只是嗓子哽着，始终说不出话。

宋岚的语气是少见的急躁：“喻瑶，你听我说，我们绝对不是在监视你，我也是今天晚上刚刚知道你身边的诺诺就是容野本人。他安排我们去那里是为了保护你的安全，送你回家。那两个小助理也是他提前选好的，以后代替他照顾你……

“我承认，有些资源是他暗中准备的，但每一个都是你靠自身能力拿下来的，你不要因为这个就产生抵触，后面的工作还是要继续……”

陆彦时被她无视了一路，却还锲而不舍地打来电话规劝她：“喻瑶，还好你够理智，当面跟容野说了那些话，我就放心了。不管你接不接受我，你都不能再受他的欺负了。”他心有余悸地喃喃，“你跟他当面对峙的时候，他的眼神实在是太恐怖了。我根本不敢抬头直视他，我都担心他会把你生吞活剥了。”

连程怀森都打来了电话，他多半是听陆彦时说了。老头子在听筒那边沉默许久之后，跟她说的话很简短。

“你上大学期间，容野就暗中去看过你，是我亲眼所见的。他对你是什么感情，你自己判断，别偏听、偏信。

“另外，容家的水太深，不是你我能想象的，他这次回去能不能全须全尾地出来，谁也不知道。你要怎么对待他，心里衡量清楚，真要另选一个，也不是不行。”

直到凌晨，喻瑶的手机才彻底安静。她仍然保持着那个姿势，蜷缩成一团。

童年的经历、过去的印象、记忆里的标签，传言，以及来自四面八方的各种声音，都在替她定义和描述容野。

乖张、暴戾、薄情、危险、铁石心肠、手段狠绝、缺失正常人的情感……

她这晚目睹和真真切切听到的，也都是容野冷酷的一面。

可她鬼迷心窍一样，即使是到了现在，她质疑容野身上的所有东西，也没有任何一刻质疑过他对她的感情。

她是在赌，在当时所有人包括容野自己都漠然否定了一切的时候，她还是凭着直觉和孤勇在赌，赌他的心。

喻瑶抚平那封信。信上的内容其实很简短，他跟她道歉，告诉她他就是容野，求她等他，但是关于她应该知道的真相，他该解释的那些误会，他一个字都没提。

如果不是发生了晚上的意外，他被她当面拆穿，看来他是准备沉默到底，不打算跟她解释，要把她一直蒙在鼓里。

但信里有两句话能回答她心里最重要的疑问。

喻瑶直起身，仰靠在门上，满脸都是干了的泪痕，嘴角却抑制不住地向上扬起。她只有唯一的筹码，可她赌赢了，不管前面有多长的路，她都不会放弃。

“你到底是谁？”这是她在会所时没有问出口的疑问。

他却早已在信里写下了答案：

我是诺诺，也是容野。

无论生死，我都是你这一辈子最忠诚的信徒。

喻瑶没回卧室，那张床上承载的回忆太多，她还没办法面对。她在门口的单人床上勉强睡了几个小时，天亮醒过来时，她习惯性地往身旁去抱，却扑了个空。

没有他了，她的诺诺已经消失了。

喻瑶起身用冷水洗了脸，看着镜子里憔悴的自己，认认真真地化了一个精致的妆，盖住所有疲惫和憔悴。她没那么多时间用来颓废。

她的戏份还远远没有结束，昨晚的表演只是个开场而已。大幕才刚拉开，导演容绍良不知道把多少无形的摄像机对准了她，密切关注着她接下来的每一步。

而她要全力配合那个人。

喻瑶左手撑在洗手台上，右手手背挡住眼睛，深深地吸了一口气。

除了没有怀疑他的爱这一点，其他的每一件事，她都不能轻易原谅他。明知道她对他有误解，他也不解释；他藏了那么多秘密，却不肯跟她透露半个字；他恢复了，却还在她面前装乖骗人；他还用诺诺的身份和她亲密，擅自替她做决定，他凭什么这么做？

他是不信任她，还是根本没把她当成可以交心的恋人？就算他有再多理由，对她来说都不成立。

喻瑶知道，昨天她虽然看穿容野在说谎，但容野不见得能想到她其实在陪他演戏，以他的性情，极有可能把她说的那些狠话都当成真的了。

他真的认为，她爱的只是诺诺，而他什么都不是，他在她眼里卑劣阴暗，一文不值。她抿唇，忍过那阵下意识的心疼，暗骂他活该。

让他一个人吃苦去吧！他自找的！何况，这才哪儿到哪儿啊？接下来有他受的。

喻瑶振作精神，联系宋岚，要求重返剧组。宋岚听到她的决定，欣慰地说："你想通就好，戏还是要继续拍的。这部片子的配置确实非常高，你演好了可以冲奖，容二少他——"

"别提他，"喻瑶边下楼边对电话那边的宋岚说，"岚姐，以后别在我面前提起这个名字。还有，我现在是单身，没男朋友，你身边有合适的男人记得帮我留意，如果有咖位够的男星想炒绯闻，我也可以考虑。"

"喻瑶，你是说真的？"

喻瑶笃定地道："当然是真的，祝我分手快乐，早日找到新男朋友。"

挂断之后，她用力喘了几口气才走出楼道。在她周围的人，每一个她都不得不提防。

即便宋岚是容野那边的人，但谁能确定她的手机通话不会被监听？谁又能保证她不会无意中泄露什么，给容野带去麻烦？

最好的办法，就是做戏做全套。等所有人都信了，容绍良自然也会坚信不疑。

她现在能帮容野做的，就只有这个。其他的她什么都做不了，反而有可能打乱容野的计划。

一周之后，全网的人皆知喻瑶跟小白痴助理分手了。

"白玉"的相关话题下网友们一片哀号，网友们的评论数不胜数，而喻瑶的绯闻开始层出不穷。

《阴婚》大爆，受到高期待的作品《梦境山》筹备上映，又有新的大制作优质电影在拍，喻瑶彻底翻红。她本身就是清冷女神类型的，平常敛着神色不苟言笑，加上她性情冷漠，圈里很少有人敢沾边。

然而，她一旦收敛性情，露出热情的那一面，跟各种男星的契合感就直线往上涨。

不到十天，喻瑶跟新锐导演私下吃饭，年轻影帝邀约她一起拍新电影，新晋流量小生频频在节目里嘴甜地叫她“姐姐”，围着她跑前跑后，以前被她甩掉的小陆总重出江湖，天天跑片场献殷勤，跟她相关的新闻词条频频挂上热搜，网友们议论纷纷。

几乎同一时间，另一条备受关注的新闻一跃而上，虽然和娱乐圈不相关，但仍旧吸引了无数眼球，强势抢占娱乐版面，各种营销账号都在转发。

传言里的容家二少容野第一次公开出席集团剪彩活动，正式走向台前。网上他的照片不多，被偷拍的就两张，但照片里的容野哪怕只是个模糊的剪影，也足够掀起波澜。

很快，就有人把这两件事联系到一起——

“该不会是容二少出现，又盯上了喻瑶，喻瑶才跟小白痴助理分手的吧？”

“别扯了，容野要什么样的女人没有，隔了这么久，还会记得一个小演员？再说了，喻瑶跟傻子谈过恋爱，对容野来说，她根本没资格当他女朋友吧？”

“等等，我要斗胆发言——难道没人发现容野有一点点像小白痴吗？”

这一条微博被众多营销号单拎出来嘲讽，全网言论整齐划一：疯了吧，喻瑶那痴傻前男友怎么会和容野长得像？

就在容野出席剪彩活动的当天晚上，喻瑶答应了一个年轻投资商的饭约。这位年轻有为、人品正派、长得高大英俊的投资商，对喻瑶示好过很多次了。

喻瑶知道有“狗仔”盯她，大方地任“狗仔”拍，但她没想到，分别时投资商忽然去握她的手。她绷着神经，一直小心谨慎，马上与对方拉开了距离，但还是被对方短暂地抓了一下手腕。

这一幕被清晰地拍下来，随即登上热门搜索词条。画面里，她长发轻垂，腕子细白到不盈一握，被人抓着，显得亲密多情。而那一瞬间，她嘴角的营业式微笑还没来得及收。

任谁看来，都是你情我愿，情投意合。她绯闻再多，可这是头一回被拍个正着。

喻瑶在回家的路上，靠着车椅背，把眉心捏到发红，心口像被什么狠狠抓挠，一阵酸痛，又莫名地企盼着。

她死死地攥着手机，又不知道究竟在等待什么。临到家门口时，她的手机突然开始振动，显示的是一个陌生号码。

那一刻，喻瑶几乎弯下身子，但她很快深吸一口气接听了，甚至都没有发觉自己的手指冰凉且发抖。明明是一个陌生号码，可以是任何人打过来的，可她就是紧张到连喘息都困难。

每一秒钟都被无限延长，喻瑶把手机紧紧地贴着耳朵，里面没有人说话，只有断断续续的、战栗的、压抑的呼吸声。

喻瑶只听了一下，突然就泪如泉涌。她伸手抹掉，咬着手指，也一声不吭。那边每响一下粗重的低喘声，她的手都在跟着打战。

片刻后，电话挂断，容野衣着单薄，站在露台上，一只手重重地按压在金属摆件上，不着痕迹地拨通另一个号码，懒洋洋地交代公事。

他看似不经意地回过身，看到容绍良，淡漠地抬眸：“爷爷，有事？”

容绍良拧着眉，在他的脸上看不出一丝异样，他永远是冰冷寡情、嚣张睥睨的样子。

他摇了下头，拄着拐杖离开了。

容野慢慢移开手，金属摆件上层的凹凸处多了一层斑驳的红色，血珠顺着他苍白的指尖滑落。

露台的灯关掉了，只有手机屏幕映亮容野的脸。他的身体微弯，薄薄的衬衫贴着脊背，眼眶泛红。

Chapter 23

## 第二十三章

# 失控

三天后，宋岚联系喻瑶：“明晚有一个规格很高的酒会，参加酒会的人都是平常难得一见的资本圈老板，你参演的那部谍战片的导演有私人关系，他已受邀参加，你可以做他的女伴。”

喻瑶揉着额角，张口就想拒绝。宋岚意味深长地强调：“我再说一次，出席酒会的有平常见不到的资本圈大佬。”

喻瑶蓦地精神一振，心跳转瞬间加快：“我答应。”

宋岚松了口气：“礼服你选一选，还是要保守——”

“不，”喻瑶眯了眯眼，有些咬牙切齿地说，“挑一件更加暴露的礼服，越性感越好。”

谍战片的导演已经年过五十，是圈里资历深厚、获奖无数的长辈级大导演。

导演的性格温和又正直，喻瑶作为他的女伴出席酒会，毫无压力。

宋岚不负所望，隔天下午就送来了裙子和首饰。喻瑶看了后甚是满意，她入行几年，还没穿过这么火辣的礼服。

长裙盖过鞋面，细吊带，薄纱抹胸，前面还算正常，后背就“大有文章”了，开衩快要低到接近腰线的位置，大半个背只有几条串着珠玉的细绳遮着，半遮半掩着，露出雪白的皮肤。

喻瑶心一狠："就它了！"

一个妆化了两个多小时，等喻瑶换上礼服出门的时候，导演惊得直吸冷气："去电影节的时候，都没见你这么用心地打扮！"

喻瑶温婉地笑了笑。电影节算什么？去见前男友才是真刺激。

酒会在一个河滨庄园里举行，喻瑶跟着导演到达门廊下，车门开启的刹那，她才意识到自己冷得像冰块一样，竟然有些走不动路了。

导演了然地安慰："今晚容家二少也会出席，你是不是怕他？我听说他为难过你。"

喻瑶艰难地咽了咽口水，眸中水光闪动："是啊，我怕的就是他。"

偌大的前厅是中世纪古堡风格，到处是华美艳丽的装饰。喻瑶跟着导演，随意地端起一杯果汁，在众多脸都认不清的资本家中间穿梭，心脏不听使唤地乱跳。

晚上八点，是邀请函上酒会正式开始的时间。古董挂钟刚"当当"响够次数，主办酒会的东家就走上前，却好像在等什么人，没有开口说话。

喻瑶站在人群里，猛然听到后方大门被推开。有人恭谨地通报了什么，那个禁忌一样的名字像针一般刺到她的神经上——容野！

导演很细心地拍拍喻瑶，想把她往边缘带，唯恐容二少发现她。但人群骚动，很多人往容野那个方向簇拥而去。喻瑶被撞到，身体不由得侧了一下，正好转向进门的通道。

那个许久不见的人，穿一身浓墨似的黑西装，立在人群中，而后踩着一地光影走近，过去总是柔软地散于额前的头发现在被随意地梳往后面，露出完整的一张脸。

纷扰的前厅一时间鸦雀无声。喻瑶像被施了咒，愣在原地。

她脸上没有表情，宛如罩着层冰。容野从她的面前经过，穿着高跟鞋的她只到他的耳际，那个她曾无数次亲吻撩拨过的地方，此刻凉得像玉石，没有一丝温度。

他漠然地跟她擦身而过，连一个眼神都没给她。

喻瑶也像从来没跟他相识过一样，脸色如常地侧过头，跟导演说话，不经意地拨了下长发，吸引着场上的人的视线。只有她知道，自己的五感就像失灵了，从两人擦身而过的那一刻起，她就注定不能平静。

容野的身影很快被围住，但慑于他的沉默寡言和压迫感，那些人都不敢靠得太近。

他长身玉立，喻瑶偶尔能瞥到他侧脸的线条，她手里的果汁晃动，快要从杯口洒出来。

喻瑶掐了掐自己，拼命地告诉自己要稳住。

她歪了下头，露出标准的营业式甜笑，跟着导演去见朋友。她裙摆拂动，一身珠光宝气，极短的几个瞬间，她能感觉到，有道目光凝在她的身上。

喻瑶得逞地翘了下嘴角，不经意地歪倒杯子，手沾上黏腻的果汁。她和导演打了声招呼，不疾不徐地绕过前厅，走向洗手间。

洗手间有三个，前两个里面都有人声，最后一个离得有些远，七拐八绕，别人都不爱去，但胜在安静。喻瑶放慢脚步，用力抓着手包，踩着高跟鞋，一步一步地朝第三个洗手间走去，很快经过最后一个转角。

前面就是洗手间了，他再不出现，就没有机会了。

喻瑶垂了垂眸，紧绷的肩背不由得松懈下去。她咬着唇路过一座高大的天使雕塑时，阴影里倏然伸出一只骨节分明的手，死死攥着她的小臂，不由分说地将她往前一带。

寒气混着熟悉的沉沉木香瞬间涌进喻瑶的鼻腔。她闭上眼，长睫微微有些潮湿，唇极其短暂地上挑了一下，随即就落下去。她拧眉抗拒，试图推开他。

手刚刚触碰到他的胸口，她就被人近乎粗暴地搂住，湿凉的手掌掐住她的后颈，五指伸入她的长发间，迫使她抬起头。

男人眼里的琉璃色全被血丝取代，吸引着喻瑶往里深陷。对视的几秒钟，她就要陷落了。

喻瑶淡淡地看他：“我认识你吗？”

她耳边是压抑的嘶哑声音：“你穿的是什么?!”

喻瑶笑了下，眼波流转间都是风情。她靠近他，唇几乎擦过他的下巴：“容野，我只是个让你想起来就倒胃口的工具而已。我穿什么，在哪儿，跟谁在一起，和你有关系吗？”

容野盯着她，手往下滑，解开西装上唯一的一颗纽扣，有条不紊地脱下来。

喻瑶愣了愣，刚想说什么，一件残留了体温的西装就罩上她的身体，他一只手把她揽到怀里，清瘦的五指扯住她后背串着珠玉的那几条细绳，直接拽断。

叮叮当当的响声里，容野把她按到墙角，薄唇上每一缕血色都透着失控的疯狂。

“那就试试，你到底跟我有没有关系。”

喻瑶礼服上的细绳有七八条，她穿的时候还觉得很牢固，但落到容野的手里根本就不堪一击。他冰凉的手指贴着她的脊背划过去，裙子背面就被损坏得彻彻底底。

细绳被扯断的声音，珠玉掉在地上的脆响声，两个人纠缠时响起的沉闷的喘息声，全部交织在一起，和着远处大厅里圣洁的管风琴声音，直逼得喻瑶失去冷静。

喻瑶不受控制地靠着墙，墙角空间狭小逼仄，男人又热又重的呼吸声快把她淹没。

没了细绳装饰，她的背就完全露出，窄窄的肩带有一边滑落了下去，大片的瓷白肌肤暴露，又被西装挡住。

容野的手并没有移开，反而在她的皮肤上摩挲，掐着她的腰，没了分寸。

喻瑶忍不住略仰起头，纤长颈项拉出紧绷的弧度。她张开唇深吸了两口气，看到了那座挡住两个人的大雕塑。

那是一尊纯白的大天使雕塑，纯洁又温顺，像她的诺诺。而现在要把她侵吞的这个人，像危险潜伏的凶兽，也像是被钉在十字架上，让人惧怕和服从的阴郁的邪神。

这是喻瑶第一次跟真正的容野单独相处，虽然有心理准备，但情势还是出乎了她的意料。

真是个疯子！

容野箍着她压向自己胸口，每一下都像要把她糅进身体里。他的唇仿佛带着寒气，朝她吻上来时，却热得能把人融化。

身体本能、思念、心疼、隐忍不安的爱，都在催促着喻瑶接受这个吻，但她咬了咬牙，指甲掐进手心的软肉里，在双唇要相贴的关头，决绝地转开脸。

容野的唇只碰到了她的耳郭和头发，太久没有过的欲望，在触碰的一刻被激起。

容野喉间的吐息更沉重，他半强迫地托起她，朝前面没人的洗手间里带。

喻瑶猛地用力，狠狠地推开他。

这要是进了小隔间还得了！不但说不了什么话，还得把她自己搭进去！

挣扎间，喻瑶跌回墙边，险些撞到头。容野的手掌抚住她的后脑勺，把她转向自己，逼视着她。

昏暗中，四目相对，他眼里翻涌着血色，她还维持着冷淡，和他对峙。

“容野，”喻瑶抢在他前面开口，语气丝毫不带感情，“需要我给你再重复一遍那天晚上你说过的话吗？容二少当时多果断，和我撇得一干二净，现在又想干什么？把我当玩具?!”

明知不是这样的，可喻瑶就是要刺激他，逼他主动说真话。诺诺丢了，她跟容野又不熟，凭什么对他温柔？他这天可是一上来就对她来硬的！难道她不能有脾气，要无条件接受吗？

他不够信任她，现在根本是自讨苦吃，他应该为他的欺瞒受到惩罚！

“我已经跟你分手了，断得干净彻底，”她的声音低沉而凌厉，“我爱干吗就干吗，想跟谁在一起就跟谁在一起，反正不会和你在一起。”

“容二少不是巴不得甩掉我吗？我这么做你还是不满意？”喻瑶冷冷地盯着他，“现在是什么意思？故意把我的裙子扯坏，我怎么出去？”

“信，”容野喉咙里宛若有数不清的刺，声音喑哑，“我给你留了信！”

喻瑶想到信的内容，眼里闪过浅浅的泪光，冷笑着问：“你都那样说我了，我的诺诺也没了，我为什么还要看你的信？”

她有些残忍地继续用话激他：“信早就烧掉了。”

容野眼神慑人，有几个字正要说出口，这时走廊里传来说话声，前面的两个洗手间人多，有人不愿等待，开始往这边走来。

就算有雕塑挡着，但毕竟她的头上就是一盏壁灯，真要有人经过，难保不会被看见，何况地上还有碎珠玉。

喻瑶不由得紧张起来，露出一点慌乱。容野忽然沉默地揽过她，另一只手拽下她身上的西装，扬到那盏灯上，里面的梨形灯泡闷声碎裂，眨眼间熄掉。

这边光线骤暗，那些要过来的人都吓了一跳。庄园里的装修本来就偏黑暗复古，一下子来这么个变故，实在有点惊悚。

容野抱起喻瑶走进洗手间，到了门前，喻瑶挣脱开来，躲进隔间里，要关上门的时候，他不容拒绝地挤进来。她不由得心颤，不敢吭声，警告般地瞪着他。容野却只是拾起墙边置物架上一个提前准备好的纸袋，拿出里面折叠的羊绒披肩，裹在她的身上。

下一刻，他的手指拨开门锁，错身出去，把喻瑶留在里面。门关闭前，喻瑶从缝隙间看见他的眼睛，正定定地望着她。

酸涩和心疼下意识高涨起来，盖过了她所有的情绪。怎么能有人阴狠暴戾，又卑微得像快要低到尘埃里？

喻瑶嘴唇动了动，想叫一声他的名字，但来不及了，门已经被关上，他的脚步声渐远。

喻瑶知道他是去善后了，此时还没到随心所欲的时候。

喻瑶压抑着的心终于放肆地跳动起来，心跳声震耳欲聋。她揉了揉被他吻过的耳朵，整理好裙子上断掉的细绳，拉起肩带，把羊绒披肩围得更自然些，挡住裸露的后背。

又等了三四分钟，确定没事了，她才走出隔间，洗了手，若无其事地回前厅。经过那座雕塑时，所有痕迹都已经被清理干净，就像从来没有人在那里相拥过。

导演见她回来，点头夸赞："冷了吧？别说，这边准备的披肩跟你的裙子还挺配。"

导演倒是没觉得喻瑶一个女孩子去洗手间的时间长点有什么问题。他又压低声音："放宽心，我替你看着呢，容野来了一会儿就走了，不会为难你。"

喻瑶环视一圈，早就没了容野的影子。她这才发觉，场上有其他女士用了跟她同款的披肩，容野细心到连这个都考虑到了。

她心里七上八下，脸上却看不出半点异样，镇定地微笑："是啊，刚才冷，但现在暖和起来了。"

当晚回到家，喻瑶鼓起勇气进卧室里睡，她已经在门口的单人床上连睡了十来天。这么久过去，属于那个人的气息肯定消散了，但她还是辗转反侧，在被窝里不时摸摸自己的后背和肩膀，耳朵也红得好似烧了起来。

被子里是没有他的气息，可她身上有，那种既熟悉又生疏的侵袭感挥之不去，往她躁动的身体里钻。

她埋进枕头里逼着自己睡觉，结果一夜都没能消停，梦里全是不能言说的画面。

翌日醒来的时候，她的头昏昏沉沉，莫名有种一脚踏两船的错觉。

喻瑶不知道下一次见面是什么时候，也不知道要等到哪一天，才能原原本本听见他告诉她所有的事，反正在他老实交代之前，她绝对不会放过他。

她前方没有灯塔，只能摸索着继续往前走，但她确信，容野活在更艰难的境地里。接下来的路恐怕会越来越窄，直到他真正捅破了天的时候，两人才能自由。

喻瑶全身心投入谍战片的拍摄中，一边高调地搞事业，一边活跃地跟不同的男人吃饭聚会。狗仔拍到她不止一次，都快麻木了，镜头里那张精致的笑脸越来越明媚。

那边喜欢"白玉"组合的网友还在痛不欲生，另一边已经有营销号唯恐天下不乱地开始设置投票，赌新晋"海后"喻瑶最后到底会选个啥样的做第二任。

跟她传过大小绯闻的都被拉出来遛了一圈，一列表才发现她的绯闻男友不光优质，数量还惊人。唯一被拍到过拉喻瑶手腕的那位年轻投资商沈亦名列前茅。

喻瑶也看见网上的八卦了，只笑了笑，没当回事，心里想的是某人现在是什么心情。

她换好戏服，准备进片场。容野之前给她安排的那个小助理端着热水，慌张地跑过来："瑶瑶姐，那个沈……沈总来了，在前面。"

喻瑶怔了一下，自从上回拉手腕被拍，她就有意减少了跟沈亦的联系。直接断掉肯定不行，身边那么多人，包括沈亦自己都看着。前一天她还言笑晏晏，不扭捏、不排斥，就因为被碰了手腕，转头就疾言厉色和沈亦绝交？

如果她真这样做，是个人都会发现有问题。

她现在立的是"广撒网，忘掉小白痴，很想开展新恋情"的人设，一旦露出退意，很难不被容绍良注意到，恐怕会前功尽弃。

喻瑶点点头："过去看看。"

沈亦算是个意外，这种跟资本圈沾边的人，其实不适合她，难保这人不会跟容家有什么生意往来。

但是，作为一个想谈恋爱的女演员，她被一个年轻优质的投资商追求，如果半点不考虑，会让人起疑。

只是她没想到，沈亦好像认真了。

喻瑶走向片场，一路上不少工作人员都笑着看她，满脸好奇。她沉下心来，表情调整得无懈可击，离着十来米远就看见沈亦亲自推着辆奶茶车，在给全剧组的人送温暖。

见她来了，沈亦从车里抽出沉甸甸的一大束玫瑰，一看就是私人庄园养出的稀有品种。

喻瑶恍惚想起那个晚上，她被陆彦时约走，深夜回到医院时，诺诺正站在寒风中，用体温给她暖着一束小小的花。

那是诺诺，也是容野。

沈亦长得端正英俊，拿着花束走到她跟前，坦然地说：“我这次不是随便玩玩，我是真的想追求你。”

喻瑶下意识的反应是抗拒，她收敛得很好，正考虑找哪个理由推托，毕竟“海后”可以有多个绯闻男友，但不用定下来。

沈亦注视着她，而后说道：“喻瑶，我没强求你马上答应我，但至少给我个机会。如果你开口就拒绝我，是不是代表你其实还没有从上一段感情里走出来？”

喻瑶到了嘴边的话突然咽下。这沈亦倒是会说话，但对她而言这段话等同于威胁。

片场这么多人可全听见了，她现在要是拒绝，网上的人立刻就会说她旧情难忘，还恋着小白痴，到时候容绍良看到，那就都白折腾了。

喻瑶扬着一张薄情的脸，果断地说：“当然不是。”

沈亦弯了眼睛，郑重地道：“那就让我追你，给我一个靠近你的机会，和我试一试，可以吗？不是让你现在做我女朋友，只是希望你别躲着我，把我当成个朋友也行。”

身段放低至此，喻瑶要是不答应，摆明心里有鬼。

她将手攥得发疼，心里暗骂容野：你就吃醋吧，你吃醋也没辙！我是不喜欢这款的，可我这都是为了谁啊！

她露出温婉的笑，接过那束花，咬牙说道：“我这边的预备期很长，不高兴就会喊停，你可要有个心理准备。”

周围的拍照声此起彼伏，生怕落下哪个细节。

沈亦很开心，他有些越界，轻轻地揽了一下喻瑶的肩膀，立刻就放开了，但也被拍了下来。

当天下午，喻瑶又以桃色新闻上了网站首页。这次不是绯闻对象，是由本人现场印证的正牌男友，虽然嘴上说是朋友，但谁都知道“转正”只是早晚的事，沈亦这种条件的帅哥，追人哪有不成的？

全网又被喻瑶和沈亦的照片刷屏，“白玉”相关话题里炸开了锅。

“我的天啊，小白痴怎么办？”

“怎么能这样对他？这让他怎么办，喻瑶这个见一个爱一个的花心女。”

“当初那么爱他，又抛弃他，现在有了新男友，还大张旗鼓地秀恩爱，我的心都碎了，小白痴还能活吗？”

其他女星的崇拜者又恨又妒，和喻瑶传过绯闻的男星的崇拜者也气得不轻，都骂喻瑶不专一。

网友们则喜闻乐见，忙着提问：“喻瑶这个预备男友算得上圈内顶配了吧，谁还能争得过他啊？”

一个答案随即被推上热门——容野啊！但转评全在笑回答的人胆大包天。谁能拿下容野，谁就是内娱女星中的佼佼者，沈亦可不够看的。就因为知道谁也拿不下，网友们才敢这么放到台面上来说。

有些人可望可即，有些人，不可望更不可即。

喻瑶烦躁地刷着网上的消息，把手机握得发烫了，还得摆出一副乐在其中的表情。她等到了傍晚、深夜，等了一天、两天，都没有接到像上次那样的电话。

好啊，可以，她这儿有人献殷勤，那她就光明正大地享受着呗，没什么，只要容二少受得了就行。

几天后的一个午后，喻瑶拍戏间隙接到了沈亦的电话。

他的语气向来平和温柔：“瑶瑶，晚上有个饭局，半公半私，出席的人都算是我家这边的长辈和朋友，可以陪我去吗？我保证不会太久。”

喻瑶踟蹰了一下，沈亦马上保证：“就以朋友的身份，反正别人都知道我在追你，你不用有负担。偶尔出席这样的场合，对你的事业也有好处。”

话都说到这份上了，喻瑶捏捏眉心，捂着手机，叹了口气，重新拿起手机，含笑说：“可以。”

喻瑶跟沈亦同行，只是一个饭局而已，当然不会穿得太隆重性感。她换了条改良的刺绣长旗袍，用白玉簪随意地绾起黑发，将嘴唇涂红，就足够让沈亦看得晃神。

她一路上心不在焉，跟宋岚报备了，让她准时来接之后，根本没注意四周的环境。等进了包厢，在圆桌边落座后，她才看到已经到了六七个人。

这些都是在财经新闻里能看到的不同行业里的知名人物，其中只有一个带了妻子。而她，显然被当成沈亦的正牌女友了。

喻瑶蹙了蹙眉，有些不自在。

沈亦体贴地给她倒热茶，见到她有一缕鬓发滑下来，他直接伸手，想帮她别到耳后。他刚刚碰到她，包厢的门陡然打开，在座的有头有脸的人物哗啦啦站起来，毕恭毕敬地望向门口。

喻瑶身体不由自主地一僵，在门开的那个刹那，仿若有无尽海水奔涌向她，欲把她吞噬。

怎么会……

她用力地抓了一下椅子边缘，皮肤上浮起一层鸡皮疙瘩。在沈亦的低声提醒下，她缓慢地站起身，口中又涩又酸，心跳如雷。她转过头，看见了那个人。

容绍良站在前面，穿了件立领唐装，比上次她见到他时显得更精神。

容野在他的右侧，稍错半步的位置，这样的私人场合，根本不值得让他穿一身正装。

他穿着一条简单的黑长裤，白色衬衫领口解开了一点，袖口挽起，下摆随意地垂着。

此时，他垂眸打着电话，薄唇间淡淡地吐出了几个字，让整个包厢陷入死寂。

他只是随意地抬了下眼，沈亦手就一颤，不由得避开他的目光，低声安抚喻瑶："别怕啊！抱歉，我没提前和你说，其实今天让你来，私心是想解除过去你跟容二少之间的误会，免得你总放不下心。之后，我再正式介绍你。"

"介绍我？"喻瑶许久才干涩地问，"以什么身份，你的预备女朋友？"

沈亦"嗯"了声："行吗？"

喻瑶看了一眼坐到自己对面的容野，再看看近在咫尺的沈亦，突然笑了，笑容在艳丽的脸上荡开："行。"

容绍良落座，视线扫过喻瑶，轻飘飘往身旁的容野侧脸上一掠。喻瑶摸摸手中的杯子，"导演"亲自到场监督，她怎么能让人失望？

她挺起背，手自然地拨了拨耳侧那缕垂落的鬓发，不但没绾上去，反而掉下来，拂过她的脸颊。沈亦看到了，侧过身贴近她，抬手给她撩起来。他朝她笑，声音轻，但也够让人听见："这么好看。"

喻瑶歪头，弯了弯唇，跟他对视。席间长辈多，有人笑道："年轻人就是年轻人，沈亦追女孩子真有一套。"

沈亦顺势拉住喻瑶，站起来说道："好不容易把人领出来的，别给我吓着了。容董，带来给您看看，这是我正在追的人。"

他明明是对容绍良说话，目光却试探地看向容野，手滑到了喻瑶的臂弯上。

她穿的是短袖旗袍，手臂露着。沈亦的手亲昵地抓着她的手臂，按出了浅浅的指痕，而她不但没甩开，反而在笑，甚至流露出一丝羞涩和甜蜜。

容绍良一副长辈的慈祥模样：“喻小姐眼光很不错。”

喻瑶不卑不亢，从始至终没看容野一眼。她朝容绍良点点头：“沈亦这么优秀，换谁都会动心。”

容绍良转头问：“容野，你看怎么样？”

容野靠向椅背，脖颈上的筋络凸起，下颌线如刀锋一样，显得冰冷阴森。

他翘了翘嘴角，视线笔直地落到喻瑶身上，只说了一个字：“好。”

喻瑶身上的战栗感在叠加，细密酸麻，随着容野视线游走遍布全身。她坐回去，不再看他，专心跟沈亦说话。

沈亦倒茶，她喝。沈亦夹菜，她每样都尝。

沈亦低低地说笑，她就弯着眼耐心听。甚至席间沈亦的手碰到她的手指，她也没有刻意躲避。

容野就坐在她对面，冷白的手指把玩着一把银色叉子，犹如利器。

容野神色如常，浑不在意地偶尔应一声别人的问话，一直到容绍良按铃叫人，他才懒散地抬头：“爷爷，喝茶？”

容绍良点头，他有吃饭吃到一半喝茶的习惯，喝的也是自带的金贵茶叶，翠绿微苦。

容野推开椅子起身：“不用叫人了，我去泡。”

容绍良想了想没反对，那茶讲究，不懂的人确实泡不好。容野在包厢外端着茶壶，垂下眼睫，往茶水中加了东西。那东西没有颜色，淡淡的苦味混在茶味中，根本尝不出来。

如今还没到要把容绍良置于死地的时候，只不过先下点开胃小菜。

容野端回茶，给容绍良倒了一杯。容绍良却磨蹭着，没有立即喝。容野笑了笑，给自己倒了一杯，当着他的面，从容地喝下去。

这药一点也不复杂，别人喝了都无害，但注射过那种药剂的人的身体里还残留着药性，服用之后会引起头疼，严重的会疼到昏迷。

半小时后，容绍良突发头疼，被紧急送医。茶水早已喝完，换了两壶，而同样喝了茶水的容野并没有任何异样。容绍良不得不打消心中的疑虑，交代容野留下来，把这顿饭吃完。

喻瑶亲眼看着变故发生，心早已经揪成一团，但还是神色如常，合理地表示关切。在容野送容绍良出去之后，她顺势站起来，不小心打翻了碗碟，汤水泼到了旗袍上，一大片湿淋淋的脏污。

她的心跳得厉害。

“我裙子脏了……”她表现得尴尬又无助，“可以去处理一下吗？”

沈亦立即扶着她：“我车里给你准备了备用衣服，去换上，楼上有更衣室。”

喻瑶点头答应，跟着沈亦走向距离包厢最近的一个更衣室，门却被锁了。

沈亦没当回事：“估计里面有人，另一边还有一间，就是偏僻了点。”

喻瑶的鞋跟踩在地毯上，没有发出一点声响。她跟在沈亦的身边，走到长廊的另一头，这间更衣室的门能顺利拧开。

沈亦把装衣服的袋子递给她：“你进去换吧，我就在门口等你，有什么事随时叫我。”

喻瑶点头一笑，侧身进入更衣室，门板在她面前慢慢闭合，“吧嗒”一声关上。

里面没开灯，喻瑶的呼吸变得急促，心在狂跳。她没有方向，不清楚自己该去哪儿，做得究竟是对还是错，只靠着一点感应和默契，浑浑噩噩就进入了这里。

是扑空了吗？她判断错了？喻瑶艰涩地咽了咽口水，手指放到门把上，正要拧开时，背后浓郁的昏暗中，有一道呼吸声终于不再控制，肆意地蔓延到她的耳边，低沉粗重，裹挟着压迫和侵略。

喻瑶身体一僵，有种泛滥的热意火速升腾起来，让她脚发软。沈亦就在门外，只隔着一道几厘米厚的木板，她甚至能听到他来回走动的脚步声。

喻瑶忽然紧紧抿住嘴唇，身体不由自主地贴到了门板上。容野从背后按住她的腰，攥着她的手指，将门的锁扣拧紧。

落锁的那一刻，她的身体被翻转过来，后背贴上门。

眼前的人仿佛重伤濒死的凶兽，又好像奄奄一息的人，不顾一切地想要摧毁掠夺。

容野掐着她的脸颊，血丝斑驳的眼睛在黑暗中直勾勾地看着她："再说一遍，你为谁动心？"

不等喻瑶回答，容野的指尖骤然施力，强迫她张开唇。剧烈的心脏跳动声中，他低下头咬住她的嘴唇，汲取所有柔软。

从喻瑶当面跟他斩断关系，说诺诺已经没了，而他什么都不是的那个晚上开始，容野有很多时候分不清自己到底是不是还活着。

也许活着，但早就不像是一个人了。

像苟延残喘的蜉蝣躲藏在黑暗缝隙里，艰难地喘息，再也见不到天日。

以前那么多年，再痛苦的日子他也能熬过来，他以为自己习惯了，但他窥见过天光，被爱过以后，才知道原来面对她的冰冷和疾言厉色，他根本就承受不了。

心似被捣成泥，在她每一次跟别人暧昧时被搅得血肉模糊。有人专门把那些新闻和照片搜集来，想办法让他看到，他表面笑得有多漫不经心，心里就有多痛苦。

直到亲眼看见她就坐在他的对面，与他相隔一张桌子，只属于他的那些亲密温柔，她都给了另一个男人。他不在意地半垂着眼睛时，耳中全是她浅浅的呼吸声和温婉的笑声，以及他的心被撕扯开来的响声。而现在他终于可以不用再装作视而不见了，他终于抓到她了，可问她的问题，他根本不敢听她开口回答。

容野喝的茶不比容绍良少，此刻头疼得脸色惨白，隐匿在黑暗里。他神志已经不够清醒，发疯地吻着喻瑶，在她抗拒的瞬间，变本加厉地掠取。

整个过程不过十几秒钟，喻瑶却无从反抗，脊背涌现熟悉的酥麻感，蔓延向四肢百骸。沈亦就在外面，听到里面传出轻微响动后，他关切地敲了敲门："瑶瑶，没事吧？"

"瑶瑶"这个亲昵的称呼一响起，容野最后一丝顾忌消失了。

喻瑶气血上头，全身力气被抽空，腰快被他勒断了。

又这样！他一上来就这么强势，也不肯和她好好说两句话！

喻瑶抬高手臂，抓着容野微湿的短发，强迫他抬头。

他充血的双眼如寒光凛凛的刀。她呼吸急促，尽量平静地朝门外的沈亦说了一句："我没事，稍等。"

她随即揪住容野的衣襟，被他激出了脾气。他对她手段这么硬，还没被罚够是不是?

她声音低得几乎听不见，忍不住脱口而出："听到了吗？你在冒犯的是别人的预备女朋友。"

更衣室里倏然死寂，喻瑶说完就有些后悔了。片刻之后，她身上还半挂着的衣服有些摇摇欲坠，来不及感觉凉，皮肤随即被炙热的温度裹紧。

"瑶瑶，这还不算？"时隔这么久，他再一次呢喃她的名字，"是不是需要我教你，冒犯到底是什么意思？”

喻瑶嗓子干哑，差点叫出声来。她紧咬手背，眼眶泛红。

她下意识呵斥，声音带了一点哽咽：“容野，你疯了……”

敲门声再次响起，沈亦不放心地催促着。喻瑶前方是掠夺的野兽，后方是微颤的门板和整个餐厅的那么多人。她的哽咽声刺激了容野，他终于从剧烈的头痛中勉强恢复一点清明。

他怎么能让她哭？药效还要持续几个小时，越来越难挨的疼痛会让他更失态，要是再继续下去，他就真的停止不了了。

沈亦在外头明显感觉出不对劲，语气更着急，有了要砸门的架势。容野慢慢松了手，放开喻瑶，连张口说话都有些吃力。他退了两步，坐在椅子上，不想被她看出自己的状况：“你出去吧。”

他没时间，也没力气说其他的了。他的唇动了动，想简短地嘱咐她几句，但话到嘴边，太阳穴就抽疼得厉害。

他弯腰掩住唇，忍着没有咳出声。

外面传来模糊的声音，沈亦担心得要去叫保安。

容野要撑不住了，朝喻瑶恶劣地扬起唇，目不转睛地凝视她：“再不出去，就过来。”

眼看着要被发现，喻瑶匆忙换好衣服，戴上口罩，把换下来的旗袍卷起来塞进袋子，拍了下门，告诉沈亦她就快好了。在拉开门之前，她扭头看了看椅子上的容野。

容野姿态懒散地坐着，外面溢进来的光只能照到他清瘦的下颌，有一行模糊的水痕悬在那里。

喻瑶那一刻几近崩溃，用力地攥着门把，差点想转身回去把他拉走。不管了，爱怎样怎样。

她想立刻找一个能安安稳稳独处的地方，把想知道的事都逼问清楚，教他好好说话，不许再一个人受着，她也不忍心这么惩罚他了。

但最终理智战胜了冲动，沈亦已经打开门板。喻瑶挡住身后，看似对着面前的沈亦，实际对着房间里的那个人，一字一顿地说：“别怕，你的心思我都知道。”

沈亦见到她，这才舒了口气，顺着答话：“知道就好，你刚刚都不出声，真吓到我了。”

他见她戴了口罩，拧眉问：“是不是不舒服？我送你回去。”

喻瑶点头：“可能喝了凉果汁，刚才换衣服的时候胃疼，脸色不太好。”

她缓缓远离更衣室，沈亦歉然地说：“是我疏忽了，当时容野端回来热茶，我应该也给你倒一杯。”

他说完又觉得不妥，自嘲地摇摇头：“那茶好像是专门端给容董的，也就他们祖孙俩喝过，别人也不敢碰。咱们还是不喝的好，我这就叫人给你准备热牛奶。”

喻瑶不由得攥紧手指，那壶茶她当然注意到了。容绍良头疼离席，她有过短暂的念头，猜会不会跟茶有关。

但当时她太紧张，没有细想，又觉得不可能，毕竟容野也喝过。现在沈亦再提起来，而刚才更衣室里容野的反应历历在目，她突然反应过来，哪有那么巧合的事，不是容野没事，是他一直在忍。他忍着和容绍良一样发作的头疼，只是为了见她一面。

喻瑶迎着走廊里的琉璃灯，想到容野正在承受煎熬。她停住脚步，视野一片模糊。她努力吸气，让自己不要失控，想冷静下来，不要在沈亦面前露出端倪，但身体不受控制，一转身就要跑回更衣室。

够了，她心软了。

沈亦看出她的迟疑，贴心地问：“是不是有什么落在更衣室了？你不舒服，别乱动，我去帮你找。”

他说着就要往回走。喻瑶苦涩一笑，是啊，那人被她落下了，一个人待在漆黑窄小的屋子里，以为她对他毫无感情，跟别的人相携离开。

她紧攥着手指，再次看了沈亦一眼。他能混到如今这个地位，绝不是能被随便哄骗过去的人，她不能把他当傻子。这种情况下，如果她硬是要一个人回去，绝对会被发现问题。

沈亦跟容家关系匪浅，通过今天的饭局，她甚至怀疑沈亦就是容绍良安排过来试探她的眼线，哪怕他自己并不一定知情。容野待在她换衣服的更衣室里，这要是真被他看到了，会给容野带来多少后患！

喻瑶闭了闭眼睛，不着痕迹地把手机拿出来，握在手里，给沈亦看：“刚才我以为手机掉在里面了，结果在包里，我们走吧。”

更衣室在身后越来越远，喻瑶百爪挠心。等下次见面，她不想再跟容野置气，说那些伤他的话了。什么是真，什么是假，她都想当面告诉他。

当天晚上，喻瑶到家后，看到沈亦不时发来的信息，她顺势旁敲侧击问了后来包厢里的情况。容绍良走之前说过让容野继续把饭吃完，那他不论多难，一定会回去吃完那顿饭。

沈亦说：“我送你走后，他们也很快结束了，倒不是受我们的影响，主要是容野返回包厢之后，据说情绪极为低落。满屋子不管老少，在他面前就没人敢吭声，谁还能坐得下去？”

喻瑶把自己卷在被子里，不忍心勾勒那个画面。整个包厢，除了容绍良，只有她跟沈亦离席了，容野当然会猜到是沈亦送她回家的，当他目睹空荡荡的两个座位时会是什么心情？她稍微试想一下，心就止不住地收紧。

沈亦又约她周末去看珠宝展，她果断拒绝，理由也名正言顺，谍战片《浓雾》的拍摄渐入佳境，棚里的戏份暂时告一段落，这个周末她就要跟组出发，去嘉礼县的山中拍几天实景。

导演要求很高，力求真实，有几段重要的山林雨戏不想要人造效果，只能赶在最适宜的雨季过去拍，时间很紧迫。

Chapter 24

# 第二十四章 你怎么来了

周六上午，喻瑶带了两个小助理，随着剧组的人去了机场。没想到，她的行程被人泄露，一群“狗仔”在机场大厅围住了她，喻瑶被问得最多的问题就是：“你真的不爱前男友了吗？未来还有没有可能跟他复合？”

这群人看着她的目光又愤怒又同情。

喻瑶笑了笑，一张越发美艳的脸上尽是不在意，她心里说“爱，会复合，其实根本就没分手”，但面对镜头时只能回答：“不爱，没可能，我跟他一点关系也没有了，别提他。”

说完，喻瑶没办法不去想容野看到这些新闻时候的心情。她随意地理了理身上风衣的衣襟，专门露出里面那件刚好盖过大腿的宽松长T恤，确定被拍到了，才戴上眼镜，穿过人群登机。

坐到座位上，邻座的女演员感慨道：“瑶瑶姐，你里面穿的那件T恤好好看，果然大美人穿得中性化都会有不一样的帅。”

喻瑶抚了抚T恤的衣摆，把细小的褶皱抹平。

这是诺诺的衣服，他以前很爱穿这一件，她穿在身上直接成了连衣裙。套上的那一刻，就像被他的怀抱包裹。

喻瑶望向窗外的云层，抿了抿唇，希望那个死心眼儿又偏执的人能成功接收到她的暗示。

女演员还在喃喃，只是换了话题："唉，听说嘉礼县的山里一到雨季就环境恶劣，希望我们这次能平安顺利地拍完，早点回城里。"

辗转抵达嘉礼县时，天灰蒙蒙的，下着雨。导演兴奋得不舍得休息，直接调度人手，准备抓紧拍摄。

喻瑶当然全力配合，但一有空她就瞄手机，唯恐错过任何一个陌生来电，然而等了两天，容野一通电话也没有。

沈亦倒是依旧殷勤，喻瑶有时只能自我安慰地想，也好，有了沈亦这样的追求者，省得她再刻意跟其他人联系，一个沈亦就足够给容绍良看了。

嘉礼县的雨一直下个不停，山里温度太低，第三天上午，喻瑶出现了重感冒的症状。当天一整天的重头戏都在她身上，还好只有半天在户外拍，等到傍晚，她就可以进山脚那栋小楼里拍室内戏了。

太阳落山时，喻瑶已经头昏脑涨。剧组的其他人也都很惨，个个淋得像落汤鸡，大家都这么辛苦，她也不好说什么。只是环境太差，小助理比她病得还重，她把她们留到了山外的据点，更没人能照应她了。

最后一个户外镜头拍完，喻瑶仰头看了看天色，觉得雨好像更大了。黑云层层叠叠，有点恐怖。

她拢了拢身上单薄的戏服，想去找件厚外衣穿上。她撑着伞，深一脚浅一脚地走在雨里，脚一滑，眼看就要摔倒。

喻瑶一时间心都提到了喉咙口，将要跌下去的那一刻，一只手蓦地伸过来，紧紧抓住她，把她直接带起，一言不发地拉进臂弯里。

雨大，伞又掉了，喻瑶惊慌之下什么都看不清楚。彼此的身体贴得太紧，她本能地推拒，但随即湿漉漉的头发就被人拂开。那只手托着她的后脑勺，把她的脸抬起来。

头顶闪电划过，震耳欲聋的巨响声中，喻瑶身边全是肆虐的雨水和混乱的人影。她的听觉像是眨眼间对一切屏蔽，她只将目光投向面前的这个人。

对方比她高很多，披着一件剧组里最寻常的黑色长雨衣，帽檐盖过半张脸，还戴着大口罩，但喻瑶还是一眼就认出这是谁。

他怎么会凭空出现？喻瑶分不清是冷还是激动，身体有点发抖。

“你——”她尽量让自己的声音听起来清晰可闻，“你怎么会来？”

喻瑶忍不住打量周围，还好，现场太乱了，大家都在忙碌，没人发现多了个人，更不会认出他的身份。

容野撑起手里的大伞，把她完全护在伞下，而后从包里抽出干毛巾，不太温柔地给她擦着头发。他们站在一堵隐蔽的墙边，而不远处人来人往。

喻瑶心跳声轰鸣，一时竟然说不出话来。

她任由他擦着头发，眼眶微微泛红，刚想再追问两句，头顶的那把伞忽地放低，伞面很大，把她的上半身都遮挡住了。

容野用毛巾盖着她的头，挡住她的眼睛，在她看不见的一瞬，他像是怕被拒绝，怕再听到她说那些锥心刺骨的话，骤然朝她吻下来。

她毫无准备，一下子攥紧衣服，耳边满是雷电轰鸣声和人声，还有他紊乱的呼吸声。

“喻瑶——”前面的棚里，导演拿着大喇叭在喊，“喻瑶在哪儿呢？过来准备进室内补妆了，下一场过五分钟开拍。”

喻瑶嘴角湿润，轻颤着躲开容野。她闭上眼睛，极力忍耐，沙哑地说：“你不怕被人看见？导演在叫我了，我必须过去，再晚就会有人过来找……”

两个人共撑一把伞，还站得这么近，太容易出问题了。

“我看到你在机场穿的衣服了，是我多想了吗？”容野的声音比她的更暗哑，“熬了两天，我熬不下去了，借着去临市签合同的空当赶来了这里，那边提前做好了准备，没人知道我过来。”

喻瑶欣慰他懂得她的用意，又不得不紧张，她知道每一刻都是他抢来的，但每一分亲密也都可能让他有麻烦。

导演催了第二遍，喇叭里，他还在招呼身边的人：“去看看喻瑶在哪里，抓紧去找找，来不及了——”

她不走不行了。

喻瑶看了看容野，他的头疼应该已经好了。她抵着他急促起伏的胸口，低声说：“导演在找我，我先去拍，争取早点结束。你别待在附近，去远处找个安全的地方等，我拍完就去找你，我有话跟你说。”

喻瑶接过伞，把容野往阴影里推了推，咬唇，转过身走到灯光下，迎上过来找她的场务，跟着他进了小楼。

进去之前，又一道白晃晃的闪电劈下来，声音响彻天地。明明才傍晚六点，天色就已经很暗了。

喻瑶感觉到伞面上的冲击力越来越大，她几乎要撑不住，不禁跟场务说：“雨这么大，没有危险吧？”

场务安慰：“没事的，瑶瑶姐，山上肯定不安全，但咱们晚上的戏都在这小楼里拍，不用担心。”

喻瑶又扫了一眼小楼，实在有点简陋。

这场戏拍的是她跟男二、女二被敌方追踪，临时躲到这里。为了追求真实，导演选的是山脚相对老旧的一座民居，只有两层，看着很有年头了，在雨里更显得破败，有点摇摇欲坠的感觉。

喻瑶皱了皱眉，全组的人都等着开拍，她与其花时间纠结这些，还不如快点搞完早收工。她迈进小楼，收伞的时候回过头，看向那片早就模糊的阴影。

什么都看不到，但那道如影随形的目光如烧红的钩子一样挂在她身上，即使离得这么远，她也觉得烫。

几场戏从六点拍到八点多，因为小楼空间有限，除了演员，只有必要的工作人员在里面。从八点开始，雨势突然间大得离谱，即使在楼里，雨声也让人心烦意乱。山外有剧组同事打了电话来，说刚刚问过当地人，现在的雨量超出正常范围了，还是先撤出来的好。

导演眼看只剩下几个镜头就能拍完，实在不甘心就这么放弃，但等过了这一夜，山路就不见得好走了。

他权衡之后，选择加快进度，但男二受了影响，总是出现失误，多少耽误了一点时间。

喻瑶本就重感冒，脑袋发沉。她听着屋外骤然变大的雨声，心高高地悬着，惦记外面不能靠近的容野。

接近九点，她好不容易拍完自己的戏份，捂着额头率先下楼。此时外面的雨已经不能用“瓢泼”来形容，更可怕的是，破旧小楼在暴雨中隐约发出了不堪重负的异样嘎吱声。

不止喻瑶听到，一楼其他的人也听到了。大家对视一眼，都露出惊恐之色，离门近的人大吼着提醒楼上的人，而后快步往外冲。喻瑶眼前一黑，意识到将要发生什么，努力加快速度，昏昏沉沉地朝门口跑。

她用了最快的速度，但跑到一半时，就已经有木头的碎块和湿凉的雨水落到她身上。她逼近门口，就快要出去时，整栋楼在暴雨中轰响着坍塌下来。

喻瑶昏迷前的最后一刻，眼前已经看不清东西，浑身剧痛到麻木。她有些怕死，更怕的是容野一个人该怎么办，他甚至不知道，他是被爱着的。

剧组带到山上的物资不多，容野在喻瑶进楼拍摄的时候，背着人找遍了能找的地方，也没有找到一盒感冒药。

他知道喻瑶最快也要八点半才能结束拍摄，可她的额头很烫，越早吃药越好。

他算好时间，冒着雨出山，买了药立刻返回，但走回山脚的时候，雨势猛然加剧到了骇人的程度。他被暴雨冲刷，盯着前方那片模糊的灯光，某种恐惧感袭向他。

他在雨里狂奔，在离拍摄地只剩下十几米远时，就透过大开的门扉看见了喻瑶，但下一刻，他眼睁睁地注视着那座两层小楼塌陷，随着尖叫声和轰鸣声，变成一片废墟。

容野站在那里，唇动了几下，没能发出任何声音。几秒后，他才粗喘出声，幽深的眸中一片殷红。

剧组还有很多人在楼外，哭叫着打电话。有人听到里面传出了求助声，扑上去想帮忙，但力量有限，茫然无措，不知道怎么办才好。

二楼的人有的爬出来了，一楼的却毫无声息。早一步跑出来的场务哭着站在废墟前那个原本是门口的位置，大喊着喻瑶的名字。

但他才短促地叫了一声就猝然被人推开，他踉跄着摔倒在泥地里，看到一个高大的身影猛然冲上前。在接近某一片区域时，那人小心翼翼地跪下去，徒手去挖那些断裂的障碍物。

场务试着挖了两下，手就被划破了。他高声提醒那人别动，等救援人员过来。然而，一个极其短促的目光相接，他像被利剑刺透，一个字也说不出来了。

容野跪在雨帘里，帽子盖到冰冷的鼻梁，惨白的唇毫无血色，雨水淌过他的下巴。他记得瑶瑶的身影定在哪里，记得她穿什么颜色的衣服！

一秒都不能等，如果就这样等下去，她会有危险。

容野机械地掀开一个个压住喻瑶的沉重木块。小楼是木制品，大片木板断裂，露出锋利的断口。他的手被划出一道道口子，他却一刻不停地向下找，在混乱中一声比一声更哑地叫着她的名字。

后方隐约亮起车灯，救援队和救护车到了，更多的嘈杂声响起。有人大叫，有人痛哭。

容野跪在废墟上，终于碰到一片沾满泥浆的布料。即使被弄脏，他也认得出，是喻瑶身上衣服的布料。

容野喉间发出似哭似笑的低音，整个身体埋下去。他温柔地拨开她周围所有的碎木块，把她从泥潭里抱出来。

找到了，他又一次找到她了。没人能抢走她，谁都不行，命运也不行。

容野挺直膝盖，双手托着喻瑶站起来，手指却感到一片黏腻。他低头看了看，他碰到她腿的地方全是暗红。

他的手战栗着，扯下自己身上最干净的一块布料，死死地按压在她那仍在流血的伤口上，而后抬起她的上半身，把她的头压向自己的肩窝。

“瑶瑶不怕，‘狗狗’在。”

镇里的医院离得很近，接到电话就立即出动了。救护人员以为要等到救援队挖掘才能找到伤员，没想到现场会有人这么疯狂，直接上手去挖废墟。

喻瑶没有意识，第一时间被送上救护车，容野伏在她身边，始终在含混不清地说话。车里的医护人员紧急替喻瑶抢救止血，医生交代：“伤到腿上动脉了，再晚出来一会儿，都不知道能不能保住命！伤员大量失血，马上联系医院准备——”

镇医院的规模有限，存血少，有需要都要现调。医生将目光转向了容野，看到他帽檐下那半张惨白的侧脸，只觉得莫名心惊。

医生紧张地问："你是她的家属，还是朋友？知不知道她的血型？"

那人用粗哑的嗓音回答："B型。"

医生皱眉，晚上镇里发生了一起大型车祸，送来的病人同样是B型血，输了不少血，血库中的B型血根本不够用。

他语速很快："快点去联系他们剧组，看有没有B型血的，现场输血还能救命！"

"不用找，"容野的声音犹如从寒渊里传出，"我是B型血，我的血够，给她。"

下着暴雨的夜晚，镇医院显得极为安静。

山脚其他的伤员还没送进来，其他病人也已经休息，医护人员推着喻瑶进急救室。有人给容野登记验血，二人确实都是B型血，容野身体健康，符合输血条件。

结果刚出，急救室那边就有人匆忙地来催促。喻瑶别处的伤不严重，但那处要命的伤口导致她失血太多，医院可用的B型血少得可怜，她再不输血，会有休克的危险。

容野要求进急救室，亲眼看着喻瑶。现场没有多余的床，他就坐在喻瑶旁边的一张简易椅子上，露出手臂，看着针头刺入自己的血管，殷红的血顺着透明管子流出去，而后马上被带走处理。不知道等了多久，血液又被送回来，一点点地流进她的身体中。

容野赤红的双眼一眨不眨地盯着喻瑶，注视着她的脸颊、眉眼，还有湿漉漉的睫毛。血抽得有点多，他的身体开始发冷，想蜷缩起来。

护士慌张地问："怎么办？一个人的好像不太够。"

"够，"他嗓音很低，"我没事。"

临时去找别人输血还需要时间，何况容野看起来身高腿长，输血量虽然逼近安全值，但还没达到上限。喻瑶情况危急，医护暂时找不到更好的办法，只能继续用他的血。

容野身体感到寒冷，内心却觉得狂热，心里涌出从未有过的安定和幸福感。她的身体里有他的血液了，全身都是他的印记。

喻瑶还算幸运，她所在的位置比较安全，小楼倒塌时没有大面积地砸到她，加上抢救及时，供血量也充足，没有什么大问题，后半夜就脱离了危险，被送进加护病房休息。

有护士要给容野处理掌心的伤，他只是沉默地抬了抬眼，护士就被他吓退了。

容野关上病房门，因为失血，他全身冷得微微战栗。他走到病床边，摘下脏污的帽子，拿掉口罩，露出完整的脸。

他俯下身，吻上喻瑶的唇。而后，他的头靠在她的颈侧，笑了。

——瑶瑶，不管你爱不爱我，也不管你今天原本要对我说什么，从今天起，你就是我的生命。

喻瑶失去意识的时候，感觉到自己的生命在随着失血而飞速流逝。她以为这一次活不成了，神明已经眷顾了她那么久，怎么可能永远在？

等她醒来时，看见病房白花花的墙壁和天花板。有几分钟她反应不过来，不知道自己身在哪里，脑中恍惚有一道黑沉沉的影子。那人带着凛冽的寒气，狠狠地吻上她的唇。

她张了张嘴，下唇有些刺痛，不是幻觉。

护士推门进来，看见喻瑶已经苏醒，不禁长舒一口气。护士给她简单地测了血压和体温，确定都在正常范围内，才话痨似的给她讲昨夜发生的事，语气夸张：“还好你没事，不然我真怕那人徒手就把医院拆了。”

喻瑶入行至今都是“电影咖”，在当年拿了影后之后最红的时期，走的也是实力演员的路线，从来算不得什么“流量花”。而年轻的电影演员向来没有电视剧演员那么让大众熟知，护士平常不看电影，不关心八卦，自然就不太认识她，说话也没有顾忌，想起什么说什么。

“你是没见着他多可怕，”护士啧啧摇头，“幸亏昨天抽血量在达到安全上限之前就够了，不然我真怕他摁着我继续抽他的血。”

喻瑶还有些茫然：“抽血？”

“是啊，”护士感叹，“昨晚你的情况很凶险，我听说他连救援队都不等，是徒手把你救出来的。到医院后，他又给你输了很多血，后来他的脸惨白得像纸一样。”

护士说到这里，不解地摊摊手：“不过你脱离危险之后，天还没亮，他就走了。”

喻瑶的心像是被紧紧捏住了般，艰难地接受着事实。

她的手攥住床沿，答案就摆在那里，但她害怕这场意外会暴露容野的身份，急切地问：“是谁？”

护士说：“他没带证件，登记的名字是杨枫。”

喻瑶拧眉：“杨枫？”

话音刚落，敲门声响起，随后一道高大的人影走进来。他穿着黑色的长雨衣，戴着口罩。

护士见状，微微一笑：“哎哟，这不就回来了。”

护士知趣，出去喊主治医生过来给喻瑶做检查。从门口经过时，她莫名觉得这人的气质不怎么像昨晚那个。她多看了两眼，有点迷惑，猜是自己想多了，很快就摇摇头离开了。

男人走近，恭谨地低着头说：“瑶瑶姐，我是剧组的群演，叫杨枫，你以前应该没注意过我。从今天开始，别人都会以为我暗恋你，但只要你明白，我就算死一百回也没那个胆子，你只要知道我不敢，就行了。”

喻瑶沉默了很久，高悬的一颗心落下去的同时，又实在想哭。她侧过头，泪从眼角流出来，滑落到枕头上，没人看见。

杨枫不露脸，穿上宽松的大号雨衣从头遮到小腿，的确跟容野的身形有几分相似。

原来在她出发前，容野连这个都考虑到了。他知道自己会忍不住来找她，所以事先安排了一个能够顶替自己的人。

他在暴雨里等了两三个小时，眼睁睁看着小楼倒塌，亲手扒开那些残垣断壁，即便自己受了伤，也坚持给她输血。

那么容易吃醋的人，却必须把自己做的事安到别人头上，不能等她清醒后见她一面，不能留下他来过的痕迹，也许还有更多她不知情的事已经被他不着痕迹地掩过去了，永远不会告诉她。

喻瑶思绪纷乱，按捺不住想马上见到容野的冲动。忽然她似被什么触到深埋心底的弦，怔了一下。

为什么现在这种经历和情感，她好像特别熟悉？很多久远的记忆转眼间纷至沓来，泛着岁月的微黄，层层叠叠堆到她面前。

很多年里，那个影子一样跟在她身边，沉默地陪过她、吻过她的头发，但从来不曾真正跟她面对面的人，那个仿佛凌驾于一切之上，张开无形的羽翼笼罩她、庇佑她、一次次带她远离苦痛的人……

喻瑶愣愣地听着自己的心跳声。她鼻尖酸涩，用力地握着床单，试图缓解瞬间袭来的冲击。

是他吗？

喻瑶压着嗓音，让杨枫先走。脚步声刚消失了片刻，又重新传来。她强忍着不让自己失态，望过去时才发现，来的不是杨枫，是个她没见过的陌生男人。

男人走进来，开门见山地自我介绍：“喻小姐，你肯定不认识我，不过我还记得你。大前年秋天在青蒙山有一次塌方，你也在现场，被困在里面出不来。”

喻瑶不禁半撑起上身，动了一下又跌回去。男人很不好意思，连忙去扶她。

她当然知道，就是那次青蒙山塌方，连救援队都束手无策，她却仿佛被神明照拂了，她还跟诺诺说过这段经历！

男人友善地说：“我是当时的救援队成员，对你的印象很深。没想到，这次我接受任务到嘉礼县救援，又碰上了你。昨晚你被抱出来时，我匆匆看了一眼就认出了你。

“我想起青蒙山那次，你醒过来后到处追问到底是谁救了你，大家都不清楚。其实那天半夜，我模模糊糊地看见了救你的人，但是现场再也没找到那个人，我一度以为自己产生了幻觉，也就没敢提，怕反而让你想不通。”

“不过现在能说了，”男人笃定地看着她，“昨天救你、抱你上救护车的，就是当初从青蒙山塌方点把你背出来的人。我虽然没见过他的脸，但他的身形我一直没忘，也是穿着那样的雨衣，气势逼人，打个照面就能把人吓到。”

“是他，”男人又道，“他又一次把你从鬼门关救了回来。”

喻瑶都说不清自己哪来的定力，听完男人的话后，她还冷静地叮嘱他这件事涉及她的隐私，不要再对任何人提起。男人走时，她又请他关上门。

等周遭彻底安静，只剩下她一个人躺在病房里时，她直勾勾地望着窗外的天光，再也抑制不住，眼泪溢出眼眶。

喻瑶无力地扯着被子，蒙住脸，失声哭了出来。她心里撕心裂肺地疼，又甜蜜得如同掉进棉花糖里。

她曾以为自己独行在这个世上，孤零零地摸爬滚打、欢笑流泪，可她身后那片从来看不清的雾气里，始终高高站立着独属于她的“神明”。

他用坚实的臂弯为她遮风挡雨，日日夜夜守护着她，却从不说话。

他不是不求回报，他是要这世上独一无二的回应。

她把自己献给他，身体、感情和她的一生。

Chapter 25

## 第二十五章 深夜幽会

喻瑶在医院休养了一周，宋岚在她出事的第三天就赶了过来，扔下其他工作，专心照顾她，无论她怎么说也不肯走。

山脚的小楼被暴雨冲塌了不止一栋，还有其他民居也遭了难，但好在包括剧组人员在内的所有人都性命无虞。

没造成不可挽回的后果，已经是不幸中的万幸了。

导演在二楼被砸中了脚，伤得不轻，拄着拐杖到处为他的错误道歉，主动承担了责任，自掏腰包赔偿了全体伤员的医药费和精神损失费。

宋岚没好气地看着喻瑶，低声说："这也就是没出大事，你要真有个闪失，管他是谁，跪下道歉、散尽家财也没用。"

她瞄了一眼基本恢复了气色的喻瑶，放轻音量："这电影接下来怎么拍，还用不用他，都取决于你。你知道的，那位疯得很，别人不可能管得住。"

喻瑶的心思却不在这个上面，她很清楚，只要她还在剧组，容野就不会擅动跟她利益相关的人，电影后续的事可以先放一放。

容野从医院消失后，这一周她已经在新闻上看到太多他的消息。他像是再一次拉快了节奏，代表容家出现在各种场合，漠然地掠取着权力。

他肉眼可见地又瘦了些，肤色苍白，更衬得眉眼如墨，薄红的嘴唇微微扬起的时候，看不出半点从前的俊美，只让人胆寒。

他的手心应该是化了特效妆，看不出一点受伤的痕迹，但喻瑶知道，那种妆越逼真就越刺激皮肤，尤其是贴在没愈合的伤口上，简直等于自虐。

直到看到这天的照片，她看见容野身穿西装，戴了一副黑色的薄皮手套。这手套金贵，在他的手上显得贵气十足，太配他的气质了，以至于没人觉得违和，网上的人都在尖叫。

得有多疼，才能让他不再用特效妆伪装了。

喻瑶想，她要是再见不到容野，跟他把话说清楚，她就快要精神失常了。她仔细盘算了几天，下定了决心。她转头盯着床边的宋岚，问她："岚姐，你能联系到他身边的人，是不是？"

宋岚顿了顿："能联系到江淮，不过次数有限，得很小心。"

喻瑶点头："下次帮我问一句，那个淹过我的泳池还能不能用。"

宋岚不明所以，但也没多问。两天后她打电话给了喻瑶肯定的回复："江淮刚说可以。哎，等等——"

隔了几秒钟，宋岚又打来电话，一头雾水："什么情况，说完的话马上就推翻？他又告诉我，说不行。"

宋岚不知道是怎么回事，但喻瑶知道。她问这个，意思就是那座隐藏得很深的容野的私宅安不安全，是不是在容绍良的监视之外。

江淮的第一个回答是真实的，至于第二个，想想就知道是容野听到了，勒令他改过来的。

他怕她涉险而已。喻瑶沉住气，详细地制定了计划。

那是个高档住宅区，容野能把私宅设在里面，证明他进大门肯定是光明正大的。那高层住宅里应该有他明面上的房产，每次回去，他看似名正言顺地进了高层的住宅，实际上车库里另有空间。

车库深处的那扇大门外绝对有容野布置的各种监控，她若出现，他就会看到。她不一定非要他回来，只要她常去，总能等到一个他出现的机会。

喻瑶求宋岚帮她，找一辆能信赖的、能在那个住宅区里顺利通行的车，让一个脸生的司机送她进去。为了不被摄像头拍到，她可以躲进车子的后备厢。

宋岚踟蹰半晌，咬牙答应下来。趁着剧组的人暂时停拍休息，她陪喻瑶回了京城。当天中午飞机降落后，她就高调地带喻瑶去吃饭，实则暗中安排了车，悄悄把她送走。

喻瑶全副武装，藏到越野车的后备厢里。一路摇摇晃晃，直到车开进那片住宅区的车库，她才挑了一个安全的角落下车，脚步轻微、无声无息地循着记忆奔向黑暗中的那扇大门。

同一时间，容野坐在飞速行驶的车里，戴着薄手套的指尖翻过一页文件，手机骤然振动。他扫了一眼，眼中的光倏地一闪。

警报系统监测到有人靠近私宅，反馈给他的截取图像里，是他梦里都想见的那个人。

容野闭了闭眼，手中的文件被压出深深的折痕，他低声说："回去。"

江淮一惊，趁着等红灯的间隙回头："哥，会议就剩一个小时了，容绍良也在，现在过去你还能歇会儿。如果折返回去，你最多也就只能留十分钟，你都两天没睡过了。"

"十分钟，"容野微抬眼睫，手在身侧握成拳，"换件衣服，不正是合适的理由吗？"

车在下一个路口转弯，换了方向，风驰电掣地赶往容野私宅。

喻瑶在大门前，本来只想老实地等一等，哪怕在监控里留下她的影像，让容野看见也是好的，但就在她的手指无意间触碰到门锁的感应区时，绿灯闪过，门居然在她的面前弹开了。

她屏息看着。不知道什么时候，容野把她的指纹录入了。

喻瑶定了定神，挤进大门里，赶忙推上门并关严。她按着上次的路线，走到那个泳池。

私宅里空无一人，连点人的气息都找不到。喻瑶看向通往内宅的方向，试探着过去，门果然也是锁着的。

她想起上次那两个不靠谱的人只能待在外头，那表示这里才是容野生活的私人区域。

喻瑶再次把手放在锁上，不出意料地顺利打开了门。她心跳加快，在客厅里拘谨地绕了绕，打量着四周，意外看到走廊深处藏着一扇特殊的门，颜色独特，是少女心满满的樱桃红，简直像给心爱的小姑娘准备的，跟满屋黑白灰的色调反差极大。

喻瑶忍不住过去摸了摸，手轻轻地搭在门把上，只是一碰，那门就仿佛认主般直接开了。

里面的灯应声而亮，喻瑶笔直地站在门口，保持着推门的动作，怔怔地注视着里面，一步也没办法挪动。

灯光柔和，跟容野、跟整座色调冷淡的房子都格格不入，朦胧的光如薄纱般覆盖着满屋子高高低低、错落有致的木雕。房间中央摆放着容野使用过的工具，而四周目光所及之处，全部是喻瑶的木雕。

一刀一刀，他亲手用木头雕刻成的她。

幼年，她爱穿蓬蓬裙和背带裤，配皮质的或布料的圆头小鞋，戴各种卡通发卡，脸颊鼓鼓的，眼睛很大。上了中学，她常穿校服，长头发绑成马尾，缠上花样不同的发带。周末她会换上短裙，跑在风里和阳光下。后来她长大了，读大学时扮过的角色多到数不清，穿军装、穿白大褂、穿嫁衣……

每一种样子，那些生动的神情，全被容野雕刻在这些永远不会跟他说话的木头上。

为了她，雕刻成了本能，以至于他失智，忘掉了一切，但还能用几把小刀给她雕刻出一枚求婚的戒指。

喻瑶感觉到身体变得灼热，热泪涌上眼窝。忽然，她听见外面有声音，有脚步声朝她走来。他还没靠近，气息就已经放肆地包裹她的全身。她很想转身过去迎接他，但她动不了，耳边响着嗡嗡的倒计时。

三、二、一。

男人大步闯进来，外套脱下后被扔在地上，只裹着一层单薄衬衫的炙热身躯覆上她的背，他用手臂环住她的腰，沉重的呼吸声响在她的耳边。

喻瑶抓住他的手，仍然定定地看着这个装满了无数个“她”的房间。她匆匆经历过的或甜或苦的累累岁月，连她自己都早已经记不清那些年的样子。

但满屋子的木雕记得，容野替她记得。直到这一刻，她才终于明白，从诺诺变成容野的那个晚上，这么长的一段时间里，他心底到底有多不安。

她没怀疑过他对她的感情，但容野毕竟是容野，他的身份摆在那里，怎么可能再像诺诺一样满心满眼只有她？就算误会都能消除，但爱呢？他是否依然把她当成全世界的中心？以前跟她没有交集的那些年里，他有没有过其他女人？

她平常看着淡漠，对谁都不在乎，但她的感情需求向来是强烈的。也许天生骨子里带着这样的基因，也许是耳濡目染，受了父母的影响，亲眼见过喻青檀是怎么全身心地爱着程梦，她就不可能再接受那种有所保留的爱情了。

哪怕不现实，哪怕别人觉得她天真，她也只要纯粹到极致的爱。

知道容野就是她的“神明”之后，喻瑶心里的不安已经消散了一大半，但她还有点不真实的感觉，想要他一句亲口的肯定。

现在，不用了。

面对着数以百计的木雕，喻瑶抹掉眼角的泪，破涕为笑。她确定容野是她的，完全是。

容野搂着她，力道重得让人窒息。他低下头，唇循着她的耳郭，滑到她的颈边，眷恋地轻轻咬住。轻微的疼痛袭来，她瑟缩了一下，在他的怀里转过身。

房间里的光把容野的身影勾勒得很清晰，他们已经分开几十天了，之前的见面要么相隔距离远，要么匆忙，喻瑶还没仔细地看过他。

以前诺诺的头发很软，自然地垂下来，被风吹成什么样就是什么样，眉眼神情总是柔和纯真的，如今她眼前这个人的气质完全变了。

他穿着剪裁得体的正装，额发利落地向后梳，眼神锋芒毕露，眼睫黑得像墨，稍稍抬起，瞳仁里都是冷然骄矜，攻击性十足。比传言里更吓人的容二少，这要是平常看见了，她估计会躲着走，可就是这么一个人，总在不辞辛苦地奔向她。

喻瑶抬起手，习惯性地想摸摸他的头发，刚碰到就赶紧收回来，怕弄乱了，耽误他接下来的事。他却一把按住她的手，弯下背，脸在她柔嫩的手心里磨蹭。

他嗓子干涩，眼里布满血丝，紧扣着她的手，不准她收回："你已经快两个月没有这样碰我了。"

感觉不到喻瑶的动作，容野眼里的血丝更重。他强硬地把她拽近，呼吸急促地去亲她，声音越来越喑哑："伤恢复了吗，就急着出院？来这儿干什么？不愿意碰我，你还敢出现，明知道我不是什么好人，来自投罗网吗？"

喻瑶抬起手，贴在他冰凉的脸颊上，阻止他亲吻自己，轻声说："容野，别这样，好好说话。”

不碰他，不许他亲吻，但她没有像前几次那样疾言厉色，语气很软，听不出厌恶他。

他低喘了一声，盯着她的眼睛。他好久没被她这么温柔地对待过了，忽然心里的壁垒全碎。

“瑶瑶，瑶瑶……

“那天晚上，我说的话都是假的，是说给别人听的，我必须保证你的安全，不能让你跟我扯上关系。”

他将这么多个日夜时时刻刻扎在他心里的话倾吐出来。

“不止这一次。小时候，我对你不好，弄伤你、赶你走，都不是出自我本心，那是因为不能被容绍良发现你对我的影响很大，那样会害了你，所以我只能那么做！”

容野抚摸着喻瑶肩上那块桃花瓣似的伤疤，接着扯开自己系紧的衬衫领口。他的左肩跟她相同的位置，原本冷白色的皮肤上多了一块新疤，形状跟她的一模一样。

喻瑶眼神一凛，连忙把他扯过来细看，真的是复刻了她肩上的伤疤。

这个疯子！

容野一眨不眨地注视着她，嗓音轻柔：“能不能原谅我？别直接给我‘判死刑’。我知道你喜欢诺诺，等我解决完容家以后，我就做回诺诺，我可以不做容野。”

喻瑶被他左肩上的这块伤疤深深地刺痛了，语气不禁加重了些：“容野，你听清楚，那天晚上你的鬼话我根本就没信！我有眼睛、有心，不是个随便就能被人利用的傻子！从我下楼，说‘你什么都不算’开始，我也没有一句话是真的！”

她推开容野，拉远两个人的距离，一字一句地砸向他，眼里水光涌动：

“那天我看出你身不由己，我说那些话，全是在故意配合你。我猜到我被容绍良拿来威胁你，所以第二天就跑出去给自己惹绯闻，那都是为了让容绍良看到，让他信任你。你以为我真那么快变心了？你以为我想跟别人接触？我是忍着难受在陪你演戏。

“我从最开始就没怀疑过你，你爱我还是不爱我，我会感觉不出来？”她攥着手，凶狠地问，“我承认除了这些，我确实故意让你吃醋，那你知不知道我到底为什么生气？”

容野耳边轰鸣，剧烈的心跳提醒他此刻不是置身梦境。喻瑶跟他相隔两三步，他跨过去，把她拽进怀里。

“你明明恢复了，却什么都不肯说，瞒着我，还假装诺诺骗我！”喻瑶推不动他，捏住他的衬衫，“你从来没想过要跟我沟通，承认你是谁，只留下一封信就打算一走了之！”

她忍不住有了哭腔，质问他：“我就那么不值得你信任？”

他低声说：“因为我是容野。”

喻瑶怔住，最简单的一句话，她却听懂了，眼窝跟着一热。

因为“容野”这个名字代表的是黑暗、负面。她对他的误解太深，而他还没处理好容家的麻烦，没资格抹去这两个字上的污迹。他不是不信任她，是他一直在否定自己。

容二少在任何人面前都能放肆嚣张，但在她面前……

一路披荆斩棘走过来，他为她奔忙了那么多年，从来没觉得自己拥有被她爱的资格。以至于他认为，只要提起“容野”，她听都不会听，就会把他赶出去。

喻瑶认输了，她卸掉力气，额头抵在容野肩上，哽咽着说：“对……容野是狗，小时候就又凶又冷冰冰，很不可爱，长大了也没变成我期望的好人，还仗势欺人，我恨不得天天骂他一遍。但是……”她抬起头，看着容野的脸，“如果容野是你，我愿意推翻过去，相信一切都是误会，不管你说什么，我都会听。”

“就只是因为，”她弯了弯唇，朝他笑了一下，“容野是你。”

容野没说话，直接把她拦腰抱起来，大步走向客厅的沙发。

喻瑶跌在一片松软上，被他扣着肩，接着他颤抖的唇吻下来。

她还是坚持躲开，不给他轻易得逞的机会。

喻瑶心酸得想痛哭一场，容野至今也没有被治好。他还是那个匍匐在黑暗里，挣扎着活下来的孤独恶魔，不相信自己能被爱，能得到真正光明灿烂的东西。

直到现在，他还是把容野和诺诺分得很清。

诺诺是他纯真的一面，配拥有她的感情，但容野承载了太多负面的东西，只能隐匿在见不得光的阴影里。

就算现在她接受了，跟他彻底和好，做他的爱人，但用不了多久，他依然会陷进自我怀疑里，觉得她只是在同情他，或者被他感动了，甚至会把容野当成诺诺的替身，不能正视自己的重要性。

她要治好他。哪怕时隔二十年，接下来要付出一辈子的时间，她也必须治好他，让他确信，他不用假装，不用改变，也是值得被爱的。

喻瑶长发散开，她托住容野的脸，挑衅地瞪他：“你该不会以为我说两句软话就等于原谅你了吧，还差得远呢，我才认识容野几天，你还一上来就骗我，我凭什么跟你在一起？”

她捏住他的下巴：“诺诺是诺诺，容野是容野，你喜欢喻小姐，就得重新追，追到以后才是你的。”

这时，容野的手机响了，提醒他时间就要到了。

喻瑶意识到响铃的意思，他们之间还有太多事没有说清，来不及了，但也没有那么紧迫了。

她的心有些乱，看着容野因为她几句话就透出灼灼光芒的双眼，她轻声问："你还有多久？"

"一分钟。"

喻瑶不舍地悄悄抓住他的衣摆："看在你是'神明'的分上，最后允许你提一个小小的要求。"

容野拨开她散乱的鬓发，抚着她的眉眼："瑶瑶，亲我一下。"简单的几个字从容野唇间说出来，莫名带着欲望的色彩。

喻瑶拽着他的领口，拉低他，嘴很硬："说好了，是少女欠神明的吻，不是喻瑶在吻容野。"

她抬起头，闭着眼，嘴唇贴在他的薄唇上。

冰冷和火热交融，轻轻一碰就收了。喻瑶意犹未尽，极力忍耐着，及时停止，可还想再多给他一点甜，让他抵御外面的风雨。

她声音很小："有没有人说过？你名字里的那个字很好听，很适合你。"

容野明知故问："哪个字？"

喻瑶睫毛一动，睁开眼看他，又慢又软地回答："阿野，你猜是哪个字？"

时间紧迫，容野换了衣服离开时，回过头看她，目光深得似要将她淹没。

喻瑶不敢耽误，催着他走，总怕他下一秒就不想走了。她庆幸地想，他这次倒是很听话，只是轻吻，没追着她讨要更多。

等容野走后，喻瑶开始懊悔刚刚没多看看他的脸色，检查检查他手上的伤，有太多事没做，这次见面只有十分钟就结束了。她在房子里等了许久，等平复好情绪，才回到宋岚那里，再由她高调地送她回家。

谍战片会在三天后复拍，导演不换，毕竟已经拍摄一部分了，如果临时大改团队，前面的心血都将付诸东流，会毁了这个剧本，况且导演也为那场灾难付出了代价。

宋岚把喻瑶这三天的行程安排得无比紧凑，很多品牌商找上门。工作本来就积压一阵了，宋岚正好趁着这个机会给喻瑶签了两个代言，还让她拍一堆广告片。

喻瑶躺在床上翻看着密密麻麻的日程表，发现了一个特别的行程。

“看电影？”喻瑶发微信问宋岚，“确定没弄错吗？”

宋岚轻咳：“你能不能对自己上点心？你出道后演的第一部电影重映了，今天零点是首场，票已经买了，去不去看，你自己决定。”

第一部电影对喻瑶来说意义非凡，当时电影夺得票房冠军，也把她送上了事业高峰，上映时她忙着拍戏没有机会去看，一直遗憾来着。

喻瑶没忍住诱惑，晚上十一点多偷偷出门，坐上宋岚派来接她的车，赶赴电影院。她以为这么晚没什么人，结果电影院里居然很热闹，只是三个厅差不多同时放映，她这场没人，另两场却爆满。

是电影院放票的时候弄错了？宋岚还不至于给她包个场。

喻瑶拿着票进去，按座位号坐到最后一排，左右看了看，都没人，不由觉得有点孤单。她摘下墨镜，望着前面的银幕，灯很快被关掉，她整个人陷入黑暗。

思念就在这个瞬间汹涌而来。明明白天才见过，还说了那么多话，但一个人在深夜的电影院，她还是发疯地想那个人。

银幕缓缓亮起，音响里开始播放声音，喻瑶却猛然绷直了背，紧紧抓住座椅扶手。

她恍惚看到有道挺拔的身影从入口处进来，一级一级迈上台阶，没有停顿，径直朝她走过来。

脚步声均匀而有力，并不重，淹没在音效里，但她就是听见了。

喻瑶喉咙干涩，想说句话，发现自己竟然说不出声来。她全身有些麻了，眼眶隐隐泛红。

银幕上，青涩稚嫩的她弯眉一笑。座位上，她紧张地坐着，感受到那个人身上还带着外面的寒意，直到他走到她面前，俯身把手指穿进她的发间，揉着她的头。

她被迫跟他对视，鼻子有点酸："我们今天见过面了。"

"是昨天，"高大的身影逼近她，低声纠正，"零点已经过了。"

"在电影院不会被发现吗？"

"不会，这个厅里只有我跟你，监控停了。"

喻瑶气血翻腾，在陆离的光影中看他，强自镇定："所以呢，你不知道收敛了？"

容野粗粝的指腹磨过她的耳垂，低下头，独属于他的气息铺天盖地地笼罩着她。

"有些事收敛不了，比如——"他吮住她的唇，辗转吞没，把那糊弄轻吻的债变本加厉地讨回来，让她意识涣散。

他在大银幕的光影中盯着她，沙哑地笑："今天的阿野也很想念瑶瑶。"

容野下午离开私宅后，分秒不差地踏进会议室，把他想都不敢想的幸福遮掩得滴水不漏，做回了那个阴戾傲慢的容二少。

赶来电影院见喻瑶之前，他已经在集团董事会这场决定性会议上消耗了将近七个小时，神经每分每秒都紧绷着，但脸色始终没变过，漠然地注视着容家的闹剧。

他前面那些年的隐忍和准备，在回到容家的这几十天里，不动声色地取得了成效。因为喻瑶的配合，他在容绍良面前不再有软肋，一切都在按照他铺好的路飞速地发展着。他和容绍良失踪这半年时间里，那对根本撑不起大局的容家父子只顾着夺权，把集团管理得一团糟，过去不可撼动的容家现在乱得很。

大股东们过惯了不被容绍良压制的日子，自然受不了再重回容绍良那种绝对的专政下，都在试图推举自己扶持的容家子孙来掌权。

越是这样，在鬼门关走过一遭的容绍良越是急切地想把容野推到主位，让他做一个任自己摆布的工具，用来承担危险，荡平障碍。

等以容野的手段完全解决了集团里的麻烦，尘埃落定之后，容绍良就会把容野这个本来就不该存在的人彻底解决，再选一个真正姓容的孙辈来继承家业。

会议胶着到深夜，大股东们各自亮了几圈底牌，容二少最终还是拿到了容家大权。一群围坐在会议桌边的老东西目眦欲裂，有个知情的突然跳起来骂："一个有妈生没妈养的小杂种！从小是怎么长大的?!连个正常人都算不上，凭什么掌权？"

而容野在桌边伸展双腿，慢悠悠地站起来，视线扫视过每个人，翘起嘴角，回了几个字："就凭我想要。"

满室噤声。

结果定下来后，容绍良满意地带着亲信要走，头顶悬挂的水晶灯却突然掉落。

别人来不及反应，而容野自然地冲上前，用身体帮容绍良挡住，自己的手臂被砸中，出现了一道可怖的伤口。

容绍良确信这场意外是某个股东设计报复的，而这么好的机会，容野竟然没看着他死，不惜自己受伤也要保全他，等于是死心塌地地依附他了。

容野果然是条有钱有权就能收买的狗，容绍良对他更放心了。

只是，容绍良实在不够了解自己一手培养出来的人。容野要做什么，从来不会考虑自身的安危，他要容绍良头疼，那自己也可以疼；他要得到容绍良更进一步的信任，那就可以拿受伤来换。

他借着去医院处理伤口的理由离开了集团大楼。坐在车里时，他戴上耳机，里面传出监听器的声音。容绍良的亲信早就是他的人了，老家伙哂笑的声音夹杂很细微的电流声，清晰地传进他的耳中。

“容野不受控？不可能。

“他的口味早就养刁了，让他痴迷的钱、权，除了容家，除了我，谁还能给他？何况长则半年，短则两三个月，等容野的价值利用完，就该让他消失了。

“容家那么多见不了光的阴暗都绑在他身上，件件都和他有关，他甩不掉。我累了，已经不想再沾那些东西了，以后容家子孙也必须干干净净的，做点明面生意就行了。

“时候一到，让容野带着那些肮脏的东西一起消失，那我就算入土也安心了。容野……只是一把打造出来的武器，连这个名字都不属于他，你不能把他当成一个有正常感情的人。

“他应该不知道，他妈这二十几年来一次也没问起过他，甚至后来容二少的名声传出去，她都觉得恶心。连自己亲生母亲都厌弃的小孩儿，他的出生就是个错误，我让这个错误变得有用，已经是在做慈善了。

“容野天生就是这个命，没办法，他长成恶魔了，就该被铲除。恶魔，怎么能奢望过寻常的生活？谁会亲近他，对他好？谁会那么不怕死地爱他？他失忆后，喻瑶才收留他，等他一恢复，她就立即躲开了。

“现实再残酷，容野也必须得接受，真实面目的他，从小到大都没资格被爱，只能等下辈子了……”

耳机里的声响持续不断，容野坐在车的后排，露出冷笑。对于这些话他习以为常，也不在意，早就适应了，但喻瑶几个小时前才亲口说过的话又让他泛起无止境的酸涩。

她会后悔吗？她是不是一时冲动，被那些木雕迷惑了？她爱的是诺诺，怎么会真的爱他？

他迫不及待地想去确认，想听她再说一次，再叫他一声“阿野”。

他的伤不疼，流血可以随手擦掉，几天没睡也无所谓，不管多晚，他只想见她。

容野把喻瑶抵在电影院的座椅上，抚着她滚烫的脸再次压下去，永不知满足地亲吻，不给她拒绝的余地，只管放纵。

他好像在不受控制地故意表露出属于容野的恶劣和阴暗面，明知违背了她的要求，也硬是要给她看。

——你看啊，你下午说喜欢的、信任的人，就是这么一个蛮横不讨喜的人。

他怕被讨厌，更怕她反悔。每一个呼吸的间隙，容野都在轻声地跟她说话。

他想要尽情拥有她，想要被她爱、被她在乎，想要即使剥离诺诺的身份，也能被她接纳。

想要一个有她的家。

喻瑶被他亲得无力挣扎，实际上心里也不想反抗。她感觉到身上这人的体温越来越高。

不能纵容了！她极力保持清醒，捏住容野冰凉的下巴：“还没够？有你这么追人的吗？”

她居然还以为容野会听话！她真是做了好大一个美梦，搞半天，容野在这儿等着她呢。

容野眸中都是狂热：“真让我追？你确定是我？你有没有看清容野到底是什么样的人？”

他脸上毫无表情，他不再是把情绪都摆在明面上的诺诺，他会隐藏，会忍着，将情绪压得很深。喻瑶却明白，他这天是遇到事了，在难过。他不是怀疑她，他是在怀疑他自己。

她突然起身，拽着容野把他按到旁边的椅子上坐下，反客为主，压住他的肩膀，俯身逼视他：“那我问你，我要是真被你吓住，反悔了，你要怎么做，放手吗？”

“放手？除非我死！”他双眼幽深，望着她浅笑道，“我会把你抢过来，不会强迫你，我可以扮成诺诺，骗你心软，再骗你爱我。”

这才是他以为自己本来要走的路。

喻瑶心里五味杂陈。容野太无赖了，不敢相信他已经被她接纳，还不肯松口，要缠着她到死。

她压了压情绪，站直身体，双手抱胸，装作很淡定地上下审视容野，眉心紧紧地拧着。

容野握住扶手，手指不断收紧。

喻瑶终于再次开口说话：“现在的你偏瘦，一看就没有好好吃饭，营养不够，我不喜欢。

“你眼睛里的血丝太重，那么憔悴，几天没睡了？我不喜欢。”

“你心里在想什么总是不肯直说，总带着刺，你看看我家诺诺，向来什么都坦白地告诉我，你这样我也不喜欢。

“你恣意妄为，从来没把自己当回事，你看看你受了多少伤！你的手不是肉长的吗？现在衣袖里面藏着的手又有新伤了，是不是？别想瞒我！我特别不喜欢你这样！”

容野靠在椅背上，仰头凝视她，眸中的光明明暗暗，喉结干涩地滚动着。

喻瑶的声音低下去，目光里的锐气也散开，鼻音浓重地说：“这么多让我不满意的地方……”她无奈地歪了歪头，摸他的头发，“可是有什么办法呢？阿野整个人，我真的很喜欢。”

容野浓墨般的眼睛顿时一片水色。

“所以你，”喻瑶用指尖戳戳他的额角，“能不能好好追我？”

“好。”容野重重地点头，他搂住喻瑶的腰，力道极重，贴靠在她的身上，掩住眼角的红，“那瑶瑶也答应我，后面的事都交给我去做，不许再接近别人，尤其是沈亦。”

“你再跟他亲近，我不知道……”他咬牙切齿，“我会怎么样。”

容野抬头，捏着她敏感的腰窝，目光灼灼地盯着她：“吃醋的诺诺你见过，被你逼迫又必须忍耐的容野你也见过了，但不受控制的阿野你还没见过。

“瑶瑶，别试，你会讨厌阿野。”

Chapter 26

# 第二十六章 沈亦惹的祸

喻瑶第二天就看到了容野手掌大权的简短新闻。

她有预感，就快了，容野已经走到了他设定好的悬崖边上，就要掀起疾风骤雨，然后回到她身边。

从电影院见面之后，喻瑶足足有一个月没再和容野有任何联系，从新闻里看到他更瘦削的下颌，她就能猜到他身处什么环境。

喻瑶顺利签了几个代言，谍战片也成功复拍，直到她的戏份快拍摄结束，她还是没能见到容野，宋岚那边也毫无消息。她觉得自己快到极限了，想这个人想到每晚梦里都是他，他孤单地在暴雨里蜷缩，或者执拗地追着她的样子。

《浓雾》剧组最近在集中赶拍男主角的戏份，喻瑶这边的压力小了很多，正好她代言的化妆品在商场有品牌活动，品牌方希望她出席，宋岚就帮她答应了下来。

“沈亦又拐弯抹角地给你安排了新的综艺资源，”宋岚说，“怎么办？”

喻瑶果断地回答：“不接。”

她在嘉礼县遇险的那一周，沈亦去美国有公事，身不由己。等到她回了京城，他才风尘仆仆地赶回国看她，非常自责。她正好趁着这个机会表达了拒绝，跟沈亦说自己经过一场生死，想通感情的事不能勉强，以后还是各自安好。

沈亦却死心眼儿地认定是他没给喻瑶足够的安全感，不肯放弃，隔三岔五地找她。她不能表现得太生硬，只能一次一次温和地回绝，顺便还在接受采访时描述了一个跟他完全不同的虚假理想型。

周末晚上七点，喻瑶准时到达商场。品牌方安排周到，她打理好妆容，在众人的围观里，走进媒体的镜头。

喻瑶微笑招手的瞬间，忽然觉得脊背一紧，不自觉地抬起头看向上方。上面几层围栏边都是人，黑压压一片，根本看不清任何人的脸。但是，那种灼热的目光投向她，她像被海水包裹，一脚踩空就会溺进去。

喻瑶心跳如擂鼓，不太敢相信自己的直觉。这么多人，他都一个多月没出现了，怎么可能……

喻瑶强装镇定，胸口犹如被一群猫抓挠，脸色却如常，完美地走完活动流程。主持人将要宣布结束活动时，她眼神一暗，意外看到沈亦站在最下面离她最近的人群中，温文尔雅地笑着。

沈亦来做什么？他是碰巧遇到，还是特意来的？喻瑶忍不住又向上方飞快扫了一眼，却什么都捕捉不到。

那道凝视她的目光消失了，她暗暗祈祷沈亦别做什么出格的事。

等活动圆满完成，她立即转身走向后面的休息区。观众还没完全散去，有人仍留在现场，认出了沈亦的脸，起哄声顿时响了起来。沈亦温和地笑笑，拿出精致的礼品袋，以及长裤口袋中提前准备好的一枚大克拉粉色钻戒。

他从人群让开的通道走向休息区。品牌方的人自然认识沈亦，也在新闻里看过他跟喻瑶的绯闻，一时不知道该不该阻止。

沈亦趁机直接越过他们，朝着喻瑶的背影走过去。

喻瑶脚步很快，被团队包围着马上要走出众人的视野范围。沈亦在这个时候追上了她，握住她的手臂。她当即站住，这个时候她要是甩开沈亦，她上不上头条另说，恐怕会先上容绍良的危险人物名单！

她吸了口气，转过身，平静地打招呼："沈总。"

这个位置虽然大部分人看不到，但并不是封闭的，还是有一些目光能扫过来。沈亦嘴唇微抿，忽然单膝弯折，在喻瑶身前慢慢地跪下去，把戒指递向她，郑重地说："我想你可能还是不够清楚我的决心，我不是打算随便谈个恋爱，我是抱着想要结婚的心在追你。"

喻瑶愣住，根本没想到他会在大庭广众之下向她求婚，以他的家世和性格，做这种事简直是离经叛道。

"喻瑶，我再次来找你，也不怕任何人看见，希望你能重新考虑我，我不会让你失望。"沈亦说完，出其不意地去抓喻瑶的手，把戒指放进她的掌心。

围观人的叫声此起彼伏。喻瑶头都快要炸了，躲避的动作不由得慢了。

沈亦握着她的手指向内折，让她收下戒指。在外人看来，很像是她惊喜感动得不知所措。那道本来已经消失的视线在这一瞬又出现了，穿过遥远的距离投在喻瑶身上，片刻之后就彻底移开，让她再也感受不到了。

喻瑶的心一凛，猛地松手，把戒指还给沈亦，睫毛微颤。她闭了一下眼睛，嗓子不禁发哑。宋岚及时迎上来维持场面，礼貌地隔开那些围观的人。

喻瑶耳边被各种声音充斥着，她记不清沈亦失落的脸，只知道自己换好衣服，被宋岚带人护送着进了电梯，直达地下车库三层。

她看着电梯显示屏上的数字，恍然意识到不对："我们来的时候车子停在负二层。"

"负三层是私用的，今天就一辆车，你不用担心，"宋岚低声说，"江淮让我转告你，监控关闭了，所有保护你的人都在外围，附近是空的，电梯也不会再下来，没人打扰。”

喻瑶反射性地攥紧手，迈出去，金属电梯门在她身后缓缓关闭。不是错觉，真的是他！她平复着混乱的呼吸，蛰伏在不远处的墙边的高大黑色越野车猛地启动，朝她开过来，停在几米之外的阴影里。

喻瑶抬头，只见驾驶座的门很快被打开。年轻男人下车，解开西装扣子，脱下来，提在手上。而后他解开衬衫领口的两枚纽扣，露出滚动的喉结和修长的脖颈。

他站在车边，没有说话。

喻瑶用还算凉的手背贴了下升温的额头，一步一步地走过去。还剩两米时，她停了下来。不等她开口说话，容野就沉默地大步上前，直接把她拦腰抱起，绷直的手臂托着她的膝弯，几乎将她扛到了肩上。

喻瑶忍住惊呼，本能地推他："你干什么！"

容野拉开后排车门，把喻瑶塞进去，自己紧跟着一步跨上去，车门在他身后"砰"的一声被重重关紧。

车厢内的空间并不小，空气里弥漫着容野身上的气息。他靠过来，一下显得四周尤为逼仄。喻瑶靠在座椅的软垫上，来不及说话，唇就被吻住。她吃力地呼吸着，腰开始撑不住，那人的唇肆无忌惮地移到了她的耳郭上，一双手冷得透骨，游移到她领口。

"容野！"喻瑶颤声叫他。容野坐在椅子上，把她捞起，放到自己腿上。她面对着他趴伏在他身上，靠在他的肩窝，双膝不得不分开在他两侧，被他炙热的体温烤得越来越脱力。他字字句句仿佛带着细薄的刀划向她。

"为什么要犹豫？想过接他的戒指？阿野呢，你不想要了吗？"

容野眼神阴郁，嗓音喑哑，右手扣紧她脆弱的后颈，左手紧紧地抱着她。

"瑶瑶，我给你看，最不堪的阿野到底是什么样子。"

车里的温度在持续升高，喻瑶两边的鬓发都湿了，眼里溢出泪光。她咬着牙关，眼里一片雾气。

车窗是暗色的，后排的两边车窗降下了帘子，外面的光线隐约透进来，有限的空间显得更朦胧旖旎。喻瑶有些战栗地跟面前彻底失态的男人对视，她被他强势地控制着，感受着他的痛楚。

容野眼里暗光涌动，他没了温柔，一只手攥紧她的手压在车窗上，另一只手紧紧地抱着她。

喻瑶感觉呼吸困难。她别开头，咬唇闭上眼睛，想要逃避。她算知道了，不是什么突然起意，他来之前就动了念头，就算没有沈亦的意外出现，他也根本没打算随随便便就放过她！

她露出一点躲避的意思，箍在她腰间的那只手就更紧了，锁链一般把她死死地缠紧。她的视线开始变得模糊，她的脸颊被捏住，红润的嘴唇微微张开。

容野嗓子里发出低哑的笑声，笑了几下，又藏不住泪水。

“你喜欢的那些，按时吃饭、睡觉、不受伤、不流血……没有你在，我一件也做不到，唯一能做的……”他双眸殷红，唇向上勾，弧度惑人，“只有对你坦白说实话而已。”

“这一个多月，我没有一天好过过，我很想你……

“我找不到别的办法证明你是真的肯要我了，我也许能跟你有家了。

“为什么啊？又让我看见你和别人那么好？他们说你和他很般配！有那么多人祝福你们，而我从来没被祝福过。

“什么样的阿野，你都不要，反正他再忍耐再克制也不配让你在意，那你就看看，他最卑劣的面目。”

容野早已经忍到极限，他手臂上隆起青白的筋络，手掐紧女人纤薄的腰，然而最后关头他忽然垂下眼，喉咙里挤压出哽咽的声音。

喻瑶流的泪滴到他的肩上，他就停在那里，低下头，埋在她湿热的颈窝间。

他来之前，从昨晚就开始失眠了，像小狗一样欢喜雀跃，疯了似的想着这天见到她，她会不会开心。来的路上，他看了很多次镜子，怕自己又瘦了，让她皱眉。

他坐在车子里，手紧张得颤抖，半点也不像他。他满心想着怎么无赖地诱哄她，才能换得她的青睐。他还想告诉她，再等几天，马上就结束了。他已经做好了万全的准备，还喻青檀清白，为她报父母的仇，他可以跳出那片泥沼，回到她身边。

明明是被自己奉在心尖上的珍宝，他却要伤她、让她哭。他再卑劣不堪，怎么能把卑劣的手段用在她的身上？

容野忽然头疼欲裂，猛地推开喻瑶。

喻瑶意识到容野的举动，茫然地抹了下眼睛。她刚才哭是因为心疼他啊！

那么凶悍暴戾，说着狠话，动作粗暴，可若动真格的了，他还得费尽心思哄她。

真是谁家老公谁心疼。

他推开她的一瞬，她涨红着脸，把头靠在他胸前，额头贴在他的颈边。感情这种事，谁能说得清呢？她绝不承认，可板上钉钉的事实就是她也很想他。

喻瑶浑浑噩噩地想，诺诺再怎么冲动，性子还是乖巧柔顺的。但容野性子蛮横，是个彻头彻尾的疯子。

她背对着容野侧躺在后排座椅上，身下垫着他的衬衫，手指暗中抠着座椅，思考着该怎么说。

容野把前排的座椅推到最前，空出一个勉强能让他容身的空间。他目不转睛地看着喻瑶被他揉红的肩头，眼神黯淡。

“瑶瑶……”这两个字低得听不清。

什么幸福都不会有了，他把一切搞砸了。他的瑶瑶会觉得他恶心吗？

喻瑶抿了抿发疼的唇，艰难地转过身，愤愤地看他，眼角还湿着：“容野，你这次要是不把我哄好，以后就别想让我再跟你见面。”

说完这句，她立即转过头去。他就是欠收拾！

沈亦有什么能耐，竟让他质疑自己，以为要失去她？她纵容归纵容，但必须得让他长长记性。他的心里极度缺乏安全感，等他靠自己争取到她的感情，他经年累月的苦痛和孤单自然会消散，他会在她的守护下慢慢变得强大。

容野愣了一会儿，忽地起身，一个字也没有说。那些沉寂的灰烬又燃起夺目的火光，他匆忙从前排的储物箱里找出常用的香料，有些颤抖地放好、点燃。

他这几个月仅有的睡眠时间都在车里度过，靠着这点安神香才能入睡。他想哄瑶瑶快点睡着，这样她就不会收回刚才那句话了。她没有跟他分手，也没有厌恶他，甚至还准许他追她。

喻瑶累到撑不住，在香料的作用下昏昏欲睡，脑中还尽力保持着一点清醒，看似无意地转过头平躺好，好让他能看到她的脸。

她真是操心啊！

半睡半醒中，她恍惚感觉到容野在靠近，车里淡淡的香味和他身上的寒气混杂着，麻痹人的神经，让她心里酸软。他想吻她的脸颊，刚才那么胡作非为的人，现在连亲她一下都小心翼翼。

他贴过来，呼吸铺洒在她脸颊的时候，她装作睡着，不经意地扭过头迎合他，角度刚刚好。他的吻落下来，贴在她暖热的嘴唇上——很轻的一个吻。容野以为是巧合，不禁露出笑容，欢喜地贴了贴她的额头。

她意识沉沦前，听到耳边响起轻柔的声音——

“你教诺诺说话写字，教他哭、教他笑。

“你也教教阿野，怎么才能被你爱，行吗？”

喻瑶感觉脑袋昏昏沉沉的，听着容野说这些话，她很想撑起身体好好跟他说几句，但身体快要散架似的，疲惫得很。香料的安眠作用确实很强，她抬不起眼帘，努力动了动唇，只发出几个模糊的音节，像是不清醒时的呓语。

容野炙热的手在她的身上轻轻地拍着，哄她入睡。他沙哑着嗓子，断断续续给她哼了一首小时候的歌。她隐约想起来，她曾经去那座深宅大院看望小魔童的时候，闲来无聊时唱过，当时只换来他冷冰冰的眼神。

原来小魔童每个音节都记得，这么久过去了，长大的阿野居然能唱给她听。她心里涌起酸涩，眼角流出了一滴泪。最后她抵挡不住困意，熟睡过去，睡之前心里提醒着自己别睡太死，快点醒，她还想把沈亦那些破事给容野讲清楚。

喻瑶再睁开眼时，她已经在自己家的客厅里，身上的衣服完好，躺在沙发上，宋岚在厨房里替她烧热水。

“我回来了？”喻瑶顿时清醒，腾地坐起来，“他……”

宋岚这个在影视圈里备受追捧的大经纪人，在喻瑶这儿简直成了她的生活助理，啥都得管，还得负责把贪欢之后的喻瑶安全送回家。想起那会儿去接喻瑶，对上容二少幽深似海的眼睛后，她到现在心里还发怵。

宋岚都有点敬佩喻瑶了，她难以想象喻瑶跟这样的男人谈恋爱需要多强的心脏。

她给喻瑶倒了杯水：“容野走了，我是半个小时之前把你带回来的。放心，没有别人知道。”

喻瑶捂了捂额头，宿醉一样倒在沙发上，心里有点难受。容野到底没能等到她说沈亦的事，不知道他又会默默难受多长时间。这么想着，她心里更难受了，好像有什么东西在挤压心脏。她忍不住摸了摸胸前，当即一愣，还真的有！

宋岚一脸不能直视的表情，喻瑶顾不上管她，赶紧背过身，把手伸进去探探，颤巍巍地拿出来一片折好的白色布料。那是容野的衬衫衣角，上面不仅有她的体温，还有容野身上清寒的气息。

喻瑶的脸瞬间涨得通红，热意直接蔓延到耳垂。

浑蛋小狗！他都伤心成那样了，还能做这么野的事！就算她身上的衣服没兜，就算放在其他地方都不安全，可他也太——

喻瑶有点粗暴地展开白布，上面是容野狂野的笔迹，字很少，但戳中她的心。

对不起，等我追你。

这是道歉的态度吗?!这都要野出天际了！

喻瑶心痒痒又有些想哭，垂下眼，掩住里面涌动的波光，把布叠好，紧紧地攥在手心里。

宋岚看出她情绪不稳，很贴心地等了会儿，才说："沈亦在商场求婚的事被不少人拍到,昨天晚上就传到网上了,这几个小时动静闹得很大,我们这边还没回应。"

喻瑶强调道："不是求婚。"

"我知道不是，"宋岚无奈道，"但网友和看热闹的群众可不那么想。沈亦又是送礼物又是送戒指的，只有照片，又没有对话，任谁看都是求婚的意思。"

喻瑶烦闷地皱着眉心，解锁手机，想快点编辑一条澄清微博，但打了两个字就停了下来。昨天的事，无论是沈亦的本意，还是容绍良的授意，她都不适合在这个时候出面回应。

她明白，容野的计划已经到了快收尾的关头，她这边不能出错。沈亦这样做，如果她立即公开否认或者拒绝，很可能引起容绍良的怀疑。

喻瑶沉默许久，认为让容绍良摸不清现状才是最好的选择，她决定不承认，也不否认，不接受，也不拒绝，就当什么都没有发生过。

但私下里，喻瑶回避了一切可能和沈亦碰面的机会。她听到他的消息就避开，对于他打来的电话，也是能不接就不接，然而她没想到自己躲得过沈亦，却躲不过一心想嫁给沈亦的女人。

*Chapter 27*

# 第二十七章 丑闻

几天之后，谍战片杀青前夕，宋岚给喻瑶接了一档表演类综艺节目。不过，喻瑶只是飞行嘉宾，录制用时短、节奏快，跟电影拍摄档期不冲突。

节目组给喻瑶配了个日常以演技好立人设的女演员做搭档。

宋岚一看名单就有点不满意，提醒喻瑶："这女的家里背景不简单，出来拍戏跟玩似的，想嫁沈亦想疯了。之前她以为沈亦只是跟你玩玩，估计没把你当情敌，这回见沈亦向你求了婚，她多半会找你的碴儿，要不要换个搭档？"

喻瑶冷笑："不用了，我最看不上拿演戏当玩的人，不至于怕她。"

她讨厌归讨厌，但也不会主动挑事。本来她打算如果对方老实，她就好好合作，好聚好散。

结果这位小姐碰面之前就抢先选了个无脑戏的剧本，一对戏，直接拿杯水往喻瑶身上泼。喻瑶被她这套操作惊到，虽然及时躲避，但还是被淋湿了头发。

现场大乱，这位小姐还笑盈盈地挑着眉问她："演戏而已，你可是拿过影后奖的，不会接不住我的戏吧？"

喻瑶笑了笑，拒绝了场务送上来的毛巾和吹风机，顺手拿过一支铅笔把长发绾起来，端起吧台上一杯颜色浓郁的酒，慢条斯理地走到她面前，完全符合角色设定，面无表情地把酒从她的头上浇下去。

女人大叫。喻瑶歪头，把空酒杯往地上一扔，嘴角扬起：“来，姐姐给你点杯酒，名字叫‘梦醒时分’。”

当天的事直接闹上网站新闻热门搜索。

那位大小姐哪受过这种委屈，歇斯底里地大叫。喻瑶没管她，换了个搭档把自己的部分拍完，临走前却被她拦住。她趾高气扬地说：“喻瑶，好好想想你家里的破事吧，别以为藏得深就没有人知道，真想攀上沈亦，以你的出身，还没那个资格。既然你这么无所畏惧，那就来试试，看你是不是真那么有底气。”

破事？喻瑶拧眉，认定她不过是在故作姿态，想讨回点脸面，对自己放放狠话罢了。

既然提到喻瑶家里的事，那就肯定不是指容野的事，程家生意做得光明正大，她的父母更无可指摘，她身家清白，有什么怕被别人知道的？

等录制完成后，在返程的车上，喻瑶靠着车门睡得很不安稳，虽然觉得那女人多半有点毛病，但还是被她那两句话搅得心里不舒服，有种不祥的预感。

跟家事相关的，硬要细数的话，只有喻青檀的案子，可就算是这样，这事也磊落干净，没有其他。喻瑶心神不宁时，前排的宋岚突然间出声：“什么情况？喻瑶，你赶紧看看，你父亲的事，真的假的？”

喻瑶被彻底惊醒，心脏突突直跳。宋岚满脸严肃，已经把手机拿到她眼前。上面的内容触目惊心，喻瑶双手攥成拳，一目十行，很多文字都很模糊，唯独几个极其刺眼的句子深深地扎在她的神经上。

“喻瑶的父亲，市检察院前检察长喻青檀，疑与在审罪犯私联，私收贿赂，畏罪自杀。其妻程梦颠倒黑白，试图为喻青檀洗脱罪名，最终也殉情自杀。”

喻瑶浑身发冷，一把夺过手机，只见网站首页已经被这些刷屏了。这种与娱乐圈相关,又涉及公职人员犯罪的新闻,分分钟成为最大的焦点,众人的议论已经不堪入目。

“这事我记得啊！当初喻瑶被封杀时不就是因为家里出事退隐了一阵吗？我好像听说是父母过世，没想到背后的真相居然是这样！”

“太恶心了！最恨赚黑心钱的败类！”

短短几秒，喻瑶眼窝泛红，强装镇定地对宋岚说：“当然是假的！我父亲清正一生，自杀是因为重度抑郁。我母亲是东奔西跑为他澄清了污名才追随他而去的！”

宋岚马上说：“那就不要慌，立刻联系相关人拿到当年的证据，越直白的越好，我们这就澄清。”

喻瑶总算知道了，那女人所说的破事究竟是什么意思。当初喻青檀和程梦的过世太让她伤心了，她处理得非常低调，从没有对外宣扬过。她以为这件事这一辈子都不会再被翻出来，现在才知道，原来这件事一直是一把悬在她头顶上的刀。

针对她的人，迟早会扒出她的家事，拿她父母的死做文章！这样的新闻最无德，根本不论真假，一旦抢夺舆论先机，就占据了主导权，她必须拿出铁证才能扭转局面！

喻瑶一刻不停，连夜联系当初涉案的相关人员。几番折腾之后，她才不敢相信地发现，经手案子的人不是离职、出国，就是出了意外，资料档案全无，能证明喻青檀清正的人，竟像没存在过一样。

她直到这一刻才意识到，父母的事从来没有结束，早就有一双无形的手，在她以为尘埃落定时拿走了全部证据。一夜之间，她身陷舆论旋涡。

“找不到？”宋岚有些慌了，“先稳住，我们发一条微博澄清！先表态再说！”

微博页面已经打开，字都输进去了，喻瑶突然间抬起通红的眼，一把按住宋岚的手腕，缓缓转过头看她，目光清明：“等等。”

如果她没猜错，事情绝对是那个女人爆的料，而她是沈亦的世交、追求者，沈亦又跟容绍良关系那么亲近，疑似是他的工具之一。上次在会所，她还清楚地听到容绍良说喻青檀的死与容家有关，而那么多证据不翼而飞，这是普通人能做到的？这些事情之间可能没有联系吗？

一个家世优越的女人，因为嫉妒去调查假想情敌，怎么就跳过了情敌那么多的黑料，恰恰就有能把情敌置于死地的脏水送上来，而她只要负责泼就行了？这套路并不陌生啊，多像之前那幕后之人利用陆彦时的套路。

当时陆彦时想查诺诺，苦苦寻不到突破口，偏偏就有准备好的资料给他。这两件事用的手法简直如出一辙。

喻瑶深吸口气，用力掐着手心，掐出一片红印。

是阿野那边出事了。

容绍良实在没有别的办法对付他，才会把矛头又转向她孤注一掷吗？拿父母的事打击她，是想要她失控，最好在镜头前表现得凄惨不堪，用来刺激和牵制容野？容野在容绍良面前已经撕破伪装，收网了是吗？

喻瑶合了合眼，果断地对宋岚说：“微博我来发，语气越无所谓越好，别当回事。另外，最好找几家熟悉的媒体，装作到现场来逼问我，记得拍了发网上，我也这样回答。”

宋岚不清楚喻瑶这样做的意图，但看到她镇静下来，有条不紊地交代这些，她也随之镇定，没多废话，立刻就去办。

事情闹得这么大，无数人在微博点名各种官媒，甚至有人打举报电话，要求严查喻青檀的事情，顺带把喻瑶拉下来。但喻瑶知道，既然她这里找不到相关证据，那别人也肯定找不到，这只能是一桩被随便歪曲抹黑的悬案，查不到结果。

微博上、镜头前，喻瑶始终保持着平静，连语气都没有起伏：“我父母是清白的。”

就这一句话，多的再没了，公众预想中的大受打击、憔悴狼狈，在她身上根本看不到，就像整件事与她毫无关系。只有她自己清楚，回到没人的地方，她要怎样竭力克制才能保持住状态。

——阿野，不要受影响，不要为我担心，这些事我都可以顶住，你绝对不能因为我而打乱你原本的节奏。

事情持续发酵，而喻瑶完全不受影响，照常进出片场，该做的事一件也没少做。但她心里装着事，已经连续几十个小时没好好睡过，直到宋岚悄悄递给她一张纸。喻瑶感觉到什么，心跳如擂鼓，悄悄展开。

上面只有简短的几个字，显然写得很匆忙，但字迹潇洒有力：“别怕，狗狗在。”

喻瑶手一颤，心脏像被人狠狠地握紧，泪水汹涌地漫上眼眶，心中五味杂陈。脆弱、难过、委屈，在这一刻忽然都不足挂齿。这句话她听过无数遍，他总在她最无助的时刻送到她耳边来。

喻瑶无论怎样也没预料到事态的发展。就在她拿到字条的这天晚上，关于她父母的谣言散播得沸沸扬扬时，一条最新跳出来的新闻犹如惊雷，让整个事件彻底反转到匪夷所思的地步。

喻瑶盯着屏幕上的文字和众多图片，很长时间都没有动。宋岚就在她身边，已经被突如其来的变故“轰炸”得愣怔，只震惊地望向喻瑶，说不出话。

以医药起家的容家，旗下有多个集团，公众都耳熟能详。不久前成为继承人的容二少容野，经调查，是喻青檀自杀案件的背后主使。除了这件事，还牵连出容野瞒着家族，身后藏着多个不能见光的团队，干出违法走私，生产违禁药品，非法牟取暴利等一系列骇人听闻的事。

喻青檀并非畏罪自杀，也不是因病去世，而是一身清正，只因为主审了容野手下某一制药厂的案子，被收买不成，就被换了日常服用的药，使抑郁症在短期内急速发作，才最终导致悲剧发生。

难怪容野臭名昭著，难怪容野要封杀喻瑶，原来是有上一辈的仇怨，想把她赶尽杀绝。

喻瑶是受害者。两个有着世仇的宿敌，一黑一白，一清一浊。最重要的是，关于容野的事并不是空穴来风，而是容家旗下最大集团的官博发布了证据确凿的图文公告，并宣称已经上报警方，等待处理。

全网轰动。

喻瑶仍旧呆呆地坐在片场的椅子上。宋岚已经脸色惨白，艰难地消化这些惊悚的事实，颤声问喻瑶："所以，他对你好，其实是赎罪？"

喻瑶眨了眨酸涩的眼睛，刚想说句话，电话就接踵而至。关系或远或近的，还有之前几天对她避之不及的人，都急切地打来电话表示关心。

所有矛头都直指容野。他是魔鬼，他是造成一切的罪魁祸首，他是她不死不休的仇敌。

众人的态度整齐划一，容野就是其心可诛，死不足惜。喻瑶干脆关了手机，慢慢靠向椅背，望着宋岚。是啊！她跟容野见了好几次面，他不主动说，她也就从来没追问过他隐瞒的那些究竟是什么。关于喻青檀事件背后的真相，她也不曾提起。她总想着未来有很多机会可以说，他们好不容易才能短暂地见面，她不想被三言两句解释不清的事占据相处时间。

关于容绍良那句"喻青檀的死和你脱不了关系"，他不解释，她也一直不问。现在，一切被猝不及防地曝光，偏偏这些事情还都能联系得上，他的隐忍、心事重重、患得患失，都可以用"赎罪"来解释。那些邪恶、冷酷，也算符合他的性格。

全世界都在告诉她，容野是她不共戴天的仇人，对她做的所有事都抱有目的。

喻瑶舒了口气，反而笑了。她抬着头，轻声跟宋岚说：“容野对我好，就只是因为他爱我。”

喻瑶的语气很平淡，甚至是柔软的，却斩钉截铁：“他不会做那些事。他不顾危险回到容家，是因为真正的凶手在那里，他要去为我报仇，他的心，我终于全懂了。”

从小到大把她刻在心里的小魔童，怎么可能伤害她的父母，让她颠沛流离？一次次用生命保她安全喜乐的神明，怎么可能做出无法面对她的事？

脱去所有束缚，他的本性还是更像诺诺，心底干净，明澈剔透，比任何人都一尘不染，怎么可能是手染鲜血的恶魔？阿野终其一生，不过是在挣脱牢笼，想站在光明里，坦然地走到她面前，亲口跟她说：

“你知不知道，我爱你很久。久到那一年，我在泥潭，你在天边，你还是个扎着小辫子，什么都不懂的天真孩童。”

喻瑶还在片场，这晚是她的杀青戏份，轮到她去拍了。四周一片安静，那些让人瞠目结舌的新闻就挂在头条上，谁也不忍心在这种情况下出声喊她开工。

喻瑶主动从椅子上站起来，脱下披肩，揉了揉发冷的手臂，准备去拍戏。

宋岚刚从喻瑶的话里回过神，她没想到别人都义愤填膺，当事人竟然丝毫不怀疑容野。连动摇都没有吗？怎么可能？

她不禁追了两步：“喻瑶，你就这么有信心凶手不是容野？现在可是铁证如山！”

喻瑶停住脚步，眼中波光流转，回过头反问她：“今晚之前，在全网的人看来，我父亲畏罪自杀的事不也是铁证如山？”

宋岚一怔，顿时失语。

“我认识容野，不是从新闻和其他人的嘴里认识的。我亲身感受过那么长时间，我有眼睛、有心，也有最起码的判断力，有这些就够了。”喻瑶轻声说，“如果容野真是罪魁祸首，哪怕他是诺诺的时候没了记忆，可他一旦恢复过来，想起自己是谁，就不可能再靠近我，他会比任何人都明白，父母之死是我永远释怀不了的仇恨。”

她眼睫轻颤：“如果他真的是，以他那种极端的行事作风，他大概宁愿自裁都不会来二次伤害我，他要是想对我赎罪，根本不会用感情和物质来补偿，他会拿命来赎。

“外面闹得再大，在我看来，事实其实很清楚，容野非但不是凶手，他还在我不知道的情况下，替我背起了这个负担，他更没做那些违法的事。”喻瑶的语气缓慢而坚定，“所以不管多难，他都敢一次次来找我，敢让我等着他，求我爱他，就因为他问心无愧。”

也不对，他或许是有愧的。他把责任全揽到了自己身上，觉得是他没有保护好她的父母。

宋岚仍然难以置信。在这么突如其来的打击下，喻瑶还能保持冷静，信任他，换成其他人，估计已经崩溃了。

她忍不住假设道：“万一呢？你也是凭感觉推测，不能完全保证自己是对的，万一容野就是十恶不赦的凶手呢？”

喻瑶弯了弯唇，眼里透出一片氤氲的红：“上次在会所，我受到的冲击不比现在小，可我信他，我赌赢了。”

“这次也一样，可能我本质就是个赌徒，”她站在片场的灯光和月色之下，眉眼清冷，“我愿意拿自己赌这局，我还是相信，他不会让我输。”

片场气氛肃穆，喻瑶没多说话，拿出最好的状态尽职尽责地把她最后一场戏拍完。导演喊停并鼓掌的时候，外围已经拥来了一群娱乐记者，看样子是不准备放过她了。

喻瑶迅速收拾心情，在宋岚和助理的掩护下往化妆间走。她脑子没闲着，反复去想容野现在会是什么状况。网上那些耸人听闻的新闻，更像是容家家族博弈期间制造出来的，能用官博发，一定是容绍良的手笔。

容绍良想利用她父母的事让她失态，借此左右容野，显然没达到目的，于是立即换了路数，用前两天的热度当铺垫，骤然对公众宣布容野是真凶，直接把他推至风口浪尖。

对外全面公开容野的“罪行”，还有理有据，那么下一步呢？容绍良不惜损害整个容氏集团的形象也要这样做，是想把容野毁掉吗？

过去在喻青檀那里听来的很多案件重回喻瑶的脑海中，既解决家族斗争，又能让有威胁的那个人背着致命的黑锅去死。

只要人没了，就什么都能湮灭。

喻瑶止不住身体发冷，紧紧咬着牙齿，尽力吞咽着涌上来的苦涩。如果她赌对了，那么容家的丑事都是真的，但做的人不是容野，是容绍良想让容野背负这些，永远闭嘴。

走到这一步，容野此刻面临的是生命危险。

喻瑶站在化妆间里，手撑着桌沿，反复深呼吸，命令自己不要乱了阵脚。容野一声不吭地等了她那么多年，她怎么就不能坚持住，继续等他几个小时，或者几天？

但容野命悬一线，喻瑶的心像被长满利刺的藤条勒紧，就快要不能呼吸。身后的门忽然被敲响，她猛地回头，压低声音问：“谁？”

如果是宋岚她们，或是剧组的同事，大家都会主动地自报家门，但现在不太对劲。

门外的人根本不回答，而且门并没有锁，对方要是硬闯，她也没办法。

片刻后，门外的人语速急促，低声说："喻小姐，是二少让我来找你的！"

喻瑶心一跳，没来得及说话，外面的男人就拧开门进来了。他一脸迫切，额头上全是汗："二少让我来接你走，你这边有危险。他说了，关于你父母事情的真相，他会当面跟你解释！"

似乎是怕喻瑶不信，男人掏出一样东西展示给她看："他让我给你看这个，你就能放心了。"

那是一条手链，手工制作的宠物牌，两边拴着红绳，是她亲手给诺诺做的。她条件反射般地要接过来，已经本能地跟着往外走了。男人却往回一收，飞快地说："我们先出去，到车上你慢慢看，再晚就来不及了！"

门外还站着五六个同样高壮的男人，都在盯着喻瑶。她猝然停住，往后避开，灼热的目光一瞬转冷。

宠物牌做得非常像，但刚才那男人拿走时她看到了宠物牌的背面，并没有她一点点刻上的诺诺的名字。应该是容绍良的人扒到了以前诺诺被曝光的照片，发现了他戴的手链，又找到同一家陶瓷店仿制了一条手链。

全是假的，手链是假的，人也是假的！容野的人不会支开她身边的所有人，单独带走她！

喻瑶往后退，马上摁亮手机，要打电话。男人见状，眼神变了，伸手就夺她的手机，外面一群虎视眈眈的人也闯了进来。

是容绍良！要抓走她去要挟容野！那就证明容野目前没有危险，他还好好地活着，甚至在疯狂反扑，才会逼得容绍良这么做！

喻瑶抓起桌上的水壶就往男人的脸上砸，趁机往外冲去，却被那群面目狰狞的男人拦住，上来就要抓她的手臂。她无路可走时，外面空荡的走廊里蓦地响起急促的脚步声。几秒之后，化妆间虚掩的门被一根拐杖重重地推开，“砰”的一声，撞到墙上。

程怀森带着十几个人站在门口，苍老而冷然的双目瞪着屋内情景，沉声道：“我们程家再小门小户，也不至于让孩子被人这么拿捏！”

喻瑶吃惊地看着他，一时忘记挣扎。程怀森用拐杖戳地，“咚”的一声响，后头待命的众人火速绕开他上前，训练有素，把化妆间里的那几个男人控制住，直接往外拖。

程怀森冷笑：“知不知道现在是什么年代，你们以为没王法了是吗？都滚去公安局给我老实地待着，你们那个苟延残喘的主子，我看也没有几天好活了。”

几分钟内，场面被控制住，一半人离开，还剩一半人留下守着。喻瑶喉咙动了几下，抿紧唇。程怀森语气不善：“不管出多大的事，一个电话都不会往家里打是吧？我只是逼你结婚，又没逼你送命！”

顿了顿，他虎着脸硬声道：“是容野传递消息让我来的，幸亏赶上了。戏拍完了是吧？哪儿也别去，跟我走！我就不信，我在外混了一辈子，还护不住自己的外孙女了。”

喻瑶的情绪大起大落，牙关里发出一丝轻微的声音，她马上咽下去，颤着手问：“是容野让您来的？”

“是容野让我来的，”程怀森看她一眼，“但是，他要是真干了那些事，就等着去吃枪子儿吧，做梦也别想跟你扯上关系！”

喻瑶转过身，快速地抹了两下眼泪，唇不由自主地上扬，又颤抖着咬紧。

容野没事，他在！他能做这些，就等于在告诉她安心！他会主动联络程怀森，也表明他始终坦荡无畏。

程怀森没让喻瑶再露面，在剧组做好了善后工作，担心路上会发生意外，干脆就近找了套房子住下，连夜换锁。之后，老头子就往客厅里一坐，岿然不动，余光瞥向喻瑶：“你去没窗户的那屋睡觉，我就待在这儿，看谁还敢来。”

他没有摆出以前那副高高在上的样子，低声骂骂咧咧：“怪不得不想嫁进豪门，大宅大户的都这么多破事，家族内斗就内斗，总想扯女人进去当筹码算怎么回事？容绍良这个老东西，不得好死。”

喻瑶躺在漆黑的卧室里，一夜无眠。凌晨，她死死地抓着手机，像抓着救命稻草。天光微亮时，她的手机毫无预兆地一振，跳出一条信息。发来信息的是个陌生号码，短信内容一片空白。

但喻瑶看到信息的那一刻，忽然泪如泉涌。她想起诺诺刚学会用手机的时候还弄不清楚那些功能，第一次给她发的短信，就是一条没有任何文字和符号的空白短信。

那时她问他：“怎么发这个？”

诺诺笑得双眼弯弯，乖顺地望着她，琉璃色的瞳仁中都是她：“这不是空的，是狗狗的思念太满了，这个小屏幕装不下。”

喻瑶没回复，更没去拨这个号码。她对着逐渐暗下去的屏幕轻声呢喃：“你挣脱了，是吗？”

她在昏暗里撑起身，环视四周，没有窗，只有一扇门。门外有程怀森带着众多的人守着，还预先报了警，没人能用她威胁容野了，而她现在很想做一件事。

喻瑶打开微博，调到输入框，一个字一个字，坚定地输了两行，点击发送键。

“我爱的人都是清白的，父母是，你也是。

“你是谁，你知道的。”

几个月来，她的各种绯闻传得沸沸扬扬，可她从没发微博承认或是澄清过，再多人问她，她都说在等待爱情。

其实爱情早就扎根了，从始至终，都是那个人。她不知道自己还能做些什么，但心里有声音在不断地驱使她。

她想在春天没来、黑夜未明的时候，抛开束缚，主动朝远处的人举起一只手，让他就算身在旋涡，也能看到一座灯塔给他指引了一条回家的路。

她想告诉他，他不是孤身一人，他有归处。

Chapter 28

## 第二十八章 惊人的反转

凌晨四点半，容家旗下最大集团的办公楼灯火通明，警车成排，警灯闪烁。警察拉起警戒线，持枪守卫。

各路媒体蜂拥而上，却被堵在外围，只能暗自等待这桩惊天大案的最新进展。

大楼一层的巨大旋转玻璃门里，隐约有众多人影出现，在朝外走。最前面的警察押解着某人，此画面一出，记者们顿时群情激愤，闪光灯亮成一片。

天之骄子身陷囹圄，这种消息永远能让人肾上腺素飙升。只要容野被押送的照片在网上曝光，保准就是一周都下不去的热搜头条！媒体争先恐后，镜头都伸得奇长，拥挤着、碰撞着往前冲，然而等某人走近，露出面容的刹那，喧嚣的人潮猛地静止，夜色里尽是死寂。

这哪里是容野?

最前面戴着手铐被警察押送的，分明是容野的哥哥！容家这代的另一个孙子，前一段时间容野失踪了，就是他高调执掌容家，风光无限。随后出现的，是这位的父亲。父子俩当时都不可一世，是光环最多的集团继承人，此刻却被面无表情的警察控制着，直接塞进警车里。

到这时候，才有媒体反应过来，急忙把镜头重新聚焦，下一瞬就迎来了更大的意外。

救护车呼啸而至，从专门通道进来，骤然停在警戒线前。紧接着，大门里出来两个警察，抬着用桌板临时做的担架，上面躺着形容枯槁的老者，竟然是容氏集团最高掌权人容绍良。容老爷子的胸腔像风箱一样呼啦作响，双手也被手铐铐着，再也找不到半点儿威严。

记者们按快门的手指都已经麻了，纷纷抢着拍这关键一幕。有人过于激动，壮着胆跑去问警察："容野呢？容野不才应该是犯人吗？"

警察侧目看了他一眼，破例多说了两句，口吻严肃："话不要乱说，你这是诽谤！容野早就跟警方合作了，这次大案能告破，他要记头功。"话音落下，有个人最后走出集团大楼。

那人身形颀长，眼神锐利。他速度不快，慢条斯理地走着，长裤笔挺，身上的衬衣布料泛着光泽，被夜风吹动，衣摆贴上胸口腰腹，勾勒出清瘦的身体线条。

但他原本无瑕的衬衣上竟有着污渍和血迹，即便袖口紧系，也藏不住长到手腕的新鲜伤痕，血迹凝在冷白的皮肤上，显得触目惊心。众人原以为身负罪孽、会被当众铐走的人，此刻竟略显懒散地站在这里，光影在他的身上流转，一时正邪难分。

那个问过警察的记者彻底呆滞，不自觉地把收音话筒朝他举过去，脱口而出："怎么会……为什么啊？"

"为什么不是你被抓？"

话刚问出口，记者就后悔了。这桩大案出现惊天逆转，整个容家都被容野亲手端了！

如此冷酷厉害的人，记者这么问还能有好下场吗？但容野侧过头来，看了记者一眼，薄唇向上一翘，嗓音出奇地温柔。

"因为小姑娘跟我说，这一辈子，我要努力当个好人。

“她把筹码全押在我身上，我绝不能让她输。”

清晨六点，市中心医院住院部顶楼。

这里本就是贵宾楼层，病人少且环境安静，如今半条走廊都被警方封锁，守卫森严，经过的医护人员都要被检查。

气氛压抑肃穆，没人敢开口多说一句话。在这样窒息的环境里，有一个人慵懒地坐在警戒线之内的长椅上，双眼微合，背抵着墙，双腿舒展，身上的衬衣凝着大片干了的血迹，衣袖卷起，右臂从肘弯到手腕都缠着雪白的绷带。

轮子滑动的声音由远及近，他抬了抬眸，眼中还有着没消散干净的戾气。容绍良戴着呼吸机，被推进专用病房。经过他身边时，他冷淡地盯着容绍良看了几秒，除了嘴角扬了扬，没有其他反应。

这笑容又寒凉又疏离，看得走廊口守卫的年轻警察有些发寒，又忍不住默默感慨。警方一直怀疑容家背后有庞大的黑色产业，但容绍良为人极其谨慎又狡猾，警方根本找不到突破口，拿不到实证，更别提立案抓捕了。

直到容野开始出现在警方的视野中。

最开始容野是作为重点观察对象被盯上的，毕竟容二少恶名在外。传言，容二少烧杀掳掠，就没有他不敢干的事。结果警方盯了他很长时间，愣是一点问题也没抓到。他手握着几份高学历证书，还在部队里待过，身上的学术气息是有，但明显戾气更重。

那时候，警方领导层一致认定他是个冷血的犯罪分子，又聪明又镇定，手起刀落，目的全达到了，还完全不露破绽，危险度太高。结果谁也没想到，就这么一个让人提心吊胆的恶魔，居然会主动联系警方，亲手打碎容家那些光环。

半年前，容野就知会过警方：“我可能会有危险，如果身死，我会让人把我拿到的证据都交给你们，但是还不够颠覆容家。如果我没交证据，也没联系你们，你们务必耐心等待，也许时间会很长，但请你们绝对不要轻举妄动。”

警方的领导层相信了容野，没有打草惊蛇。果然，容野失联之后又回来了，几个小时之前，他通知警方进行收网行动。

去之前，大家都知道容绍良和那对父子很可能孤注一掷，容野可能有生命危险。然而，当他们冲进集团大楼那间办公室的时候，场面是意料之外的骇人。

容家人已经疯了，为了伪造容野自杀的假象，让他顶罪，那位长孙拿着刀捅容野的颈动脉。容野侧头躲过了，刀尖落到手臂上，一路划到手腕内侧。

下一秒，也就是他们持枪踹开门准备营救容野的瞬间，容野的手利落地夺过那把刀，腕子一抬，直接把他哥的手重重地摁在桌面上。

满屋的哀号声里，容野笑盈盈地抬起眼，面对着一排黑洞洞的枪口，吊儿郎当地扬起眉：“警官，我遵纪守法得很，没想伤人，我还等着回家娶老婆呢！”

年轻警察现在想起那个画面还有点后怕。容野骨子里透出来的冷酷狠绝，容家所有人堆一起也不及他。年轻警察站在医院走廊上，长舒了口气，再次把目光落到容野身上。

容二少还沉默地坐在长椅上，手里紧攥着手机，屏幕亮着。他的神色已经不像之前那般冰冷，眼角眉梢都蕴着暖意。警察愕然地眯了眯眼，他好像是在看微博?!

半个多小时后，医生从容绍良的病房里出来，摘下口罩，轻声说：“病人受到重大刺激导致休克，现在人醒了，可以说话，他提出要见容野。”

容野缓缓地抬起眼帘："正好，我也有话和他说。"

警方见容绍良死不了，也就放下心，同意容野先进去。

病房里，容绍良一夜之间老了很多。他瞪着容野，扎着针头的手试图抓点什么砸向他。但他什么都没抓到，自己反倒喘得快不能呼吸。

容野拽了把椅子，在病床边坐下，不等容绍良张口，就直截了当地问："我的所有证件你都是动过手脚的，对吗？如果不是我当许诺的时候查不到指纹和户籍信息，我都还不知道连'容野'这个身份都是假的，我从来就没作为一个真正的人存在过。"

"当初我约见喻瑶，此事阴错阳差被她的经纪公司传开，你知道了，"他继续说，"于是你趁着我身不由己，就顺便推了一把，让所有人，包括喻瑶，都认为是我封杀她，你这么做是为了什么？那时候你很自信，不需要用她来控制我，也没必要在乎我有没有感情弱点，那么你只是因为不能接受我这种猫狗不如的东西有可能得到幸福，对吗？"

容绍良抬起头，额头上青筋毕露，没有反驳。

容野得到答案，哂笑着点头："好，我无话可说了。你问吧，我时间有限，还得去收拾容家的烂摊子，毕竟还有那么多没被污染的产业在等我接手。"

"对了，还没告诉你，"他歪了歪头，"前几年开始跟容家竞争市场的那家医疗公司就是我的公司。"

就算抛开容家，他也拥有养得起老婆的资本。

容绍良的力气用到极限，忽然泄了气，抬起的脑袋跌回枕头上，哑声问："你到底是从什么时候开始准备这一切的？"

容野神色平静地说："从我第一次不得不用自己的手去碰那些污秽的时候。"

他的领口微敞着，脖颈和下巴显得极为苍白："我知道，一旦我沾了，我这辈子到死都没资格再得到我唯一想要的。”

容绍良喘着粗气。容野浅笑，眉眼中尽是清冷：“外公，你想象不到，在你眼里蝼蚁都算不上的我，有朝一日也能拥有珍宝、钱权、身份、你的产业，可是，跟她相比，从始至终，这些都一文不值。”

容绍良浑浊的眼里透出怒气，咬牙切齿地呢喃着喻瑶的名字。

“别叫这两个字，你不配，”容野略微俯身，把手机竖起来，上面是喻瑶发的微博，他把手机屏幕转向容绍良，逼他看，他的双眸弯起来，“你能相信吗？她爱我。我们见面的机会那么少，我有太多事瞒着没说，我瞒着她、欺负她，甚至全网的人都在告诉她，我是害死她父母的仇人。”

“但是……”容野眸底赤红，翻涌着波光，唇却扬着，笑得纯真，“她从来没怀疑过我。她信我，在我身处黑暗的时候，她要我。”

在这间病房里，容野的世界像是突然被割裂。永无止境的深渊离他远去，他被一双坚定温暖的手紧紧拉住，被拽进了他倾尽一切渴望的怀抱里。

初夏傍晚，喻瑶坐在烟火气十足的烤肉店包厢里，被一群人围在中间。

《梦境山》顺利过审，即将上映，预售票房达到了新高度，主创团队无比亢奋，硬拉着喻瑶出来吃饭，还选了个接地气的烤肉店，满桌啤酒，泡沫四溢。席间有几个人喝大了，谈起近期最具爆炸性的重大新闻，滔滔不绝。

“说起来，这事到今天我都不敢信，本来以为够颠覆三观了，结果它还能更刺激！容野简直神了，我这辈子还没崇拜过谁，容野我是彻底服了。”

“他凭一己之力就拿下了容氏集团，我的天！除了有警方的配合，他根本就没有外援，是怎么做到的？他竟能把容绍良祖孙三代都给一锅端了。”

“晚上全网的人还在唾骂容野，转眼天一亮，他就成了众人追捧的神。”

“你们看见了吧？警方前天正式发了公告，把容家的那些罪名一条条列出来了，下一步就等着开庭宣判。容野现在忙着处理集团后续问题，他可是容家名正言顺的继承人，再加上他自己手里的产业，这资本圈要变天了。”

“开玩笑，变什么天？以前容野不也是横着走吗？容二少打亮相那天起，怵过谁啊？”

满桌人拍着桌子大笑，纷纷点头认同。有些人的目光小心翼翼地移到喻瑶的脸上。她垂着眸，端起冰果汁喝了一口，一直没说话。大家不忍心提起喻检察长和程医生的事，怕惹她伤心，于是话题渐渐转到八卦上。

“哎，你们知不知道容野那天凌晨接受采访说的那个小姑娘，到底是谁啊？”

“这谁能知道？除非容野自己公开。不过我太吃惊了，容二少这种人居然会有喜欢的姑娘，还那么温柔。我的天，他当时一身狼狈，说出那句话时，却帅疯了。”

“那瑶瑶姐呢？”有女孩子激动地问，“那天凌晨，你突然在微博公开有爱的人，我们都很好奇那人是谁。是沈总吗？还是别的人？总不会是前男友吧？”

容野的感情问题谁也不敢多探究，也够不着，但喻瑶不一样，她就在他们身边，怎么问都成。喻瑶将垂落的鬓发别到瓷白小巧的耳朵后面，托着下巴，笑了笑：“我还在考虑，到底要不要继续爱他。”

在场的人顿时哗然，缠着她追问那人是谁。

喻瑶抿抿唇，给自己倒了小半杯啤酒。爱他干吗？杀千刀的狗崽子，就应该拖出去吊起来打，打到他哭着求饶为止。

从那天凌晨到现在，快一周过去了，关于他的消息都换了好几轮，从他流着血站在镜头前，惊天逆转，洗清所有污名，到西装革履出席官方新闻发布会，公开全部真相，在这期间，他总共就给她发了一条信息。

“等我。”

就这两个字，没了。

电话不打，人也不出现，在别人的口中，容二少一刻不停地奔忙，像跟她没关系一样。

可以，有本事就再也别来找她，做他的资本圈大佬去吧，以后再找个门当户对的姑娘联姻，岂不完美？她干吗要生气？

喻瑶眼窝泛出一点潮湿的桃花色，举起酒杯：“我酒量不好，就喝一点，至于恋爱的事……看他能不能把我哄好，我再决定还要不要他。”

Chapter 29

# 第二十九章 瑶瑶养我

天黑后，这场聚餐才意犹未尽地散场。喻瑶喝得少，但也有些醉意。

助理把车开到小区外，准备进大门时，她突然说："就到这儿吧，我自己进去。"

"不行啊，瑶瑶姐，"助理急忙说，"下雨了。"

喻瑶看了一眼车窗外，雨不算大，轻轻拍打着玻璃。她抽出储物箱里的伞："没那么娇气，我正好醒醒酒，走几步就到了。"

助理还想说什么，喻瑶已经推开车门，撑起伞走进雨里。水滴拍着伞面，顺着边沿珠帘一样地滴落。她的脚步不快，盯着自己的裙角和鞋尖，红唇轻轻动着，很小声地骂容野。

快走到自家单元楼门外的时候，喻瑶抬了抬伞，确认方向，怕自己醉酒走错。就在这一抬一落间，某个熟悉的位置上突兀地出现一抹冷白色，撞进她的视野里。

喻瑶愣住，停在原地，心跳如雷。

雨比刚才又大了一点，她攥紧伞柄，深吸了两口气，怀疑是自己出现了幻觉。等了几秒，她才又把伞抬起来，屏息望过去。

天黑透了，雨幕如织，那个高大的捐助柜旁边，一道人影安静地坐着。他身下垫着两个手提保险箱，就算身在雨里，他也不显得狼狈。长裤和衬衣湿漉漉地贴在他的身上，包裹着他修长的身形。领口之上，喉结在无声滚动，下颌绷紧，唇色很红，双眼里蕴着墨色，黑发湿透了，微微弯曲，贴在冷玉似的额边。

他正直勾勾地盯着她。

喻瑶胸口起伏，抿着唇，准备当作不认识他从他面前直接经过。

容野在雨里，手指收紧，笑得温柔。

这一个星期，他几乎没有吃饭和睡觉，一刻不停地奔忙，把容家该善后、该接手的，以及警方那边还需要他配合、协助的，都处理好了。等把所有属于他的产业都拿到手，他用这两个保险箱装上了一切能带走的，赶到了喻瑶的家门前。

他的命、他的感情已经全是她的所有物。除了钱，他就再也没有什么能够给她的了。

喻瑶将手握得骨节发白，经过容野身边时，她没停，也不搭理他。她倒数着，即将走出他的视线范围时，她的腰突然被一只湿漉漉的手臂揽住，将她往回拽，死死地搂紧。

喻瑶心里发酸，咬牙切齿地说："你谁啊？我认识你吗?!"

容野缓缓低下身，半跪下去，像当初那个雨夜一样，伸手抱住她的腿："是阿野，你的新小狗。"

喻瑶把腿往外抽，他黏上来，显得很无赖，嗓音沉哑中带着笑："虽然这次的小狗有点凶恶，但是只要你摸摸，他就很乖。"

她忍了忍，还是没忍住，低下头看他。男人一张蛊惑人的脸上满是水迹，顺着他的眼角流下来，竟然分不清是雨还是泪。

"我把所有身家都带来给你了，"容野仰着脸凝视她，"所以主人，往后这一生，你可以养我吗？"

雨落在伞顶上，噼啪作响，水珠顺着男人的眼睫滚落。喻瑶感觉鼻子酸得厉害，掩饰着转开头，努力平复呼吸。

这个场景，这些话，他的模样、动作，眼底蕴含的情感，在某一个瞬间如同时光倒流，把过去和现在严丝合缝地拼接在了一起。

连天际沉闷的雷声都开始变得温柔。

真不容易啊，诺诺当初历经千辛万苦跑到她的家门外，容野现在又经历了那么多才回到这个地方。

喻瑶用余光瞄他，压了那么久的情绪终于抑制不住，眼泪不断地往外涌。即便如此，那他就可以只给她发一条信息，就消失一周吗？

新闻视频里他手腕淌血的样子多吓人，她的心一直悬着，直到看见他的这一刻才稍稍放下来。她那么担心和在意他，他是不是根本没感觉？

她要钱干什么？他什么时候才能懂，她只是想要他这个人而已，任何附加条件都不需要。

喻瑶将嘴唇咬出齿痕，她会就这样原谅他才怪。她之前生气是装的，现在却是真的，她真想干脆把他丢在雨里算了。

喻瑶故作镇定地悄悄擦掉眼泪，坚持把腿从容野怀里抽出来。她冷着脸问："我要你的身家有什么用，我自己不会赚吗？你拎着这么多钱，还想让我养你？"

她的心酸麻着，嘴却还很硬："你钱多，想去哪儿用就去哪儿用，做什么也用不着和我打招呼，那么多公事还等着你去处理，来找我干什么？你这样的，我养不了。"

容野不说话，就那么定定地注视着她。

喻瑶的嗓音微微哽咽："我家里小，装不下你，回你自己家去。"

话是这么说，她的伞却在极力地向他倾斜，把他整个人遮在伞下，怕他的那只手臂再被打湿，对伤口不好。她给他遮雨，又忍不住更生气，凶他："外面那么多人对你敞开大门，你不去，跑我这儿来淋雨，连把伞都不知道带，再说单元楼的门锁又不是没有你的指纹，你干吗不进里面？是不是傻?!”

雨势又变大了些，伞的面积有限，遮住了容野，喻瑶自己自然就露在了外面。容野把她揽住，她身体一晃，跟他贴得更紧，两个人都挤在伞下。

他连续很长时间没有休息过了，眼里血丝密布。他搂着她，低哑地说：“我除了箱子里的这些，没有别的了。”

“我想把能拿的都拿到，再来找你。以前几次都不能算，今天才是容野第一次和你正式见面。虽然你还没原谅我，但我必须要带聘礼。

“瑶瑶，除了这儿，我哪有家？

“那道门是你给诺诺留的，你不允许，阿野不敢进。如果你不收留我，我就只能去流浪了。”

“你舍得吗？”他湿冷的下巴抵在她的腿上，抬起一张过分迷人的脸，“我在外面被雨淋，被风吹，你看见了会不会心疼？”

喻瑶简直忍无可忍，心像被他反复地揉捏。容野拽住她的衣袖，直到此刻也没露出半点可怜，就只是毫无遮掩、直白地表达着，偏偏他这样更让人拒绝不了。

喻瑶明知道这是他挖好的陷阱，等真把他领回去了，他绝对会嚣张。但她能怎么办？软肋都被他捏着，她就是不舍得，就是心疼，坑再深也甘愿往下跳。

容野抓起喻瑶的手，按在自己头上：“现在你摸过头了，就等于你答应认领我了，不能反悔，马上把我领回家。”

“阿野没那么坏，”他轻声说，“瑶瑶，你让他追你。”

喻瑶心软了，紧抿着唇，把容野拽起来，扯着他湿漉漉的衣服，大步往前走：“那就快点！再慢就别想进我家的门！”

芒果跟往常一样在门口迎接，小爪子把地板踩得“嗒嗒”响，准备安慰最近状态抑郁的喻瑶，结果万万没想到，门一开，直接对上了宿敌那双幽深的眼睛。

芒果当场趴地装死。这是什么惊天大反转，他们和好了?!它幸福的狗生即将结束，又得去当守门大总管听半宿的墙脚?

喻瑶把门一关，指着浴室跟容野说：“赶紧去洗澡，要是敢生病，我就立刻把你扫地出门，没得商量。”

容野答应得超快，连着“嗯”了两声，俯下身，把两个价值难以估量的保险箱随便放到鞋柜旁边，人看起来温顺得很。喻瑶刚小小地松了口气，便见他赤着脚站在地上，手指摸到了衬衣纽扣。

气氛有些微妙。

喻瑶酒喝得再少也有点上头，反应不够快。她一时怔住，忘了躲开，就那么直直地看着他。

容野在她的注视下慢慢解开上衣的所有扣子，脱下湿衣服，搭在一边，手臂上的伤触目惊心。他藏不住，就干脆没刻意遮掩，继续去解腰间的皮带。

喻瑶终于回过神，怒视他。

容野低眉顺眼，体贴地问：“你让我洗澡，那我不该脱衣服吗？是不是我脱得太慢？”

他果然加快了速度，直截了当地解开皮带，还继续征求她的意见：“瑶瑶，我可以继续往下脱吗？你说了算。”

喻瑶的酒劲儿翻涌，头晕目眩，把手里的包丢向他，避开他那只受伤了的手：“进里面脱去，不许让我看见！”

她怕容野过来，火速跑进卧室，从衣柜里找出两件诺诺的衣服。贴着门板，听到外面传来淋浴的水声，她才小心地打开一条门缝，把换洗衣物扔到门口那张单人小床上，随即把手撤回来。

生气就要好好生气，追就得很难追，哄也得很难哄。老账、新账一起算，反正这次务必要让他正视自己的错，长长记性，不能让他轻易得逞了。

容野走出浴室，一眼就看到紧闭的卧室门。他垂了垂眼睫，带着一身温热的水汽，穿上干净衣服，安静地站了几秒，径直走向芒果。

芒果趴在窝里，惊恐地瞪着靠近的容野，张嘴就要呼救。容野的手在它的头上短暂地压了一下：“别出声。”

紧接着，他拎起芒果，把它提到沙发上放下，低声交代：“就在这儿睡，别动。”

芒果低低地哼了一声——它倒是想动，但是它敢吗？

容野直起身，熟练地在电视柜里找出工具箱，随手拿了一样，回到单人床边弯下身，把一侧床腿的螺丝拧松。处理好现场，他关了灯，渴求地望着卧室门，侧躺在床上。不久之后，“砰”的一声响，他成功地摔下去。

喻瑶在里面听到动静吓了一跳，惊得一把推开房门，冲出来就看到容野躺在地板上，旁边是半塌的床。

容野半坐起来，抬头望着她：“这床可能太久没睡过，坏了，对不起。”

他都摔了，还道歉，加上他眉宇间让人忽略不掉的疲倦，喻瑶的防线微微松动。

“明天给你换一张床，今晚要不先睡沙……”话还没说完，她就迎上芒果无辜的狗脸，它已经把小半张沙发都占了。

喻瑶揉揉额角，莫名有点紧张，小声地说：“进来睡吧。”

容野抱起自己的枕头和被子，赶紧跟上她，挤进那间他夜夜梦回的小卧室里。他没有靠近那张床，而是直接走到角落靠墙坐下，淡笑着看向喻瑶："我在这里睡就满足了。"

他简单地给自己铺了被子，头抵着墙，闭上眼，感受着房间里她的气息。

他想她想得痛苦不堪，迫切需要她的温暖，用尽心机，也只是想得到她的一点关爱。有个角落就好，但等真的走进来他才发觉，不够，对于她，他永远贪心。

喻瑶愤愤地走过去，抓住容野的手腕把他扯起来，推到床上，拿被子盖住，维持着冷淡脸："地板太凉了，你给我睡床，我去练功房里睡。"

她说完，转身想走，刚迈出一步，就被人箍着肩膀拖回床上，暖烘烘的被子把她完全覆盖。她心跳加快，不由自主地攥住枕头，她的脊背贴着他颤动的胸口。

"容野，你……"

"我不强迫你，"容野的下巴压着她的肩膀，双手把她抱紧。自从那天他们在车里分别开始，他没有一刻不活在煎熬里。

容野在昏暗中吻她的头发："瑶瑶，你罚我吧！我有耐心，以后除非你自己愿意，肯接受我，我才会碰你。"

他的唇没碰到她的肌肤，却还是让她轻轻瑟缩。她不甚清明地想：这是什么意思？就是说，他要循规蹈矩，下次想要还得她求他不成？

喻瑶来劲了，头埋进枕头里，没好气地说："行，容野，你最好说到做到。"

等她求他？开什么玩笑？下辈子吧！

容野果然没有乱动，安静地躺在一侧。过了一会儿，喻瑶就听见他均匀轻微的呼吸声。这么快睡着了，他得累成什么样子？

喻瑶又等了几分钟，确定容野安分了，才轻轻地回过身，借着床头的灯光看他。

他的睫毛浓密，下颌线比以前更凌厉，唇看起来很软，这么不设防地熟睡，简直任人采撷。

喻瑶动了动喉咙。气归气，让他追归让他追，可这是她的人，她也想得难熬。现在终于近在咫尺，她当然忍不住想触碰。而且他睡着了，又不知道，她可以暗中放纵一下。

喻瑶的指尖不禁在他唇边很轻地划过，目光往下落到他的手臂上，拧眉去抚摸他手臂上的那道伤口。从他的手腕到上臂，再至肩膀，她的指尖一点点蹭过，蜻蜓点水一般，却反而勾起密集的火星。

直到头顶的呼吸声重到她耳根都感觉到了热度，她才恍然醒过神，最后那点酒劲消散。

她的脸涨得通红，什么情况？容野醒了？她背地里偷偷触碰他，被当场抓包！

喻瑶连忙抬头，撞进容野半睁的黑瞳里。那双眼眸里没有睡意，只有一片暗潮汹涌。

他把被子往下推，哑声问："瑶瑶，你刚刚在对我做什么？"

喻瑶羞愤极了，恨不得找个地缝钻进去。容野撑起身，被子随即滑落。他低头盯着她："我醒了，你可以继续。"

他伸过手，把试图逃走的喻瑶拉回，目光深邃，脸上露出纵容的笑。他温文尔雅地垂眸，嘴角翘着，手指却抚过她烫红的脸颊，俯下身轻声问："瑶瑶，我说了，你可以继续。"

容野压在她耳边，距离太近，气息滚烫。

在久别重逢的深夜里，这样的靠近比实打实的热吻更让喻瑶无法把持……

良久以后，容野抱紧喻瑶，问："愿意要我吗？"

喻瑶恨恨地瞪他一眼，双手揽住他的头，手指抓住他的短发，要把他拽过来吻上去。她眼前有些蒙眬，把容野扯近了，才看见他眼里布满血丝。

她猛地停住。他的脸近在咫尺，那些堆积的疲惫，在有些许病态的苍白脸上，都变得无所遁形。

喻瑶忽然酸楚得说不出话，她出其不意地把容野推到旁边，翻身跨上去，双手虚虚地掐住他的脖颈，拇指威胁地摁在他微微滚动的喉结上。

“你给我说实话，”她盯着他严厉地问，“你到底几天没睡了？上顿饭是什么时候吃的？你看看你，都累成什么样了，还有精力来撩我，分不分得清轻重？”

容野陷在枕头里，知道她不会再继续了，他眼里的热烈光芒黯淡下去。沉默了片刻，他望着她说：“当然分得清，我就是想让你原谅我。

“瑶瑶，我用了太久的时间才走回你身边，一分钟也不敢浪费，我想确定，你是真的接受了我、肯留下我；我想让你是我的，想以本来的面目被你爱，我实在太急，找不到别的办法。”

他笑了笑：“感情都被你掌握着，我只剩这副身体，如果你还喜欢，我就用它换你的爱。”

容野张开手，扣住喻瑶的两只手重重地压下去，让她更紧地扼住他的脖颈，赤红着眼嘶声说：“这种快不能呼吸的感觉，我离开你的每天都在体会，你掐得再紧，也不够我实际感受的百分之一。这几个月，我好像时时刻刻溺在水里，以为你真的放弃我了，以为你要谈新的恋爱，以为你会动心答应沈亦的求婚，以为你会把我当仇人、恨我，我好不容易撑着熬过去。

“后来我在容绍良的病床边，把你发的微博给他看，说你爱我，”他眼里的赤红更甚，“我从来没有那么骄傲过，可我还想要你亲口跟我说，那条微博你是专门发给我看的，你爱的那个人就是我，对不对？”

容野迫切地仰着头，等她回答。

喻瑶想说的话就在嘴边，心疼得暗暗抽气，可怒火也腾腾地往上蹿。他正经问题一个都没回答，也根本没意识到问题的关键在哪儿！

她松开手，居高临下地瞪他："容野，你到现在都不明白我究竟为什么生气，还想让我回答你这个问题？先睡觉！不睡足八个小时，别跟我说话！"

喻瑶从他的身上下来，裹紧被子，离他老远，背对着他。等了几秒，身后的人沉默地拥上来，隔着被子把她搂住，低声喃喃："瑶瑶，让我抱抱，就只是抱抱。"

在他的怀抱里，喻瑶迷迷糊糊地睡着了，到后半夜，他却放开了手。他有些吃力地坐起来，无声无息地下床，蹲在床边，不舍地看了她几分钟。实在抵不过疼痛，他才起身走出卧室，在茶几的抽屉里找药箱。

他好像发烧了，但他不能打扰她，有任何不舒服，在没人的地方忍忍就过去了。药箱很空，感冒药都没了。

容野让芒果回窝，昏沉地躺倒在沙发上，想咳的时候就咬住手臂，尽量不出声。他最后一次看时间是深夜两点半，很快就蜷缩在沙发上，没了意识。

喻瑶本来就睡得不安稳，他的怀抱撤走后，她没过多久就醒过来了，发现身后竟然空了，床单都是凉的。她立即清醒，摸过手机一看，才三点，他能去哪儿？

喻瑶赶紧走出卧室，新闻里不可一世的容二少，不久前还火力全开撩她的人，此刻像没有巢的流浪动物，蜷缩着身体窝在沙发上，眉头紧蹙，紧抿着唇，脸颊和耳朵发红。

她的心似被揪紧，她叫了他一声，疾步走过去摸摸他的额头，烫得吓人。她又急又气，后悔自己不够细心，没早点发现他的异样。他连着几天没好好休息吃饭，还淋了雨，他之前体温那么高，不全是因为情动，他根本就是病了！

从小被压制着长大，只会钻牛角尖的他，因为做了错事被赶出门，出去奔忙许久，带回来了自己的所有积蓄，讨好地给她，想跟她要一个家。

她怎么那么凶啊！明知道他是在什么样的环境中活下来的，明知道他对她的心意，干吗非要他自己去想，干吗不直接讲明白？

如果她不说，他是不是一辈子也不会想到，她发脾气不是因为他强势，而是因为他卑微。

喻瑶去玄关拿自己的包，最近天气变化快，她把感冒药和退烧药都随身携带着。

她倒了热水，摇醒容野："阿野，吃了药再睡，不然我要把你送医院了。"

容野艰难地睁开眼，看见喻瑶坐在身边，立即反射性地起身，藏起虚弱的病态，镇定地说："瑶瑶，我是怕打扰你，所以才出来睡的。"

喻瑶真想狠狠地打他一顿："还装？还忍？不跟我说实话，是不是已经成为你的习惯了？"

她把体温计举到他眼前："都三十八摄氏度了！还瞒我？"

容野摇头："你说了，我若生病，你就把我扫地出门，没得商量。我怕你撵我走，我没地方去，这种小病，忍忍就没事了。"

这是从小到大忍过多少次，才能这么平静地当成家常便饭来陈述。喻瑶尽量按捺情绪，终究还是没忍住爆发了："你准备以后一直这样，就过这种日子？哪怕我答应你、接受你，我们重新成为恋人，你也什么都忍着不说，把自己摆在卑微的位置，实在扛不住了就再强迫我一次，是吗？

"我爱不爱你，我相信你看到那条微博的时候就已经明白了，"她的声音哽咽，"你相信，可你偏执地觉得，你要有用处、有价值，才配被爱。所以不管多想我，你也不肯来找我，一定要等到那两箱财产拿到了，你才觉得自己有资格站到我面前，是吗？”

喻瑶注视着他，眼泪决堤似的流下。她也不擦，任由泪水流过脸颊，滴到手背上。

“你知不知道我多想你？从你变成容野，跟容绍良走的那天起，我就在想你了。每次见面都只有那么短的时间，什么也来不及说。

“你的难处全靠我自己脑补。容野，如果不是我稳得住，你这几个月里的那些行为都够让我给你判‘死刑’了！

“你怎么就不懂我得多爱你，才会在最开始就不在乎你是诺诺还是容野?！我根本不需要你有用处，我只想要你这个人在我身边！

“我担惊受怕这么久，图什么？就图你把自己放得那么低，不相信能得到爱，去发了疯似的嫉妒那些连你一根指头都比不上的人？还是图你凡事都默默扛着，连跟我分担、对我坦白的机会都不给自己？”

喻瑶哭得低喘起来，但还是坚持声色俱厉。

“我的爱人，凭什么被这么对待？我爱你，不管你是正常还是失智了，我都能养着！你强势我喜欢，你有很多不堪的过去我都接受，你的心理疾病很重我从小就知道，又不是第一天认识你了！魔童长大变成魔王了又怎么样？那也是我的神明！

“就像当初选择诺诺一样，我既然敢要，就敢接受一切！容野，你摆不正自己的位置，这么虐待自己，让我也受煎熬，我怎么原谅——”

容野一动不动地定在原位，深黑的瞳仁里迸出炙热的泪和光。他抓过喻瑶的手臂，把她抱紧，深深地吻上去。

双唇相贴，他再也承载不住的满腔爱意倾泻出来，淹没了她。

喻瑶气都喘不匀，极力推开他，把他丢在沙发上，眼里是泛滥的水雾：“老实点，我让你亲了吗？我们是什么关系？你没改掉毛病，把我重新追到之前，别想亲我！”

她一只手掐住容野的脸，一只手拿起一小堆药片喂给他，逼他咽下去，不给笑脸：“吃完药了，要是不想动就躺在沙发上，赶紧睡。”

容野拽着她坐下来，转身就枕在她的腿上，双手环住她纤细的腰。

喻瑶挪都挪不开，粗鲁地弄乱他的头发：“干吗？又来这套。”

“我病了，”他抱得死紧，“想要主人安慰，上次你也是这么对芒果的，你还亲它的头。”

好家伙，这点破事他是记了多久啊？他脑子里装那么多生死攸关的事情，结果还有地方藏这些芝麻粒大的小事。

喻瑶点头：“上次芒果是绝育，我也带你绝育去？”

容野低声笑了，嗓音低沉：“瑶瑶不舍得。”

Chapter 30

## 第三十章 给他奖赏

第二天清早，容野醒来时烧已经退了，他进厨房给喻瑶做了一整桌早餐。

这天傍晚在沪市举行《梦境山》的首场点映会和媒体见面会，喻瑶要赶中午的飞机跟剧组的人一起出发。她昨夜睡得太晚，直到饭做好都还没醒。

容野算着时间推门进卧室，把人从被窝里捞出来，怕她冷，又给她裹上一层小毯子。他把她抱进浴室里，放在洗手台上，用沾了热水的洗脸巾慢慢擦着她瓷白的脸颊。

喻瑶还迷糊着，靠着墙也坐不稳，往前一倒就栽到容野肩上。容野抱了个满怀，眷恋地抱紧她。喻瑶感觉到一点儿疼，终于彻底醒过来，捏着他的下巴控诉："你有没有点追求者的自觉啊？谁让你这么亲密的！"

"为瑶瑶服务而已，"他翘着唇，"小狗的荣幸。"

他的双手撑在洗手台上，静静地看她："如果能得到犒赏，那就太好了。"

喻瑶傲娇着不领情："醒醒，禁止做梦。"

容野陪她洗漱完，她才发现他根本没给她穿拖鞋，脚是光着的。她刚想脚尖点地跑出去，就又被他托起来，直接几步带到沙发，顺势被搂到他腿上。

看吧，一夜过去，他就又嚣张起来了。

容野拿起茶几上厚厚的几摞文件，哄道：“瑶瑶，签几个字就行。”

“什么？”喻瑶将视线移过去。她简单地翻了翻，不是房产就是股份，其他的都拟好了，该盖的章、该签的字，一个不落，只需要她在唯一的空白处签下自己的名字。

“你?!”

容野目光平静，透着执拗：“能转的，都转到你的名下。你当初纠结买不买的、我们等着攒首付的那几套房子，我都买了，你随便选。现在住的这一套，我知道你从毕业起就住在这儿，有感情了，舍不得搬走，所以也跟房主买下来了。另外我名下的其他房子，包括私宅，都在这里。”

“瑶瑶，这一个星期，我还在你喜欢的那片别墅区里收拾好了一套新的，”他眼中都是向往，“我在后院给你栽了树和蔷薇，我们搬过去好不好？”

“瑶瑶，你快签字。”他又急切地说道。

喻瑶攥着这些纸张，鼻子泛酸。她转开头喘了几口气，扔回给他：“谁要你这些！还不如随便看场电影、送朵花！”

她只是随口一说，这时剧组那边来了电话，再次跟她确认这天的行程。时间快来不及了，她只能先去吃饭。临走前，她跟容野说：“我不确定要几天才能回来，你去忙你的，再被我发现你不睡不吃，你就彻底完了。”

撂下并不可怕的狠话，她匆忙下楼，赶赴机场。她没想到的是，上飞机的时候还算天下太平，下了飞机就出大事了。她在机场里被媒体堵住了，靠着保安及时开道才顺利离开。

上车之前，喻瑶耳边还回响着后方记者尖利的询问声。

“喻瑶，请你回答一下，照片里的男人是谁？是前男友吗？你们要复合？还是别的什么人？”

“你微博里说的爱人是不是他？”

“被拍到这样的照片，就没什么要公开或者澄清的吗？”……

车门一关，喻瑶才勉强恢复清静，心却仍在重重地跳着。飞机落地她才知道，昨天雨夜，她在楼下被容野抱住腿的一幕，不知道被什么人从楼上窗口偶然看到，还拍了照，第二天就发到了网上，立即掀起千层浪。因为角度问题，加上有伞挡着，那人没拍到她和容野的正脸，但身形很明显。在雨夜这种氛围的加持下，竟然每张照片都呈现出电影质感。

喻瑶没忍住还欣赏了好一会儿。照片里的地点是她家门口，而且从前诺诺出镜都戴着帽子和口罩，公众对他的脸不熟悉，对他的身形却是有记忆的。

他们怀疑是诺诺，一点儿也没错。

车里同剧组的几个人都很好奇，缠着她追问：“瑶瑶姐，到底是不是他啊？我们看好‘白玉’组合的网友是不是能‘复活’了，你快给个准话啊！”

喻瑶抿抿唇没回答，随即去翻看网上的新闻，营销号的文章标题取得没水准——“‘小奶狗’雨夜变身‘小舔狗’，不惜跪地抱腿求复合！”各种评论看得她眼花缭乱。

“有生之年，我居然能看到这一幕！‘小奶狗’这么久没出现，我以为他痛苦到自闭了。”

“是不是复合了？喻瑶把他领回家一晚上没出来哎！”

“果然前男友就是最香的！赶紧复合！”

“难道就我一个人觉得容野跟‘小奶狗’的身形很像吗？容野第一次亮相的时候，我就觉得很像！”

营销号唯恐天下不乱，把这条评论推成热门，受全网的人围观。本来就嫉恨喻瑶因为实力和口碑而翻身的那些对家，纷纷跳脚。

“不是吧？就算容野间接给喻瑶报了仇，也只是巧合而已。喻瑶不要异想天开，想借这件事攀高枝，丢人。”

“再奉劝某些人，别把容二少和一个傻子助理混为一谈，未免太可笑。”

喻瑶看了只觉得啼笑皆非，她扣住手机，没给容野打电话。她不在，他应该很忙。这件事她不能擅自公开，容野背后有那么多势力，能不能承认他们的关系，她还不确定。

去往影院的路上，司机在等红灯时接到一通电话，随即就改了道，回头告诉车里的人：“导演刚通知，换到另一家影院了，现在过去。”

等司机报上影院的名字后，喻瑶忍不住吃惊。他们之前定的影院，无论是规格还是排场，都只能算中上，更好的影院拿不下来，但换的这家影院，在整个沪市的影院中是当之无愧的第一，就算是一线大导演也不见得能拿下，何况还是临时要用。

等抵达目的地，喻瑶更意外了，活动物料方方面面都已经布置好，影院规格远远超过她的心理预期。

走进点映的影厅，她座位上的名牌都镶着金边，再也不像当初只用红纸黑字敷衍了。椅子上居然还有乳胶软垫，旁边的水果都是切好的。

喻瑶隐隐有种预感，坐立难安地暗暗攥着手。直到前面的流程走完，电影准备播放，全场灯光暗下去的那一刻，有一道身影从昏暗中走来，沿着旁边的通道向上。本来应该看不见的，但她一眼就捕捉到了，心跳声突然放大，音响那么大的动静，也盖不住她怦怦的心跳声。

几秒之后，她调成静音的手机一亮，显示收到新微信。

“小野狗”：“来陪瑶瑶看电影了。”

“小野狗”：“狗狗打滚。”文字后面配了一个小狗打滚动态图。

“小野狗”：“主人宠我，狗狗哭泣。”文字后面配了一个小狗哭泣动态图。

问题是这表情包还不简单，是他不知道从哪里专门定制的卡通形象。白乎乎的一只小奶狗，很可爱，长得又凶又萌，还真有点像他！喻瑶心猿意马，电影放了十分钟，她一点也没记住演了什么。

他犯规！她只是随口说的一句不如看电影，根本没当真好吗？等下怎么办？现场有这么多观众和媒体，他应该不会高调公开吧？而且他刚被称为“小舔狗”，总该顾及下容氏集团的形象，再循序渐进地……

喻瑶心神不宁地看完整场电影，在全场人起立发出的鼓掌声中，跟着剧组的人一起挥手致谢。她的视线在场内转了几圈，没看到容野，手心里不禁沁出一层薄汗。

他是出去了吗，还是已经走了？

影厅外，为了维持秩序，附近封了场，但还是有两个人轻松地越过封锁带，两人都皱着眉，彼此离得老远。陆彦时西装革履，特意换了个稳重清爽的发型，带着一束栀子花，双手抱胸站在左侧。沈亦则为了不显刻板，专门穿了一身运动装，手里的大捧玫瑰沉得快提不住，脸色凝重。

那个一心想嫁进沈家，害了喻瑶的女人已经销声匿迹了，沈亦隐约猜到这是容野的手笔。而他也过得很难，因为跟容绍良牵涉太深，整个沈家都受了重大的影响。尤其是他，已经被逼到了不得不出国谋生路的地步。

他想来见见喻瑶，亲口跟她说一声，他事先真的不知晓容绍良的那些事，他是真心爱慕她。

正要进门时，两人看到有一个人从昏暗的光线里不紧不慢地走出来，手里拿着一个长方形的盒子。那人戴着帽子和口罩，高大挺拔。沈亦愣了一下，这人怎么这么眼熟？

陆彦时看到那人的第一眼也愣住了，颊边的肌肉直抽搐。他颤巍巍地把那束栀子花放下，别别扭扭地说："我，我没那个意思，我就是来恭喜她的，既然你在，那我就先走了——"

沈亦觉得莫名其妙，多看了两眼，恍然想起似乎是喻瑶那个痴傻的前男友。照片里拍到的"小舔狗"就是他！他跟着喻瑶回家彻夜未出！他几乎要忍不住上前，但某一个瞬间，他感觉到帽檐下那道淡淡掠过的视线如同冰刃，仅仅一瞥，竟令他通体发冷。

怎么更熟悉了?!

喻瑶的心一直悬着，指甲掐进手心里，一分一秒地熬着。最后观众的提问环节进行到尾声，后排有人站起来，激动地问："请问喻瑶，照片里拍到的男人到底是谁？你到现在都没回应，是不敢说吗，因为那是你的痴傻前男友？"

喻瑶握了握话筒，正要回答，忽然观众席一乱，有人指着门外大叫："是沈总！他手里还带着玫瑰，是送喻瑶的吗？"

喻瑶的手不禁一紧，目光猛地移过去，真是沈亦。

容野要是真出了影厅门，岂不是跟沈亦撞见了?!他若是再犯了毛病该怎么办？他还病着！

喻瑶拧眉，忍不住动了动。媒体这边正好拍得差不多了，正愁该怎么挖出喻瑶的感情线，这下好了，有人自动送上门。记者们急忙争先恐后地把镜头对准沈亦，纷纷向喻瑶提问，她顿时被快门声和吵闹声淹没。沈亦站在门口，正想进去，只见一直沉默不语的男人掀开手中长盒的盖子，拿出一枝风干的桃花。

容野垂眸，把花瓣上并不存在的灰尘仔细地掸掉。他比喻瑶晚来，就是去了从前囚禁他的那座宅院，院子里她小时候最喜欢的那棵桃树每年都会开花。自从他有能力起，他总会在最好的季节剪下最饱满的一枝留下并风干，就算不能见面，不能触摸，她青睐过的花，他也会尽全力为她保留着。这一枝是多年来最好的，他想亲手送给她。

沈亦莫名地发怵，即便那么多镜头对着自己，他也控制不住把目光凝在男人身上，不敢擅自上前。而他的这一点停顿，让容野暴露在了媒体记者和观众的视野之下。

全场静了一瞬，随即掀起热浪。

“啊！是喻瑶的前男友！”

“是他，没错吧？就是那个小傻子，对吧？”

“肯定是！他的身形我认得！我的天啊，这是什么场面！”

“不过，他怎么看起来一点也不傻？”

喻瑶直直地望着几米之外的那个人，话筒被手汗打湿，快要从她的手里滑落。

《梦境山》剧组的众人都熟悉诺诺，知道这个人就是诺诺，他们比媒体记者和观众更亢奋。但也有人敏感，发现了异样：“哎，不太对，那人的气质不怎么符合啊，倒是像那个……”

容野握着那一枝沉淀了时光的桃花，越过呆怔的沈亦，重新走回影厅，进入镜头范围。

喊“诺诺”“小奶狗”“小助理”的声音不绝于耳，厅内到处是叫喊声和吵闹声。他迎着喻瑶灼热的目光，走到台下，没有迈上去，就那么半侧着身，仰起脸。

“是前任。”他说，几秒之后，他动作缓慢地摘下帽子，继而摘下口罩，指尖勾着口罩的细绳，露出下半张脸。喻瑶咬住嘴唇，视线忽然有些模糊。容野把帽子和口罩抓在手里，回过头，坦然地面对所有人和数十个镜头。

“也是预备现任。”容野浅笑，把桃花送给喻瑶，双瞳如墨，被她完全填满。他的声音不高，如清风吹过，字字敲着她的耳膜：“对不起，以前没能接小姑娘放学。

“但是现在，我来接我家女明星下班了。”

从容野的脸完全露出来的那一刻起，之前还喧嚣的影厅里顿时鸦雀无声，如同被突然按下暂停键。

端着“长枪短炮”的媒体记者自认为在圈里见过的风浪够多了，早就能面不改色地应对各种意外。这次他们站在前排，距离容野最近，原本是抱着拍诺诺的意图，还带着看戏的心情，毕竟不久前他们还议论过喻瑶是真的蠢，那么多优质的绯闻对象一个没留住，居然跟个傻子复合!

直到看到容野，媒体记者集体脸色骤变，甚至有人颤抖着手腕，话筒也拿不稳，砸到了地上，嗡嗡直响。

这天来观影的除了真影迷，还有很多喻瑶的对家，他们混进来想抹黑，不光准备抹黑电影，还要抹黑喻瑶，借着她白痴前男友的事好好讽刺她一番，免得她太春风得意。然而，转瞬之间，一切被颠覆。

台下的人是容野？那个新闻上和传言里不可一世的容野？也就是说，喻瑶身边那个脑子不好的“小奶狗”助理，当初天天黏着她，把她奉若神明，后来还惨遭抛弃的小白痴，竟然就是那个手段狠戾，能把容家给亲手端掉的容二少?!

出现在财经新闻里的容野冷峻阴沉，但此时此刻他们亲眼看到，他戾气全收，小心地拿着一枝脆弱的干桃花，捧给台上的喻瑶。几分钟之前，他们还朝着容野本人起哄，喊他“小舔狗”！他们还私下骂喻瑶蠢，结果蠢的竟是他们自己！喻瑶的那些绯闻对象加起来也比不上容野的一根手指头。

喻瑶瞪着容野，眼中泛着泪花，他都不顾虑影响吗?!他现在牵扯着那么多集团利益，感情的事可以随随便便承认吗？尤其是在绯闻闹得沸沸扬扬的关头，他就这么直接站出来，告诉公众他是诺诺，他要来追她。

容野也不催她，而是无比耐心地站在原地，笑着看向她。不用语言交流，也不需要她张口询问，他就能给她答案。他光明正大地站到她面前，在吵闹的人群里，肆无忌惮地奔向她。这么多年了，她是他撑着走到如今的执念，他一秒都不想再等了。

喻瑶彻底懂了，她抬手掩了掩鼻尖，又忍不住笑了。

小疯子是她的。而今的阿野进步好大，没有再被沈亦影响而失态，值得奖励。

喻瑶往前走了几步，台子有些高，她迈不下去，就略微弯下腰，接过容野手里的桃花，用花枝在他的头上敲了一下，扬着眉，轻声说："预备现任是真的，不过前任是假的。"

她哪有真的跟他分过手？

看到两个人这么亲昵地互动，现场再次骚动起来。喻瑶挺直背，面向媒体和观众，斟酌着用对容野有利的词来回答最后一个提问。容野上台，自然而然接过她的话筒："瑶瑶，我替你答。"

他回过身，背对喻瑶，把她挡在身后，面朝镜头和几百双眼睛，声线平稳："照片里被拍到的人是我，她身边的白痴助理也是我，从始至终，她身边的人都是我，而我所说的小姑娘也是她。我在重新追求她，直到她答应跟我结婚。以后她出现的地方就会有我，我只希望，你们不要因为我而减少对她的喜欢。"

容野放下话筒，抬眸看向喻瑶，瞳仁里涌动着夺目的光："瑶瑶，我回答完了。工作已经结束，能带你走了吗？"

喻瑶想把他拖到个没人的地方好好打一顿，什么叫因为他？他知不知道"容野"这两个字代表着什么？此事一旦公开，她恐怕会成为所有女艺人的公敌，把一堆削尖了脑袋想嫁豪门的女艺人给气炸。

他倒好，担心的居然是她会受到负面影响。哪儿来的负面影响，收到铺天盖地的艳羡和酸言酸语还差不多。

喻瑶悄悄对他做了个捏脸的动作，声音轻快："等着，我先跟导演请个假。"她转身，裙摆随着动作微扬。她歪头笑得清甜，指指容野，问导演："这个小麻烦我得去解决掉，能申请早退几分钟吗？"

导演和剧组的其他人早已经凌乱，直愣愣地看着容野，拼命想把他跟记忆里纯真的诺诺对上号，再瞅瞅喻瑶，整齐划一地和她挥手告别。

喻瑶深吸口气，快步走向舞台边缘的台阶。到了台阶边时，容野已经等在下面，朝她伸出手。

他的脸上明晃晃地写着两个字——牵手。

喻瑶抿唇笑了一下，拉了下他的手指。他立即死死地攥着，牵着她往影厅外面走。这时，呆滞的媒体记者才反应过来，互相推挤着往前冲，摇摇晃晃地去拍那能轰动全网的画面。

他们走出大门时，沈亦还抱着一捧玫瑰，站在原地，从刚才他就没动过，脸上的表情频频变化。

喻瑶晃了下容野的手："我去跟沈亦说几句话，和他做个了结。"

容野敛了敛嘴角，喻瑶没催他，安静地等他回复。片刻之后，他垂下眼睫，将手缓缓松开："三分钟，够吗？"

她说了，别人连他一根手指头都不如。她还说，不要把自己放到卑微的位置。他是被爱的，他有名正言顺的男友身份，她只要他。

容野没看沈亦，手在她细细的腕子上握了一下，重复道："就三分钟，好不好？我去挡着媒体。"

怕她不同意，他干脆转身回去。她快要说出口的话不得不咽了回去，哪用三分钟？一分钟就够了。

她走到沈亦面前。

沈亦的嘴唇翕动几下，干哑地说："抱歉，我终于明白了，我从很早起就是容绍良的工具。他暗中引导我认识你、喜欢上你，再一次次暗示我去追求你、向你求婚，都是为了刺激容野。"

"我连成了别人手里的刀都不知道，"他苦笑，"给你添太多麻烦了，现在落到这个境地，都是我自找的。"

喻瑶摇摇头："你不是故意的，反过来我还想和你说一声谢谢，至少在那期间，我不用再找更多的人去制造绯闻。"

沈亦闭了闭眼："你从来没对我有过一点儿感情，所以才不接受我，我之前不知道，现在总算懂了，我怎么可能跟他比？那毕竟是容野……

"他失忆、什么也没有的时候，你们都能相爱，现在我更插足不了，不仅是我，谁都不行。容野那个人，"沈亦说，"感觉性格和常人不同，你要做好被他缠一辈子的打算。"

喻瑶还想说些什么，后面就传来了脚步声，一只比刚才冷了很多的手抓住她的手臂，淡淡地说了句"三分钟到了"，说完就直接带着她往前走。

影厅里隐约响起嘈杂的声音，保不准有人追过来，喻瑶没抗拒，跟着容野往前走。影院里的整条通道都被清场了，没有其他人，他们可以乘专门的电梯离开。

走到一个隐蔽的转角时，容野忽然脚步一顿，把喻瑶抵在墙角。他呼吸有些重，低头注视她："哄我。"

喻瑶差点儿笑出声来，忍了忍才绷住，顺便递给他一个疑惑的眼神。

容野又逼近半步，已经不能跟她贴得更紧了："瑶瑶，你哄哄我。"

喻瑶用手指戳戳他的肩膀："才一分钟，你就硬说成三分钟。你把我拉走了还不够，还要我哄你，太贪心了，容二少。"

容野垂眸："我尽力了，我的病很重，你多给我一点治疗的时间。"

他艰涩地吞咽几下，把情绪压回去，低声说："那不哄了……你别对我失望。"

容野掩着眼里的失落，想揽着她去电梯间。

喻瑶是真的受不了他这样，于是她伸手拽住他的衣角，蓦地用力拉低，把他扯到面前。

她还穿着高跟鞋，但仍然需要踮一踮脚，才能亲吻到他轻颤的睫毛。

"阿野今天这么努力，"她亲了他两下，在他耳边说，"值得奖赏，再接再厉。"

Chapter 31

# 第三十一章 她的诺诺回来了

《梦境山》点映会结束的时候是傍晚，喻瑶的崇拜者都在勤恳地准备宣传的材料和文案，等待着必然会来临的一大堆黑通稿。

没办法，喻瑶现在越来越抢手，那么多对家都把她当眼中钉，在重要的日子来给她添堵简直太正常不过。

喻瑶毕竟曾经被容二少封杀过，别管这封杀是真是假，黑她几乎成了圈里的习惯性操作。即便她性子强、不好惹，但她又不可能真的一个一个去查，而且，能下手黑她的，谁身后没点靠山？

一群早被买通的营销号提前准备好了一堆负面词条和嘲讽的文案，就等着时间一到，立即把喻瑶送上新闻热门搜索。然而，就在原定时间点快到的时候，一个向来以攻击喻瑶为卖点的影视博主，毫无预兆地发了个跪倒痛哭的表情。

喻瑶的崇拜者们精神紧绷，以为对方要有大动作了，结果这位影视博主中邪了一样继续给喻瑶道歉，甚至在人来人往的影厅门口自拍了一段哭哭啼啼的致歉视频。

全网被这一番操作震惊。几秒之后，第一个爆料人出现："我可能还在梦游，急需一台呼吸机。谁敢信容野就是喻瑶的'奶狗'前男友?!"

差不多同时，又有第二个人出来发声："容野是喻瑶的现男友，哦，不好意思，手误，喻瑶还没给他名分。对，你没看错，你没看错！容二少居然还只是个预备男友！”

对家们都大骂喻瑶的团队疯了，为了宣传电影竟敢拿容野炒作，还好意思雇人曝这种假到可笑的料。

没有人当真，所以时间点一到，早就准备好的黑料，还是一股脑儿地被营销号堆了上去，全跟在喻瑶的名字后头。

然而，仅仅几分钟过去，几张影院现场图就进入了公众视野，虽然佐证了那些爆料，但依然被众人嘲笑是天方夜谭。

这个时候，首个媒体官方号抢到先机，率先公开了第一批赶制出来的现场高清图，就怕有人看不清，还贴心地附带了收音极其清楚的直拍视频。

全网呆滞，随后宛若炸开了锅，各大网络平台被容野和喻瑶的双人词条彻底霸屏。

短短一个小时后，这天昧着良心发过喻瑶黑通稿的账号，有一个算一个，被容野一锅端，直接由容氏集团总部法务出面，正式下了律师函。

喻瑶早已经离开了影院，她坐在车里，边看手机边无奈地看着身旁的某人：“你让集团法务出面，是不是太兴师动众了？我首页上现在全是道歉信和营销号痛哭流涕的忏悔视频。”

容野牵着她的手，指腹摩挲着她的手指：“别看那些，不值得你费精力，多看看我。”

哪里兴师动众？还差得远，他怎么做也弥补不了她那么久以来因为他而受到的污蔑和委屈。

喻瑶看着容野的神色，知道他又把责任全揽到自己身上了。无论是谁做的恶事，只要涉及她，而他又没有护她周全的话，那么他就会都归结成他自己的错。

她不想继续这个话题，挑着眉逗他："我对这个没什么兴趣，真正好玩的是——"

她把手机给他看："你看，'白玉'和'荣誉'组合，喜欢的网友在商量着把它们合并，但是还有不少人反对，吵得不可开交，打死也不肯相信你真是诺诺。"

两个人性情和气质反差实在太大，才导致这么长时间以来，即便容野经常出现在镜头里，也极少有人想过，那个西装革履、冷酷寡言的人，会是喻瑶的贴身小助理诺诺。

爱诺诺的，不敢接受纯白小天使的真身竟是恶名远扬的容二少；佩服容野的，也一时难以消化他曾经居然是那么乖巧温顺的"小奶狗"。

容野眼神晦暗，专注地凝视喻瑶，问她："你呢？你向着谁，偏心哪个？"

喻瑶听他这么问，不禁恨得牙痒痒。他到现在还分得这么清！还把自己摆在诺诺的对立面！他还执拗地觉得，她心爱的诺诺与原本的他隔着跨越不了的万水千山，她再爱他，他也只能得到一半的爱。

喻瑶反手把容野的手狠狠一攥，惩罚地捏紧他的手指："别问我，什么时候你能想通这个问题的答案，就代表你学会了爱自己，到那时候，我就可以做回你女朋友了。"

这新闻轰动了两三天后才勉强平息，网友的重点渐渐集中到容野那句"以后她出现的地方就会有我"上。

网友们议论纷纷，赌容野只是随便一说，不可能做到。他那么忙，哪儿有心力天天陪着喻瑶，偏偏现实就是出乎意料。

喻瑶的电影进入了密集的宣传期，她每周在各个城市至少有两场路演，基本每天都在飞机上和影院度过。这样烦琐紧张的行程，只要她走进镜头，观众就能看到她身边跟着那位身价惊人的贴身助理。

人还是过去那个人，也还戴着帽子、口罩，一张脸轻易不露出来给人拍，形象基本没差别。但气质大相径庭，他只要站在那儿，往喻瑶身边一守，周围的人就不敢靠近了。

“狗仔”们拍别人恨不得越近越好，拍这一对时正好相反，恨不得越远越好。一群人只能离得老远追着，容野稍一抬眼，他们就整齐划一地往墙角一蹲。

众人虽然有点怕，但镜头伸得老长，清楚地记录了容二少训练有素的私人助理工作的点点滴滴。喻瑶随意一伸手，容野就主动拧开保温杯，里面是泡好的花果茶，冒着一丝丝热气，温度刚好。她抿了抿，红唇沾上一层薄薄的水迹，那人白皙如玉的手就及时伸过去，替她抹掉。

喻瑶打了个寒战，带着他体温的外套就立刻罩上来。他一只手将她的长发撩开，另一只手抓住外套衣襟，把她裹在里面，往自己面前一扯，小心地抱住。

他很少说话，总是沉默地立在阴影里。不论多乱的现场，人影再怎么纷杂，他都岿然站在她目之所及的地方。每次喻瑶一个眼神递过来，哪怕只是轻快地眨一眨眼，他都会满足地弯起眼。

网友们受不了，哭喊着刺激太大了——容野，你能不能对自己的身份有准确的认知？你不是诺诺，你在喻瑶面前能不能稍微硬气点？就一点！

喻瑶最后一场路演，容野一如既往地守着。开场之前，他靠在后台化妆间的椅背上，他身侧有几个男人低眉顺眼地站着，等他签字。他低头翻看着文件，偶尔动笔。喻瑶坐在他的身旁等待上场，桌上摆了个小碗，装着当地特产的小杏，只有指甲大小。

小杏清香甜脆，喻瑶很喜欢吃。她准备起身找垃圾桶吐核时，男人的左手忽然伸过来，直接放在她的唇边。他甚至没有抬起头，视线仍集中在满纸文字上，清瘦有力的右手握着笔在写着什么，但左手已经伸过去了，轻轻接住喻瑶吐出的小小杏核。

感觉到一小团湿热，他才抬起眼帘，黑瞳里波光粼粼，笑着看她："甜，再多吃几个。"

喻瑶愣愣地看着容野，被撩拨得心颤。她连吃了六七个，杏核在他的手心里攒了一小堆，然后她靠过去，吻了吻他的手指。

他记得吗？他是诺诺的时候，也曾经这样做过。感觉到她的亲吻，他一顿，猛地转头看她，目光炽烈。她的睫毛抖了抖，正好宋岚来喊她，她当即起身，赶紧跑向宋岚。

宋岚本来要跟她说公事，一见到这情景，低声感慨："全剧组这么多人，凡是认识你们的，到今天都没能适应容野跟诺诺是同一个人的事实。两个人的差别实在太大了，你到底是怎么习惯的？"

说到这里，她兴趣浓厚，不由得追问喻瑶："你真能分得清你爱的是谁吗？或者说，你本来爱的是诺诺，你是怎么接受他变成一个完全不同的人的？你就没失落、遗憾过？"

两个人逐渐走入热闹的人群里，没注意到身后有道身影不远不近地追上来。在听到这句问话后，容野的脚步明显一顿，指关节被握得泛白。这也是他想问但从来不敢问出口的，怕听到刺心的答案，也怕她为了哄他而说谎话。

她真的没有过挣扎犹豫，想放弃他的念头吗？她是否曾经生气、怨恨过，那么干净温柔的诺诺怎么会是容野这样的人？

容野停在那里，目不转睛地盯着喻瑶的背影，腿像被绑上了铁石，难以迈步。喻瑶正好也停下来了，没继续走，侧过头看宋岚。她的声音没有平常的清冷，而是带着不自觉的柔软，翘着唇反问："我为什么要把诺诺和容野看成两个人？”

宋岚微怔：“可他确实——”

喻瑶眼底闪烁着光：“他从来没变过。诺诺就是容野，容野在那种环境里长大，不得不阴沉冷厉，但在小时候遇见我的那年，他就已经偷偷保留了一个真正的自己。”

不仅宋岚愣住，她们身后几米外听到这些话的容野也愣住了，定定地看着喻瑶。

“那个才是他的本性，干净、纯粹，他想要回到我的身边，对我好、保护我，把他有的一切都给我，想得到我的在乎和感情。他害怕失去，哪怕做只小动物，做一条小狗，他也觉得幸福。

“他千辛万苦长大，一直没有放弃本心，就算本性被压制，哪怕可能一辈子都没有表露的机会，但也始终极力保留着。

“他身上有那么多棱角和刺，却只针对外面的人和他自己，唯独守住了这个不被污染的他，并把他留给我。”

喻瑶望着虚空中的某处，如同看见了诺诺，从幼童时期开始便随着苦痛的容野一起慢慢长高、成年。她的眼里有一些[illegible]，喘了口气说：“是因为我，诺诺才被他滋养出来的，我怎么可能把他们分开来看？他爱吃醋，那我就一句都不提诺诺，因为我心里很明白，诺诺从来没离开过，他一直在那儿，他就是容野。”

容野不记得自己站了多久，人群从熙攘到零星，[illegible]灯光好像变了几轮，也似乎只是过去几秒，但他散乱的人生犹如重新[illegible]他感受着自己怦怦的心跳声，很想笑一下。他低头看了看自己的手，[illegible]武器，也拿过喻瑶一笔一画教他写字时用的铅笔。小时候他生活在黑[illegible]成了他活下去的那束光。长大以后，经过那么多折磨，他失去一切，[illegible]落到她的身边，而她给了他一个从头开始的人生。

诺诺是他，就在他的身体和脑海里，从来没有消失过。

容野终于愿意跟这个世界和解，也跟自己和解。

喻瑶已经走出很远了，即将进入工作区时，突然听到后面有人叫她。她心脏莫名地剧烈一跳，忍不住攥紧手，回过头。容野站在那里，头顶暖调的灯光柔和地照着，为他披了一身光芒。

周围没有别人，只有他，他在这片光里朝她笑，瞳仁里是剔透的琉璃色，纯洁无瑕，一如当初她跟诺诺分别前，诺诺最后的样子。

“瑶瑶，你的诺诺回来了，”容野轻声说，“我好想你，你想我吗？”

工作区的入口有扇小门，里面的人忙碌吵闹，但门外的这条通道很安静。喻瑶只觉得眼眶酸胀，尽量控制着呼吸的频率，朝容野走过去，把那扇门带上，留出一个不被打扰的空间。即使很短，只有几分或几秒钟，她也必须现在就去做一件事。

喻瑶踢掉细高跟鞋，免得踩在地上的声音太响。她赤着脚，径直跑向容野。侧面的整面墙都是大镜子，映着她飞起的发梢和深蓝色的长裙，以及泛红的眼尾。

容野张开手臂，迎着她大步走过去。她顾不上礼服方不方便，跳上去环住他的脖颈。他揽紧她的腰，用力把她托住，往怀里按。

“你不是一直在我身边吗，我想你做什么？”喻瑶嘴硬地说了一句，还是忍不住哽咽，紧紧搂着他。

“欢迎回来，”她喃喃说着，眼泪滴在他的衣领间，“我每天都在等你。”

喻瑶知道，容野迈过那道横在他和诺诺之间的鸿沟了，他接受了那个简单无邪的自己，不再孤独地困守在牢笼中。他走出来了，带着诺诺一起，完整地站到她的面前。

容野扣着喻瑶的后颈，把她的头略微抬起来，不忍心弄花她的妆，在她的红唇上轻吻：“不哭。”

喻瑶反应这么热烈，他多少有点不自在，强做冷硬：“我只是让他出来给你看看，免得你以为他没了。

“你别抱太大希望，”他抿了抿唇，“我不能总是做诺诺，我还……”

“你当然不用做诺诺，”喻瑶眼里噙着泪，“你要是真变回去了，我到哪儿去找小疯子阿野？”

容野微怔。喻瑶抚着他的眉眼，说：“阿野和诺诺都是你，早就和你融为一体了，我只想让你自由自在地做自己，哪儿规定有那么明确的界限？”

因为她这几句话，容野眼中的最后一层阴霾消散。他嘴角上扬，盯着她问：“你亲口说的，等我想通自己跟诺诺的关系，你就彻底原谅我，做回我女朋友，是不是？”

他捏着她的下巴晃了晃：“不许反悔。”

喻瑶想给他一个承诺，刚要开口，后面那扇被她关上的小门就被人从里推开。导演带着两个演员出来找她，万万没想到迎面就撞上这种惊人的场面。

导演愣了三秒后，以生平最快的速度，拽着那两个演员回去了。离开之前他还双手合十作了个揖，火速带上门，装作从来没有出现过。但插曲再短也搅乱了气氛，喻瑶看了一眼时间，有点不好意思地推推容野，说：“还有三分钟就开始了，我刚还哭过，得紧急补一下妆，等忙完我再好好跟你说。”

喻瑶计划得很好，这天是最后一场路演了，新的剧本又还没定，中间能休息几天，再多话也可以慢慢地跟容野说。她这边好不容易坚持到尾声，准备奔向容野跟他一起回家时，宋岚匆忙地走过来，拦住她：“抓紧准备一下，是临时定的，今晚的航班直接飞 Y 国，品牌商那边都安排好了，行程比较急，他们让我跟你道歉。”

说完，宋岚就要去筹备。走之前她瞄了瞄外面的某道身影，回过头来，关心地问了她一句：“你这边可以吗？实在不行，我再去沟通。”

喻瑶欲言又止，绷直的肩膀不禁丧气地垮了下去。她上个月接到了某一线奢侈品牌的全系化妆品代言，广告片定了去罗马拍，但前段时间那边天气恶劣，不适合拍摄，被迫延缓了行程，结果就不巧地赶到现在。人家品牌方特意等她的电影宣传期结束才安排拍摄，她没理由不配合。

喻瑶叹了口气，了解到具体的航班时间是晚上十点，就剩两个多小时了，马上要出发去机场，根本什么都来不及细说。

她知道容野第二天有个重要的会议必须出席，接下来还有两个决定性的合约等待敲定。他刚接手容家那么复杂的产业，每天追着她跑已经太辛苦，这个时候出国是绝对不可能的。不能给他添乱，干脆就打消他跟着出国的念头，等她回来再说。

喻瑶走出去，出入口人满为患。她没看见容野，于是熟稔地绕过热闹之处，往僻静的地方找，果然没走几步，远远就望到走廊尽头有一个人。

他坐在很高的窗台上，在夜色下显得尤其清冷孤寂。跟她视线相接的一刻，那些浓重的暗色从他的身上潮水一样退去，只剩下突然鲜活过来的人。

喻瑶看得失神，每一次她不在的时候，他是不是都这么孤单，跟一切格格不入？

喻瑶走过去，手扶着容野的膝盖，本来要老实交代的话又临时转了个弯：“突然通知的行程，我两个小时后要飞去Y国，大概要五六天才能回来，你专心忙你的。这次绝对不准跟过去，就当是给你设下的最后一道关卡。”

她郑重地说：“我离开期间，你该怎么过就怎么过，把集团里的公事放在首位，按时吃饭、休息。如果闲下来，就像别人一样看看电影、打打球，或是开车出去逛逛，做什么都行，总之不能苛待自己，给自己多一点爱。

“要是办到了，”她轻声说，“我回来以后，就做回你的女朋友。”

容野垂眸看她，抓住她的手腕：“怎么让我信你，是不是要提前支付一点定金？”

喻瑶就猜到他不会轻易听话，她朝他勾勾手指：“你太高了，低下来一点。”

容野配合地弯下身。她耳根发红，本来只想亲一下他的嘴角，但唇将要相贴时，他骤然伸手压着她的后脑，没有商量，直接恣意地将唇重重吻了上去。

喻瑶抵达罗马后，品牌方本来给她安排了大半天时间倒时差，被她果断地回绝。她马不停蹄地开始工作，一分钟也不愿意浪费。

拍摄中途，《梦境山》在国内院线正式上映。作为相对冷门的奇幻故事片，这部电影最初并不被看好，但喻瑶永远坚信用事实说话。结果也没有让她失望，电影上映首日，票房达到三亿，总票房远远超过导演和出品方的预期，遥遥领先同期上映的影片。

喻瑶不断接到向她道喜的短信、电话，而被她微信置顶、手机号被她设为唯一亲密联系人的某人，自她出发前往罗马后，反倒表现得异常冷静，冷静到她都觉得不正常，但偏偏还抓不到什么错处。他早睡早起、开会、签合同，事无巨细都会拍照发给她，还附带超级像他的那个“狗狗捣蛋”的表情包，他甚至破天荒自己去看了场电影。

喻瑶看着照片里，容野坐在影厅看《梦境山》，手里还拿了杯果汁，总觉得特别不真实。他确实在尽力去做一个达到她要求的恋人，享受生活，没有她在身边，也努力地过得很好。

然而，看到他真的做到了，喻瑶心里除了欣慰，竟还滋生出了失落。这种情绪已经不是第一次出现了，她以为自己会好转，没想到反而加重了。她早就应该明白，病的人其实不只是他，还有她。

只不过，容野病得坦荡，就是要掠夺和占有，而她戴着矜持的面具，一边装冷静，一边尽情享受他毫无限度的爱。可等他听话地渐渐克制和收敛时，她才意识到，她早就被他惯坏了，会失落，会不满足。

喻瑶把工作进度拉到最快，提前一天半结束所有行程，改签了机票。确定航班的时候，她没告诉容野，直接上了飞机，她熬过在高空上的十几个小时，悄悄走了贵宾通道，没惊动媒体，只想尽快见到他。

喻瑶坐在车上，打开了手机里的定位软件。在她出国前，容野换回了当初诺诺用的手机，就为了让她随时掌握他的位置。此刻，软件上显示他在自己的私宅。

喻瑶立即让司机开车过去，她想给容野惊喜，又担心莽撞地冲过去，万一有容氏集团的其他人在，她的突然出现会干扰他的工作。喻瑶抓着手机，无心欣赏车窗外飞逝的街景。快到目的地时，她才恍然发现，她居然想他到了这个地步，简直是热恋期的小女生。

她热恋着他，也被他热恋着。

到了容野的私宅，喻瑶轻车熟路地解锁指纹，一路上心如擂鼓，泳池边并没有容野的影子。她再次确认了一遍手机上的位置，才放轻脚步声走进客厅，环视了一圈安静得像是没有人的偌大房子，在一片静谧里，隐约听到了沉闷的雕刻声。

喻瑶的视线转向那个装满了木雕的房间。她下意识摁亮手机屏幕，给容野发了一条微信："在做什么？"

提示音果然在那扇门后响起，片刻他就回复了："自己煎了牛排，在吃。我还让元洛买了电影票，稍后就去重看你演的电影。"

喻瑶拧着眉，站在门外，看了一眼毫无热气的厨房餐厅。

骗子！

她鼻子发酸，评价：“很充实。”

“小野狗”：“是的。我听瑶瑶的，每天做很多事，不孤单，对自己很好。”

“小野狗”：“狗狗这样能得到主人的爱吗？”

喻瑶不回了，等了一会儿，她听到房间里有人轻轻放下手机，重新拿起了刻刀，又开始发出声响。

她怎么忘了，他最会装没事，擅长忍耐。每一张有着热闹场景的照片背后，都有他孤独的影子。她很想哭，感觉悬空的双脚终于踏到了独属于她的实地上。

几天里，她心上小小的空洞在这一刻全被他填满，她确实是病着的，她爱这样的容野。如果这种爱是病态、极端的，她也不想改了，甘愿陪着他一起沉沦。对于他们来说，纵容和溺爱才是真正能够治愈彼此的良药。

房间里，容野蹙着眉，视线落在木雕上。他指间的刀很薄很细，勾勒着女孩子饱满的唇和小巧的下巴。

再忍忍，再伪装一下，别吓到她。

公事已经全部搞定，他还有几个小时就能上飞机了，就算违反了约定，就算没听她的话，他也不能再等下去了。他极力去做了，但仍然达不到她的那些要求，他只想见她。

容野的刀向下，刻出她纤细的脖颈线条。他席地而坐，面前紧闭的房门把手却突然被人拧动。他顿住，霍然抬头。门被顺利打开，缝隙逐渐拉大，外面的光涌进来，一瞬间让他看不清。几秒后，他手中已是半成品的木雕歪倒。

门口的人轻声走进来，晃着手机质问他：“牛排？电影？很充实？容野，你所谓的充实就是一个人在房间里雕木头吗？”

容野一眼不眨地盯着她，喉结缓缓地滚动。许久之后，他扔下刀，哑声笑了：“怎么办？被老婆抓包，我还能有名分吗？”

喻瑶压着加快的心跳，“啪”的一声关上了门。

房间并不小，哪怕放满了雕成她模样的木雕，也还剩下很大的空间。但她说不清为什么，门关上的一刻，她竟然觉得房间有些狭窄。

她镇静地问：“你没做到我的要求，我不想给你名分了，怎么办？”

容野认真地回答：“求你。”

喻瑶隔着几步远的距离看他，他坐在素色的地毯上，手边巨大的工作盘上是一个只雕了一半的木雕。

他眸中的光诱着她步步深陷，她努力表现得自然：“怎么求？试试。”

容野说：“给老婆雕最精细的木雕，好不好？但你要帮我，我一个人做不到。”

他缓缓起身，赤着脚轻轻踩着柔软的地毯，站到她面前，低下头凝视她，嗓音暗哑：“太久没有好好看过你了，我怕雕得不准，能不能……让我加深记忆？”

喻瑶不禁屏息。他的手轻轻落在她的眉间，真的像一个严谨的木雕师，在用手指熟知他的模特。他的手指滑过她的鼻梁、嘴角，抚着她的耳垂和颈项，落至锁骨……

他如同虔诚的信徒，描摹她的全身。

喻瑶不由自主地闭上眼睛，攥住容野的手，睫毛轻颤。容野极力克制，依然无法收敛自己的动作，把她抱到怀里，微微战栗：“瑶瑶，对不起，我没做到你要求的，每天都过得很不好。”

喻瑶环住他清瘦的背，逐渐用力。

他咬着牙，说：“可能我永远也学不会怎么爱我自己。瑶瑶，我把全部都给你，所以这一辈子能不能辛苦你抽空来爱我？”

喻瑶仰着头，搂紧他：“只是抽空就够了吗？”

容野沉默，很快他在她的颈窝处将头埋得更深。他撕开伪装，对她说：“其实不够。”

喻瑶了然地小声笑道：“那之前你信里说的，只要一点点爱就满足了，原来也不是真的。”

容野一愣，随即意识到她话里的意思：“瑶瑶，你看信了，你没烧掉。”他笑得苦涩，“你是知道的，容野的这种话不能信，全是博你同情的谎话。一点点爱怎么可能满足我？我想要所有的爱。”

他抱着她问：“这样的人，你愿意要吗？”

喻瑶被淡香席卷，一时分不清是那些雕成她模样的木头散发的气息，还是他身上经久不散的清寒气息。她发出一声很轻的呜咽，反问他：“你说呢？”

不等他反应，她的手指伸进他的发间，将声音压得更低更软，放缓语速告诉他：“我的阿野，”她抬起脸，仔细地看他，“我舍不得你难受。”

他心里勉力支撑的弦轰然被扯断，难以置信和欲望一起涌来。他脚步凌乱，推着喻瑶靠到门上，把她困在身下。

“我不相信，”他说，“除非瑶瑶证明给我看。”

房间里窗帘落下，没有钟表，两个人忘记了时间。天黑透以后，容野抱着她上楼，顺着台阶一级一级地走上去，脚步声契合着她呼吸的频率。

二楼才是他日常生活的地方，她还没上来过，映入眼帘的全是大片黑白灰，一点暖色都找不到，更别提什么家的温暖了。

容野直接进浴室，把喻瑶放进浴缸，给她洗好长发，扎成一团湿漉漉的小丸子。喻瑶筋骨舒展开来，浅红的脸颊上露出懒洋洋的微笑，开始无意识地哼乱七八糟的小调子。容野低声笑着，一边陪着她哼，一边捞起她，拿浴巾裹住，抱进自己的卧室里。

喻瑶睁眼一看，好得很，这卧室的颜色素得比楼下还离谱，连床品都是低调的深炭灰色。容野把她揽到胸前，打开吹风机，给她慢慢地吹着头发，了然地说："瑶瑶，你不喜欢。"

喻瑶犯愁地指指满屋子暗色调的摆设，最后手指着他的鼻梁："你自己看看，住在这种暗淡的环境里，心理能健康吗？这里是你要睡觉的地方，就得多配暖色和亮色，才对你有好处。"

"很亮啊，"他眼里溢着笑意，理直气壮地回答，"还很暖。"

喻瑶正准备给他纠正一下错误的色彩认识，话到嘴边突然停住，转过头，对上他宛如荡着水纹的黑瞳。他嘴角上扬，定定地看着她。她立刻反应过来，飞扑过去，扣住他的脖颈："我在说房子呢，你在说什么？"

容野拥住她，吻了吻她的眼睫："我说你，最亮、最暖。"

他的声音很低："瑶瑶，这儿只是我以前偶尔喘息一下的地方，不是家。你想看到的那种明亮温暖的家，我现在没有，但以后——"

喻瑶近距离看着他。他的睫毛很长，浓墨染过一样，密密地遮着眼瞳，过去他总是把里面的情绪都藏着，现在却毫无保留地对她宣泄出来。

"以后，"容野缓缓说着，"我有瑶瑶，瑶瑶在哪儿，我的家就在哪儿。"

喻瑶很艰难地忍笑，手随意乱动时，不经意摸到枕头下压着的东西。她摸出来，借着灯光一看，是诺诺的小狗牌，还有他那时每天不离身的塑料项链。不知道这些东西被他摩挲过多少次，比上一回见到时褪色斑驳了不少。

容野把她往上提了提，让她靠在枕头上，双臂撑在她两侧，盯着她问："瑶瑶把我藏起来的秘密看光了，是不是可以正式承认我了？

“自己理解的不算，”他郑重地要求道，“我要听你亲口说。”

喻瑶捏捏他的下巴，哪有人这么倒打一耙的？她躺在容野手臂撑出的这一片阴影里，眼睛弯成新月，扬着头看他，故意拖慢了音调问：“说什么？”

这个人在外头明明喜怒不形于色，现在却因为她的一句话，就流露出了急切。喻瑶直视着他，继续问：“说我再也不想跟你分开了，往后不管我去哪儿，都要你跟着，是吗？”

容野目光灼灼地看着她。

她没停，一口气往下说：“说我就算因为工作有时候不得不跟你天各一方，我也会像你想我一样地想你，会第一时间回到你身边，是吗？”

“还说——”喻瑶顿了顿，心跳加快，声音带着一点轻微的颤抖，“说我很爱你，想让你做回我男朋友，对吧？”

容野俯身抱紧她，温柔地“嗯”了声。

喻瑶环着他的背，闭上眼：“以上这些，每一句都是我想说的。”

她掀起被子，把这个身子寒凉的人护进来，用怀抱和暖意包住。在只有黑白灰色调的清冷房间里，他曾经辗转反侧，独自品尝苦涩，如今她给了他最安定的港湾。

“你一个人走到这里就够了，往后的路我陪你一起。

“男朋友，你特别好。

“你大概根本不知道，”她叹息着跟他拥抱，“你有多好。”

Chapter 32

## 第三十二章

# 第三次求婚

隔天喻瑶才有空关心《梦境山》的成绩，她随机点开几条评论看，大概了解了观众们的评价和反馈。

与此同时，推荐观影的话题冲上新闻热门搜索，连带着票房也在猛增。

但总有那么一些人看不惯她，死活不肯承认她参演电影的成绩，最后实在没话可说，就只能坚称《梦境山》是单元式影片，她只参演了其中一部分而已，票房再高也不能算到她头上。

很多人嫉妒她，圈子这么复杂，凭什么她就能清清白白地红？还有容野这样的人，将她护在羽翼下！搞不好容野就是图新鲜，过不了多久就会因为腻烦而甩掉她。

容野对这些风言风语不置可否，只开通了自己的微博账号，晒票根、晒牵手照、晒女朋友侧脸照，还大大方方转发了自己的微博小号“诺崽也是狗”的动态，并且勤恳地去“白玉”和“荣誉”的超话下签到。

他简单的几个举动就掀起了千层浪。

网友们崩溃地嗷嗷叫：“为啥叫‘诺崽也是狗’啊？”

容野退出微博前扫到这个问题，于是顺便转发“容野是狗”这个账号的最新一条微博，认真地回答：“为了跟我女朋友的名字相配。”

等等，容二少什么时候转正了？

然后，喻瑶的“容野是狗”这个账号被全网的人扒了个底朝天。这个小号她最近没用，也早就清理过了，她把以前骂容野骂得最狠的那些微博都悄悄删掉了，只留下了吐槽容野的微博，用词之刁钻，对家看了都得拍桌子。

偏偏容野乐在其中，抽空就去喻瑶这个小号的微博下逐条评论，哄人的话都不带重复的。

网友们纷纷表示顶不住了，这根本连酸的资格都没有。别管那时候是不是误会，人家喻瑶牙尖嘴利地骂了十几页，容野都能当狗粮给晒出来，视若珍宝。

更过分的是，当天中午，容野还在超话里给一张喻瑶的婚纱手绘图点赞，下午出席集团发布会的时候，他极度冷酷，一群人连近身都不敢。

至此，大家心里都明明白白，以容野的态度，大概只有喻瑶甩他的份儿了。

喻瑶并不在意别人怎么评价她，但她在意容野这样放低自己的位置。她攒了一堆话要跟容野说，结果一见面，迎接她的，是他带笑的眼睛和张开的手臂。

她气得咬牙，但还是朝他扑过去，话还没说出口，就接到了宋岚的电话。

“刚得到的通知，《浓雾》提前过审了，近期就能上映，”宋岚难得这么兴奋，“这意味着《浓雾》赶得上今年的电影节评奖！”

喻瑶愣住。

《浓雾》比《梦境山》拍得晚，按惯例，还要拖几个月甚至半年才能上映，很难挤进今年的档期。导演还曾开玩笑说，他就算跪破膝盖，也难以让影片提前上映。

宋岚心里解气，高兴地说：“以《浓雾》的水平，你绝对能冲奖。等拿回影后，看那些不服气的人还有什么话说。”

挂了电话，喻瑶还没从惊喜里醒过神。她抬头望向容野：“是不是你？”

容野无辜地摇头，实话实说：“是谍战片的题材正面，故事好，官方才支持的。”

喻瑶抿唇，又问：“是不是你？”

容野无奈地看着她，摸摸她的发梢：“我有很多方法平息那些流言，但我知道你都不喜欢。只要电影能顺利上映，对你来说就已经足够了。

“瑶瑶，我跟你道歉，”他的音量很低，声音带着诱哄，“你是了解我的，看见你受委屈，我不可能无动于衷，这已经是我最大的让步了。”

《梦境山》这边的工作刚进入尾声，《浓雾》就开始筹备上映了，喻瑶作为女一号，为宣传忙得不可开交，跟容野的相聚多半是在车里和路上。

有时候她很晚才回到家，只能抱着他的腰沉沉睡去。隔天一早醒来，她看见他脸颊上还留着自己的唇印，完全不记得她是什么时候亲的，他居然也不舍得擦掉。

喻瑶忙到几乎记不清日子。半个月后的某天凌晨，她突然从梦里惊醒，惶恐地拿过手机把日历翻出来，怔怔地看了会儿。

而后她眼睛通红地坐起来，抱住膝盖，把头埋在膝盖上，肩膀轻轻地抽动着。

容野睡得很浅，听到她的动静立即睁开眼，起身把她搂过来。她掐着眉心，蜷缩着，沙哑地开口，带着强忍的哭腔，有点语无伦次：“今天是我爸的忌日，我以为……以为还有两天才到，我居然为了工作记错时间，什么都没有准备，我……”

此刻，是半夜三点。

容野为她抹掉泪，下床拿了件有帽子的长风衣把她裹上，又帮她穿好袜子，最后干脆把她抱起来，开门下楼。

“阿野？”

容野低头，轻声说：“嘘——别动，再等几秒，有惊喜。”

他大步走到楼下那辆常开的轿车后面，开启后备厢。喻瑶的视线瞬间被吸引，眼睛逐渐睁大，一时间什么也说不出来。

后备厢里，是已经准备妥当的花束，按照喻青檀在世时的喜好搭配，没有一枝是多余的。

旁边还有单独给程梦准备的一份，也丝毫不差。那时他们夫妻俩经常彼此送花，再抽出一枝最娇嫩的粉白玫瑰别在小女儿的耳边。

喻瑶回过身，抱住容野的脖颈，眼泪滴在他温热的皮肤上：“你又知道了？”

容野抚着她微乱的长发：“因为我亲眼见过，在你看不到的角落里，我的眼睛像着了魔一样地追着你跑，看你耳边别的那朵小玫瑰什么时候会掉。如果你不要了，我就过去捡起来，藏在怀里带走。”

玫瑰蔫了没关系，沾上尘土也没关系，只要在她耳边停留过，就值得他珍藏。等到了没人的地方，他会小心翼翼地、虔诚地吻一吻花瓣。

容野触碰她柔软的耳垂：“瑶瑶，都交给我。除了花，我还准备了菜和他们爱喝的梅子酒，你什么都不用做，只要……”他心里的弦渐渐紧绷，“只要你带我去就行了。”

喻瑶抬起头，盯着他：“不然呢？你还想逃避见家长不成？”

得到她的允许，容野眼里镀上一层鲜明的亮色。明明只是一件顺理成章的事，却让他高兴得像是抢到了无价珍宝。

喻瑶回去又睡了两个小时，六点不到就起床，她本以为自己够早了，没想到身边早就空了。

客厅里传来声响，她随手披了件外套走出去。大厅内，只见容野换上了参加集团会议时才会穿的黑色正装，见到她就认真地问："瑶瑶，我这样合格吗？"

喻瑶歪头上下打量他："过分惹眼了，我爸妈看了会不放心的。"

容野嘴角一扬："不会，我只穿给你看。"

喻青檀和程梦合葬在城郊的公墓园，清晨六点半，天色将明，树叶和草尖上还凝着露水，空气中有凉丝丝的潮气。

容野没有叫任何人跟着，自己提着花束和食盒。他们踩着石阶慢慢走到山上时，看见合葬墓前站着一道略显佝偻的身影。

喻瑶停住，"外公"两个字到了唇边，又咽回去，神色复杂。

程怀森听到声音转过头，苍老的脸上露出一丝被当场撞破的尴尬和不自在。他戳了戳拐杖，硬邦邦地说："我……我来看我女儿。"

喻瑶没说话，牵着容野上前，把花和食盒都放下。墓前已经有了不少东西，都是程梦少女时喜欢的小物件，还有一支明显用过的钢笔混在其中。

程怀森掩饰般地清清嗓子，不带感情地说："钢笔是喻青檀以前落在我那儿的，我拿过来还他，没别的意思。"

喻瑶还是不吭声，容野守护神般往她身边一站，不言不语，让程怀森脊背发僵。

两个小兔崽子！

程怀森站了一会儿，想走又迈不开腿。见喻瑶依旧不搭理他，他才端着威严沉声道："那次寿宴，我逼你跟彦时订婚，说的那些都是气话。不管你信不信，喻青檀来找我的时候，我并不知道他病情发作了。如果我那时能看出来——"他有些激动地握紧拐杖，终究没有说完后面的话。

没有意义了，人已经不在了，他就算明白这一生很多事都没有做出正确的选择，也为时已晚。

"我妈不会后悔，所以，"喻瑶终于开口说话了，"你也不需要后悔。"

程怀森沉默许久，目光在容野和喻瑶之间徘徊，欲言又止，琢磨了半天，他觉得自己实在没什么底气开口，这要是被怼就太没面子了。

他憋住了，步履蹒跚地准备下山，走出几步之后，喻瑶在后面喊了他一声。等他回过头，她挽住容野的手臂，弯眉笑了一下："还没跟你介绍，这是我男朋友。"

程怀森愣了，皱纹盘结的眼角渐渐挤压出深刻的纹路。他笑道："我说什么来着？以前还死活不乐意，到底还是嫁豪门了吧。"

喻瑶后悔了，什么是本性难移？这就是！但她唇边的笑意并没有消退。

程怀森面对容野就发怵，所以没敢轻易跟他搭话，只低声对喻瑶念叨了一句"你的新电影还挺好看的"，就满足地下山了，下山时脚步轻快了不少。等程怀森离开后，墓前再无人打扰了。

容野垂眸，目光落在墓碑上的一张合照上，照片里互相依偎的两个人没有被时光摧残，仍然那么年轻。

他看得微微失神，眸中满是羡慕。

如果这是一个人最后的归宿，他羡慕喻青檀能长长久久地守在爱人左右。

他也想身死之后能葬在喻瑶的身侧，无论做人做鬼，转世轮回，都能追随她、护佑她。

喻瑶在摆祭品，简直要晕了，他这是带了多少菜来，每道菜都装在精致的小盒里，都是她父母生前喜欢的口味，连梅子酒都是以前喻青檀最爱陪老婆喝的那个牌子。

她失笑，仰起头问："阿野，你准备这么多，快摆不下了，是要干吗？"

容野跪下来："见爸妈。"

他拉住喻瑶的手："瑶瑶，我也有爸妈了。"

这句话是喻瑶抵挡不了的"催泪弹"。

她咬住唇，忽然之间泪崩，扭过头不看他。

此时天刚亮，细细的雨丝从空中飘落下来。容野的声音，掠过草木青石，传到她的耳边："瑶瑶，只有你，只有你始终觉得我很好。我怕他们不放心，不情愿把你交给我，所以准备了这些。我没什么能给他们的，就连求婚，我也拿不出更好的。"

喻瑶想让自己平静下来，又因为容野最后一句话，把所有想说的都咽下去了。

清凉的雨珠飘落在她身上，呼吸却火热得似要烧起来。容野单膝跪地，在清晨的山里，在墓前。

"瑶瑶，第一次求婚，我用的是一枚简陋的木头戒指。

"第二次求婚，我拿着你给我的户口和身份证。

"现在是第三次求婚，让它是最后一次，好不好？"

他单膝跪地，攥着准备了很久的首饰盒。

"喻瑶，求你嫁给我。

"无论生死，我都在你身边。

“请允许我，对你的一生负责。”

雨有些大了，喻瑶的头发被打湿，容野保持着跪地的姿势，眼眶微红。

喻瑶不想在父母的面前失态，但情绪已经决堤。

雨水从他的脸上滑了下来，他还在朝她浅浅地笑着，只是眸底的红越来越深。

喻瑶想起那时在医院的病房里，诺诺靠着本能雕刻出了戒指，天真地求娶她，后来他成了许诺，拼命攒结婚的钱，攒到后第一件事就是跟她求婚。

她以前总在想，就算诺诺恢复不了，永远不懂真正的情爱，那她也愿意一辈子单恋他。

他踩过那么多荆棘，现在完整地跪在这儿，对她敞开心扉，求她收下他的爱。

阿野知不知道，从他回来开始，她就在等这一天了。

喻瑶希望自己能哭得好看一点，尽力抿着唇，撑开伞，把容野往伞下拉，一开口就控制不住地呜咽：“为什么总是下雨？我捡到你的时候下雨，你回来找我时也下雨，连求婚都下……”

她的眼泪晶莹，像是雨滴：“那是不是等到办婚礼时也要下雨啊？”

喻瑶说完，都来不及露出一点羞赧，就被骤然起身的容野紧紧地拥住。用他湿冷的手臂箍着她的背，很长时间都发不出声音。

她说办婚礼，她答应了。

喻瑶哭着笑出来，回抱住他：“我当然要嫁给你啊，还有别的答案吗？带你来见爸妈，不就是这个意思？你又惹我哭，我眼睛都哭肿了，晚上还有工作，怎么见人？这个你得负责。”

容野的手因激动而微微颤抖，他掀开盒盖，拿出精挑细选的戒指，捏住她柔软的左手，戴在她的手指上。

他盯着那钻石戒指内敛的光，这光像是照亮了他的全部人生，再也不会熄灭。

他声音哑得有些含混不清，吃力地跟她确认："瑶瑶愿意？"

喻瑶点头，一字一顿地对他说："容野，瑶瑶愿意。"

容野湿漉漉的眼睛里尽是灼人的热切，他单手轻轻捏着她的脸颊，爱惜地将她拉近，低头吻上去："老婆，我选个好日子，我们去领证。"

这称呼变得未免太快了。喻瑶觉得自己的眼睛要肿成桃子了，又因为他这句话失笑："你还这么迷信呀。"

"跟你有关的事，我都不得不信，要挑个宜嫁娶、领了证就能长相厮守一辈子的日子。"

"哪有这样的日子？皇历上也不会写。"

"有，"容野转身弯下腰，"我们定的绝对是这样的好日子。瑶瑶，上来，我背你下山。"

喻瑶除了鞋底，基本哪里都没湿。怎么能让他背着？容野却回头朝她扬眉："宝宝，我们就一把伞，你要是不同意我背着你，我只能给你撑着伞，会淋得比现在更湿。"

听到最前面两个字，喻瑶面红耳赤："你能不能确定一个称呼啊？你叫老婆够可以的了，还叫——"

容野状似镇定地问："叫宝宝，你不喜欢？"

喻瑶忍了几秒，对上他的眼睛，决定还是不挣扎了。她直接冲上去，贴在他的背上，搂紧他的肩，把伞撑在他的头上，矜持地说："喜欢。"

"喜欢——"她在他耳边笑，"听到了吧？"

容野给喻瑶带了外衣，他把外衣披在她身上，帽子扣下来，半遮住她的脸。

他一步一步踩得极稳，背着她往山下走。

走到一半时，他停住，侧头说："下面有记者，都带着花，应该没恶意，是来祭拜的。"

喻瑶立即捂住眼："我的眼睛太肿了，不想见人。"

容野亲了亲她的手，把她搂得更紧："藏好了，有我在。"

山下墓园入口处，一群记者聚在那里，看到容野的车停着，都踟蹰着不敢上去。这些人是自发来的，只是恰巧碰到了一起。

当初喻青檀遭受污蔑时，他们跟风伤害过喻青檀。后来知道真相他们很后悔，才想到在忌日这天来送花道歉，结果迎面撞上两位正主这么亲密地下山来。

记者们的职业病发作，哪能不拍照？于是纷纷架起设备。

等容野靠近，众人纷纷壮着胆子往跟前凑。

容野抬了抬眼睫，眼睛里少见地没有冷淡："今天不方便，想拍就拍我，别吓到我未婚妻。"

"未婚妻"三个字，让记者们更加亢奋。

喻瑶这到底是什么好命啊？

《梦境山》以冲进全国票房总榜前二十的成绩收官，在各大视频平台一上线就火爆。

喻瑶主演的单元是全单元影片中浏览量最高的。很快，《浓雾》就顶着众人的高期待上映了。

全国首映场，喻瑶全副武装坐在了电影院最后一排，旁边是她的未婚夫容野。

面对着前后左右黑压压的人群，她尽量保持着淡定。

喻瑶本来想低调点，想着千万别叫人发现了，她将丝巾拉得老高，努力挡住脸。可容野时不时就给她喂小草莓、小樱桃，再加点奶油爆米花，她没抵挡住诱惑，悄悄吃得停不下来。

等电影剧情到雨中小楼的戏份时，她哽咽了，想起当初小楼倒塌时自己心里的绝望，不自觉地去找容野的手。

她的手刚伸出去就被他紧紧握住，十指相扣。昏暗里，他的唇覆上来，把她吞没。

电影临近结束时，剧情有一个反转的大高潮，接下来是喻瑶的一段单人镜头，一镜到底，真人原声。

电影结束后，电影院里的观众不约而同地站起来，有叫好的，有鼓掌的，还有很多人在抹眼泪。

斗争也好，不死不休也好，经历再多坎坷荆棘，跨过再多刀山火海，只要能抓住那朵开在悬崖上的花，就值得付出一切。为了家国和光明，为了握住永不消亡的爱，喻瑶饰演的角色义无反顾。

喻瑶也站起来，用力攥着容野的手，一时忘了要离开。

前排的观众不经意一回头看见了她，彻底呆住，随即全场喧闹起来。

完了！跑不掉了！

喻瑶不知道应付了多少签名，而容野始终跟在她身侧。

有他在，很多胆小的不敢上前，离得老远对喻瑶表白。

容野弯下背，把头伏在喻瑶的脸颊边，用只有彼此能听见的声音轻声跟她说：“老婆，我吃醋了，所以你明天必须跟我去领证，最好的日子不能错过了。”

喻瑶回家翻了日历，页面上明晃晃写着四个字：万事皆宜。

领，必须领。

第二天一大早，容野迫不及待地带着喻瑶赶到民政局，准备最快拿到证，结果民政局门口已经有人在排队了，人数还在持续增加。他们要是直接下车，能不能顺利领证不知道，上新闻肯定是妥妥的。

容野拧眉。若是领证的事被曝光，必定会抢走她正在上映的电影的风头，而她并不需要别的热度来加持。

她一步步走回巅峰多不容易，他不忍心因为一己私欲就让她嫁人的事立即公之于众，至少要等她做好足够的准备。

容野看着车窗外，手指蜷着：“瑶瑶，我们明天再来，明天不是什么黄道吉日，人一定少，不会被注意到。”

喻瑶注视着他，心里热热的，又止不住发酸。

她想说等什么等啊，现在就去，他又钻牛角尖了吧？但电话突然响了，制片方打来的，说临时有安排，跟《浓雾》参选今年国内规格最高的电影节有关，急得很，必须要她到场。

喻瑶脑海中忽然闪过一个念头，她深吸一口气，不再坚持了，把容野的手指一根根地展开抚平：“必须今天，我先去忙，晚上民政局下班前你来接我。”

喻瑶忙到傍晚，容野早已经在等她了。剧组的工作人员都红着脸跟喻瑶开玩笑：“你们也太甜蜜了吧！接下来是回家还是去约会？快给我们透露一下！”

“是约会。”她笑，“很重要的约会。”

容野特意开了辆很少暴露在公众视野的车，替喻瑶系好安全带，生怕她半路跑了。

他握着方向盘的十指紧绷得厉害，偏偏路上又堵车。他抿着唇，眉心不自觉蹙紧，脸上都像罩了层霜。

趁着红灯，喻瑶赶紧伸出手，温柔地摸摸他的眉心：“阿野，我在呢，跑不掉。”

容野这才略微放松，揽过她的后颈，对着她的唇轻吻下去。

喻瑶软软地回应着，朝他握了握拳：“放心，时间来得及，必须领到证，绝对不让我们阿野失望。”

两个人到达民政局时距离工作人员下班只剩几分钟，工作人员都很年轻，知道眼前的小夫妻是谁，热情地给他们办了手续，全程动作飞快。

两个人紧挨在一起拍证件照。之后是填表、签字、盖章，两个巴掌大的小本打完钢印，被递到容野和喻瑶的手里。

容野立刻说：“还有宣誓。”

工作人员解释：“正常流程是有的，但你们来得晚，我担心你们会嫌麻烦就没提。”

“不麻烦，”他声音暗哑，再次说，“不麻烦。”

他想要宣誓。

窗外天渐渐转暗，民政局婚姻登记处已经没有其他来登记的情侣，大厅空旷，宣誓厅里亮着灯。

容野攥紧结婚证，牵着喻瑶，站在台子上，对着前面的宣誓词，无比郑重地念给她听。

那些书本里才会写的句子，很多人不当回事，会笑它们老土，但他那么严肃，每个发音都牵动着喻瑶的心。

念完以后，容野低头露出笑容，跟喻瑶说：“老婆，会实现的。”

喻瑶红着眼抱住他。当然会实现，美好的永无止境的幸福，都会朝他奔去。

领证之后，容野一边处理集团事务，一边筹备婚礼。他想低调处理，毕竟老婆的事业现在处于上升期，两人结婚的事还没打算公开。

容野给自己贴上“当红女明星的隐婚丈夫”的标签，行事极其小心，绝不给老婆拖后腿。

喻瑶看得很是心疼，但想来想去，还是忍住了，坚持按计划进行。

Chapter 33

## 第三十三章 新婚礼物

《浓雾》立意高，故事精彩，创作班底尽职敬业，加上喻瑶演技精湛，其他演员也演绎到位，所以电影口碑不错，票房不但领跑同期影片，而且在到上映期三分之二时就超过了《梦境山》的总票房。

下档时，票房跻身全国总榜前十。

不久后，《梦境山》和《浓雾》双双入围了国内最高规格电影节，同期竞争的还有几部同样优秀的电影。喻瑶被电影节官方高调宣布为最佳女主角入围人选。

宋岚有点担心："今年好片子多，不然你得最佳女主角百分之百稳了。"

喻瑶笑着说："竞争对手强，好电影多，这是好事。奖项不能靠捡，得靠实打实的演技。"

宋岚理解地点头，转念想起件大事，又问："那个视频……你确定要那么做吗？万一，我说万一咱没争上……"

这年电影节的风格一改过去的呆板，非常诙谐开放，主办方提倡宴会式颁奖，提前通知各位入围最佳男主角、最佳女主角的演员，自己准备视频短片，在他们登台领奖时会用现场的高清大屏播放。

短片的内容不局限于介绍自己的影片，可以讲述自己的演艺生涯，内容灵活随意。

“也没关系，”喻瑶毫无负担地托着腮，“没争上就跟老公回家，躲被窝里慢慢给他看，他一样开心。”

宋岚闹了个脸红：“别看我年纪比你大，但目前还未婚！别在我面前秀恩爱！”

在电影节开幕前两天，容氏集团的某个重要合作商突然提出要续签合约，续签仪式还要搞得盛大，地点定在N城，这种事必须容野亲自出席。

喻瑶替他拍板：“不许犹豫，一秒钟都不行，公事最重要。放心去做，我等你回来。”

“回来的时候，”她清润的声音无敌甜，“我还你一个最佳女主角老婆。”

容野那时在家，只能当着喻瑶的面打电话通知助理订机票。挂断后他扔下手机，掐着她的下巴亲下去：“会想我吗？”

喻瑶被他亲得有些痒，笑眯眯地躲着：“想，如果非要问有多想——”

她很小声地说：“就像你想我一样。”

喻瑶心里没有一点失落是假的，容野上飞机后，她就只能寂寞地抱抱芒果，时间过得飞快，很快就到了电影节当天。

下午走红毯，晚上参加颁奖礼，总共三套礼服，容野离开前都给她准备妥当了。反正不能露背，抹胸也不可以穿，吊带勉强可以接受，开衩太高的排除。

在这种严格的筛选标准下，还能选出这么多合适的当季高定礼服，喻瑶都恨不得给他热吻以示奖励。

置身电影节现场，喻瑶觉得既陌生又熟悉。她在事业高峰期时尽享鲜花和掌声，身处低谷时也没少收到白眼和嘲讽，现在重新走回来，倒是看透了很多事。

她是个演员，不是为了红而和别人争破头的大明星，就是个以演戏为终生事业的演员而已。

爱一个人、和一个人结婚厮守一生，都不用顾及任何人的眼光，她要给容野他想要的安定感。只是可惜，他不能在现场看到她特意准备的那段视频了。

喻瑶坐在嘉宾席的中间，名牌上的字龙飞凤舞。身边经过的同行或记者，都在热情地跟她打招呼，叫她“喻老师”或者“瑶瑶姐”。

同样是电影节，在那个曾经满圈子的人都想看她笑话的夜晚，她在雨中捡到了诺诺。她为了养他，回到这里，而今，她想给他自己所能捧出的全世界。

颁奖典礼进行到最后压轴阶段，入围最佳女主角奖项的人的脸依次出现在大屏幕上。

喻瑶平静地仰头，专注地凝望大屏幕，心脏怦怦跳着。

她忽然很想念容野，手不自觉地攥起来。穿这套礼服时，她特意搭配了一副手套，手套的下面，她左手无名指上戴了从来没给人看过的钻石戒指——象征着结婚的戒指。如果阿野在多好，如果他能亲眼看见，一定会觉得很幸福。

喻瑶坐在最前排，注意力全在大屏幕上，没注意到现场的入口处，门被缓缓推开，走进来一个人。

这人身材高大，容貌昳丽，眉眼如画。他穿上与她最相配的西装，站在黑暗里，静静地等待。

主持人在台上掀开写着最佳女主角名字的卡片，微笑着念出喻瑶的名字。全场沸腾起来，追光笔直地打到喻瑶身上，把她从头到脚照亮。

喻瑶站起身，右手紧紧握着左手无名指上的钻戒。

——阿野，你看见了吗？我做到了！接下来，是我给你拆礼物的时间。

喻瑶在全场瞩目中，提着裙摆，走向颁奖台。主持人感慨地鼓掌，询问喻瑶是否播放短片。喻瑶点头，接过话筒，嗓音轻柔。

“这个视频，我想送给你。你是谁，你知道的。”

说完，喻瑶侧过身，跟现场和在看网络直播的所有人一起，看向那个巨大的屏幕。

大家设想中的视频内容，要么是喻瑶电影作品的精华剪辑，要么是她讲述她的演艺生涯，要么是分享情侣超甜的日常。但屏幕亮起，出现的是喻瑶那段青涩的大学时光。

拍摄并不专业，像是被人无意间记录下来的视频，画面里的喻瑶在户外排练，扎着高马尾，在她身后熙攘的人潮边缘，有一道孤单的身影很快地闪过，却被她捕捉到，定格。

画面定住的一瞬，现场发出惊呼。

是容野!

虽然画面模糊，看不清五官，但也能看出他的大致轮廓。

立在阴影中的男人抬头，目不转睛地看着屏幕，无比璀璨的光点映在他的黑瞳里。

那是喻瑶读大二时，他去看她。

视频继续往下播放，有喻瑶演出的画面、毕业时的画面、入行时的画面、拍短片的画面、拍正式的院线电影的画面……直到她逐渐拥有光环和掌声。

容野总是在无人知晓的暗处，不声不响地凝望着她，像她的守护神，沉默又执着地默默为她张开羽翼。

喻瑶千辛万苦地找了从前的老师、同学、朋友、同事、导演、演员、服装师和场务，从陈旧影像和资料里，一点点找出他出现过的痕迹。

虽然不多，但也串起了一条时间线。

她从学表演到成为一个专业的演员，走过的每一段路、每一个孤单闯荡的日子里，都有容野在寂静无人处陪着。

喻瑶眼睫湿润，动作缓慢地摘下手套。入口处的男人仍旧一动不动地站在那里，眼里的光快要溢出来。

视频再往后，喻瑶绝地重生，从拍一部被全网嘲笑的小成本鬼片到进入更专业的剧组。这期间，是戴着帽子和口罩的诺诺寸步不离地守着她。鬼片里没人想扮的厉鬼，他来扮；喻瑶的戏服脏了，他亲手洗……在片场奔忙的日日夜夜里，都是他陪着她。

视频播放到尾声时，喻瑶走回话筒前，感谢与她相关的所有人，除了容野。

在数不清的镜头下，喻瑶抬起左手，扶住话筒架，俏皮地歪了歪头，含笑说："我不感谢容野了，因为我们本身就是一体的。"

她手上的钻石戒指耀眼夺目。她语气温柔："我们结婚了，今天这个视频，是我送他的新婚礼物。"

她还准备了很多话，在心里打了很多遍腹稿，然而在某一个瞬间，她的目光无意间瞥到某处的时候，要说的话突然都忘了。

到处都像是空了，舞台上只有她，而台下只有容野一个人。

喻瑶握紧话筒架，眼睛酸涩。

他回来了！

不是相隔那么远吗？不是说好了，要等两天才能返程吗？他怎么能披星戴月地赶回来，在她最想念他的时候来到她身边？

喻瑶看到容野踩着红毯向她走过来。惊呼声和议论声此起彼伏，她都听不清了。她望着容野，沙哑地说："我们的婚礼，欢迎大家来参加，什么都不用带，只需要祝福。"

容野说，他从来没有被祝福过。她想在他最渴望的婚礼上，让他得到全世界的祝福。

容野走到颁奖台边，抬头跟她对视。

喻瑶鼻尖红红的，她想跟他说，她本来想在颁奖典礼上把对他的感情说尽，但到现在才发现，这是怎么也说不尽的。

容野背对着黑压压的人群，面向喻瑶，朝她伸出手，他的无名指上也戴着简洁的婚戒。

他眼神炽热，无声地对她说——瑶瑶，当然是说不尽的。

但幸好，我们还有很多个四季，足以慢慢讲述对彼此的情意。

—全文完—

Extra Chapter 1

## 番外一 世纪婚礼

喻瑶很热，可她穿得并不多，甚至算得上清凉，上衣的一字领被纤薄的双肩撑开，露出白皙的肩颈，裙子只到膝盖以上。

容野的体温很高，低着头在她颈窝里或轻或重地磨蹭着，发梢不时碰到她的脸颊和耳朵，痒痒的。她不得不推推他，本想作势凶一凶，但眼中泪光潋滟，只有藏不住的笑意："真把自己当小野狗了是吧，知不知道适可而止？我马上还要上去见人。"

"没当小野狗，只想当你名正言顺的老公。"容野将唇贴在她的颈边，流连着舍不得放开，嗓子里发出低笑，"亲老婆是合法行为，受法律保护的。"

他略抬起头，一眼不眨地注视她："老婆是不是要允许我行使自己的正常权利？"

自从领了结婚证，容野简直火力全开，越发肆意妄为。喻瑶对他完全没辙，何况她根本不舍得拒绝他。

她弯着唇，亲了亲他的眉心，又抚着他的后颈安慰几下，才瞄了一眼时间说："是！但是等回家再行使行吧？我该走了，不能让剧组那么多人等我一个。"

凭借《浓雾》拿到最佳女主角，再加上高调宣布婚讯，她彻底被镜头包围。媒体都准备靠她完成全年任务指标，一边盯她的事业，一边盯她的感情，她都替大伙儿累得慌，更替阿野觉得累。

颁奖礼之后，容二少终于不用再做女明星背后的隐婚老公，把婚礼计划大张旗鼓地摆到台面上。

他每天要处理容氏集团事务，又要亲力亲为筹备婚礼，还得每天尽可能陪在她身边，办公地点从集团办公室挪到了车里。

喻瑶看着都心疼，但事关婚礼，事关她，容野又太固执，根本听不进劝。

如果她硬是要求他放手，专心去工作别管她，他眼里会流露出失落，她实在看不下去。她能怎么办？只能纵容他，尽可能多陪他。

这天是《浓雾》最后一场宣传活动，结束后，她短期内就没有其他工作了，她想一心一意和他把婚礼筹备好。

喻瑶理了下衣领，红着耳郭，轻声跟他说："阿野，再坚持两个小时，今晚开始我就放婚假了。"

容野含混不清地"嗯"了声："我在车里看直播等你，晚上带你去婚房，喜服和婚纱都已经送到那边了。"

临下车前，容野又将她捉住，一通狂吻，口红被他蹭得晕染开来，喻瑶浑然不觉地下了车。喻瑶自己没注意到，一直来回踱步等着的宋岚可是看得一清二楚，平常一脸高冷、极具疏离感的喻瑶，现在整个人风情万种，搞得她都不好意思了。

宋岚清清嗓子，把提纲递给她："主持人的提问列表整理好了，你先看看有没有要改动的。"说完，宋岚想起什么，指了指其中一条，"这里会问到大家人生中第一次动心的经历。"

她压低声音："你初次动心的对象是容野吗？应该不是吧？遇到诺诺的时候，你都二十三岁了，之前那么多年就算没谈过恋爱，也不可能没对别人心动过吧？”

宋岚说道：“婚期眼看着要到了，为了婚礼的顺利举行，你要有个心理准备。到时候你可以说谎，或者咱干脆就把这种敏感问题删掉。”

喻瑶镇定地说：“不用说谎，也不用删，至于情窦初开的事，我就照实讲好了。”

宋岚紧张地回头瞄了一眼那辆在阴影里的高大越野车，不得不佩服喻瑶是个勇士。

活动现场，观众无比热情。喻瑶坐在台上中间的位置，恬静地侧着头，听见底下有人大喊着：“瑶瑶今天好温柔！”

喻瑶得体地弯眉笑了下，不自觉地伸手摸了下项链。不恬静能行吗？她这天戴的这套翡翠是容野选的。

宋岚跟她报过价，数字实在离谱，她怕稍微动一下掉下来给摔了。

直播进行到一半，主持人按流程提出了那个问题——人生中第一次动心的经历。

全场激动，注意力都集中在喻瑶身上。主持人先把其他人问了一圈，最后才转向喻瑶，含笑问：“我们来猜猜，是诺诺吗？见他第一面的时候你就动心了？”

光线不足的车里，容野目不转睛地盯着面前的屏幕，素白的手指在身侧缓缓蜷起。喻瑶郑重地摇头，认真回答：“在遇到诺诺之前，当时不觉得，很久之后回想起来，我才意识到那个时候，就是我人生中第一次动心。”

容野定定地看着她，瞳中的光逐渐消失。他的十指向里扣紧，指尖重重地压在手心上，喉结滚动着，想说些什么，又反应过来她并不在他面前，只能抿住唇，嘴角抿成锋利的线。他脸上的血色一点点褪去。背景音里主持人和观众惊呼。喻瑶没有停顿，继续说：“是在我上大学期间，一个傍晚，我坐在教室里……”

在听到她更详细的描述之前，容野关掉了直播。周围一片死寂，只能听到他不再平稳的呼吸声。

提问环节之后，活动到了尾声，主持人和观众都心满意足。宋岚在旁边看着，总算松了口气，暗笑喻瑶太会卖关子，害她瞎操心。

直播结束后，喻瑶准备卸了妆直奔车库，但刚到后台，就明显感觉到气氛不对。果然，她一抬头，意外看到容野站在光影交叠的地方，静静地望着她。

她心一跳，没空顾及旁人的目光，朝他轻快地跑过去。

他是怎么回事？她下车的时候他还说不上来，说免得新闻重点又被转移，对她的事业不好，结果转头自己就变卦了。他多半是听了她的那个回答，开心得按捺不住吧。

喻瑶笑着到容野跟前，自然地牵住他的手：“走吧，婚假开始。”

容野垂眸看她，把手里的长风衣披到她身上，将她搂进怀里，搂得很紧，紧到她都觉得有些喘不过气来。她觉得不太对劲，下意识地仰起头。

容野薄唇紧抿，睫毛垂得很低，在眼下投下两片暗影。喻瑶跟他十指相扣，摇晃了一下他的手腕：“阿野？”

容野和往常一样，嘴角向上翘，跟她说：“老婆，我们去婚房。”

喻瑶知道，婚房就是当初阿野拎着两个保险箱回来找她的时候，说给她布置好的那套别墅。之前因为故意跟他闹别扭，她一直没去看过，后来她答应了他的求婚，他就把那里重新装饰了，等着结婚用。他一直神神秘秘地不给她看，直到这天才松口。

他本来多高兴啊，现在这是怎么了？

喻瑶本来想问，但容野拉着她到了车库，直接把她抱起来，放上副驾驶座，俯身拉过安全带给她系好。他气息紊乱，忍不住压了过去。

她环着容野的脖颈回应，抚摸他发僵的脊背。

喻瑶轻声问："怎么了？"

容野没说话。之前那么多年，他对她来说始终是个路人，他连嫉妒别人都没有资格。他暗暗咬牙，对别人动心过又怎么样？她的初吻、初恋都属于他，余生也只属于他。

去婚房的路上，喻瑶更加确定容野有问题，她再三追问，但他一直忍着不肯说。他已经很久没有这样过了，绝对和她有关系。

她托着腮，仔细回想晚上直播的过程。通过车窗反光瞄到某人蹙紧的眉心时，她突然念头一闪，想通了问题，气得差点回过身去掐他。

狗崽子，连一段直播都不能坚持看完吗?!

容野攥着方向盘，忍不住问她："瑶瑶，在想什么？"

她在想什么？喻瑶听他这么问更生气了，心里满是心疼和酸涩。

车转入了别墅区，她被外面的环境吸引，一时忘了说话。几分钟后，车没有进地下车库，而是径直开入了庭院，大门在后面自动关上，语音提示安防系统已启用。

再也没有其他的人声和车声了，这里静谧而森严，是他搭建的专属于他们的城堡。

容野开门下车，把喻瑶抱出来，安静地沿着被灯光照亮的小路往后院走。喻瑶不自觉地搂紧他，如同深夜闯入游乐园的少女，心脏不受控制地加速跳动。

容野忽然停下来，在她耳边说："瑶瑶，你看，我们回来了。"

喻瑶抬头，怔住。后院的设计几乎复制了他们小时候相遇的那个院落，当初那个院落墙边种了几棵高大的桃树，他那时喜欢爬到树上，躲在遮天蔽日的枝叶间，悄悄看她。

后来她走了，他蜷缩在树下，哭得撕心裂肺。

记忆里布满阴霾的院子现在大变样，桃树换成了海棠树，他亲手给她种下的大片蔷薇盛放着。以前他一个人孤独地待着的那间屋子，如今是一座半透明的温暖花房。

喻瑶眼眶湿热，想起他这晚自己跟自己较劲，更是酸楚。

容野抱着喻瑶进了花房，她揉了下眼睛才看清楚，四周的墙壁都是模糊的玻璃，上面爬满小巧的藤蔓，只有头顶是全透明的，月光能洒进来。

花房里，除了惹眼的名贵花种，靠里的位置居然有一张大吊床，床上交叠铺着正红跟纯白色的衣服，是她出嫁要穿的喜服和婚纱。喻瑶的耳根不自觉地升温，她从容野怀里挣脱下去，走到床边，去摸那些金丝镶边的衣服。

容野跟上来，从背后抱住她，闭上眼，说："老婆，你以后只能对我动心。"

喻瑶转过身，双手捏住他的脸，狠狠地道："那以后再看我直播，不管我说什么，拜托你必须全部看完，好不好？"

容野微愣，心猛然颤动："什么意思？"

喻瑶揉乱他的短发，摸出手机，点了几下，把宋岚发给她的直播片段打开。画面里，她坚定地说："一个傍晚，我坐在教室里，有人趁我睡着，坐在我旁边的座位上，偷亲了我。

"我醒来以后，能感觉到他来过。虽然我没看见他的脸，但那一刻，我承认我对他动心了。他就是容野。

"我人生中第一次心动，比遇到诺诺更早，早到容野还不知道我在那个时候就已经发现了他。"

喻瑶在现场说得很流畅，也没觉得难为情，结果现在面对容野，不知怎么就开始脸红。她手忙脚乱地收起手机，想冷静地补充两句，但刚张开口，容野就一把抓住她的手腕，把她推倒在身后那张大床上。

喻瑶后背贴着大红的喜服，迎面撞上男人燃起了火光的眼瞳。

喻瑶本来还有点生气，看他开心了，又不禁抿着唇笑，半真半假地推他："你干什么？玻璃房顶是透明的！"

"没人能看见，"容野的声音隐隐有些颤抖，"这是我们自己的家。"

"礼服呢，礼服弄皱了怎么办？"

容野扣紧她的双手举至头顶，吻着她滚烫的脸颊："我每样都准备了两套，这一套铺在床上，就是用来给你欣赏的。"

他咬着她的耳垂，狂热又乖巧，低声喃喃："是我，瑶瑶从始至终只有我一个人。"

喻瑶舍不得推他了，仰躺在吊床上，眼中含着水光，瞪他："你还知道啊！现在我心情不好，急需安慰，赶紧哄我。"

说完这一句，她就再也发不出完整的声音。四周是错落的花海，眼前是被月色笼罩的他。

关于婚礼，喻瑶并不想举办得太热闹。她少女时期畅想过的婚礼简单温馨，只要亲近的亲人、朋友在场就够了，不需要轰轰烈烈，让全世界都知道。

但有了容野以后，她想把婚礼办得隆重盛大，让这一天在他心中留下深刻的烙印。

容野更不喜欢热闹，他在无数个夜里梦到的婚礼只有他跟喻瑶两个人，喻瑶剪下一绺她的头发跟自己的绑在一起，在烛火里许诺终生。

但他的喻瑶必须站在最璀璨的光明处，不能只困在他的一双臂弯里，他的女明星要光芒万丈地出嫁。

经过千挑万选，婚礼地点定在久负盛名的某个海岛上。当初喻瑶在颁奖礼上说“欢迎大家来参加”，不是随口说出的空话，容野要让它成为现实。

除了邀请朋友、圈里同行、容氏集团的世交、合作方以及媒体，容野还对网友发出邀请。只要手持喻瑶主演过的电影的票根，能够解决签证的，都能来参加婚礼。容野还为他们承担一切费用，另附贵重的伴手礼。当然，容二少也说了，喜欢他们夫妇俩的网友优先。

一夜之间，喜欢“白玉”和“荣誉”组合的网友数量暴增，一举冲到情侣榜单最前面，别家的网友又羡慕又嫉妒。全网都在疯狂晒票根，但凡有网友敢修图伪装，不用容野的人来筛选，直接就被其他网友揪出来排除在外。

连以前骂过喻瑶的营销号也暗自整理出几张发皱的破旧电影票，还@集团官博，结果被回复了一句：伤害过我们太太的没有资格参加婚礼，请自重。

婚礼前三天，容野和喻瑶提前到了海岛上。

对于流程和安排，喻瑶只知道个大概，除了地点、礼服、首饰是由她过目决定，其他的容野神神秘秘地一直不说，她也忍着不追问。她快好奇死了，不知不觉把芒果的白毛都揪掉了一小撮。

总算等到上岛这天，喻瑶一下飞机就脱掉披肩，只穿了条长到脚踝的藕色吊带长裙。她刚露出一片纤白肩颈，男人的手就把她揽进臂弯里。

喻瑶笑他：“你看看，在海岛上谁都穿得少，就你最小气。”

容野挑起眉：“我要是小气，就应该把你关起来。”

喻瑶面对面弯着眼看他，拖长了音调：“怎么关？说来听听。”

容野把她微乱的长发别到耳后，敛起笑意，盯着她，低声问：“不担心、不害怕吗？我是认真的。”

喻瑶上前半步，下巴享受地搭在他的肩上，环抱住他的腰：“阿野，关或者不关对我来说都是一样的，你如果想来真的，那我就奉陪。”

她的脸颊跟他的贴了贴：“有你在，我怕什么？”

容野垂眼，搂紧她，那些故意收敛的笑意再也藏不住。他从小到大，心愿是把喻瑶据为己有，他想过如果有一天真的得到了她，就把她藏到只有他知道的地方。

容野攥住喻瑶的手：“好，去看看关你的房子。”

他把喻瑶带到岛上最显眼的尖顶古堡，喻瑶仰头望着童话里才会出现的建筑，震惊地问他：“不是住酒店吗？我可以睡这儿？”

阳光下，容野的墨色长睫被镀上碎金，他理所当然地反问：“就睡这儿！我家的公主嫁人，从古堡里出发不是应该的？”

婚礼前一天，喻瑶正式在古堡里住下，摄影师和造型师里外忙碌，伴娘也都到了。宋岚虽然年纪不小，但至今未婚，人又优雅漂亮，豁出面子给她做伴娘。许洛清从国外赶过来，抱住她感慨了许久，泪眼汪汪。

宋岚做经纪人这些年，什么阵仗没见过，还是忍不住跟喻瑶说：“圈里咖位高，舍得给婚礼砸钱的人不少，但真没有这样的。瑶瑶，容野绝对是第一人了。”

喻瑶正在试妆，朝她扬眉：“我们阿野，不管哪方面都是第一。”

按常规来说，新郎前一晚不能跟新娘见面，喻瑶也没指望能见到容野，他那边要忙的事情更多。等到夜里，大家相继在房间休息，她也在那间他专门给她布置的待嫁闺房，过她最后一个单身夜。

喻瑶靠在床头，望着没关的窗，才发觉自己的心“咚咚”地跳着。

明明跟他结婚证都领了，可临近婚礼，她竟然还是会紧张无措。喻瑶抱住枕头，将脸埋在里面。此时此刻，她想见他！这到底是什么规矩啊，怎么就不能见面了？

喻瑶咬了咬唇，摸出手机给容野打电话，但一直无人接听。等再打第二遍的时候，她忽然听到有铃声从窗外隐约地传来。她愣住，猛地起身下床，奔向那扇圆拱形的雕花窗户。

薄薄的帘子被风吹起，几乎同一时间，有道修长身影破开夜色，踏上她的窗台。他长腿弯折，朝她半跪下来，逆着光，对她笑："这么好的公主，怎么能没有半夜爬窗的骑士？"

喻瑶觉得自己的血压都在飙升，急忙拉住他，把他往自己怀里拽："干吗不好好走门？这么危险，你不怕我还怕呢！"

容野拥住她，挑高嘴角笑道："婚礼前夜给老婆来点刺激的。"

他揉揉她的脸颊："走正门是坏规矩，万一被老天爷看到，夺走我的幸福怎么办？所以我只能爬窗了。"

喻瑶气得推他："那就不能等到明天吗？就剩几个小时了！万一你摔了怎么办？"

容野用手指慢慢理顺她稍乱的长发："等不了，必须今天见到你。别怕，我不可能摔的，我以前在部队里跳过的窗都比这个高，不是也好好地走到你面前了？"

他低下头，亲她的眉心："想我没有？"

"为什么给我打电话？"他专注地问，"是不是也一样想见我？"

喻瑶的目光撞上他幽深的眼神，惩罚地捏捏他的后颈："想！我什么规矩都不想守，反正谁也抢不走你。"

"但是容野，"她语气发狠，"以后不准再做这样危险的事！过去没人管你，你干什么我也管不着，但以后你是我老公，再敢随便涉险，不把自己当回事，我——”

容野俯身吻她，温顺地“嗯”了声：“老婆不要跟我说重话，我都听你的。”

他又痞又放纵地盯着她：“我已经跳进来了，怎么办？老婆只能抱我。”

喻瑶心有余悸地揽住他的背，咬了咬他的颈侧，有些想哭。他也许还是不够清楚，他的安危、他这个人，对她来说，到底有多重要。

容野把喻瑶抱上床，用被子裹好，在她的眼睛上落下轻吻：“别慌，我陪你睡，等明早你醒了，我就来接你。”

喻瑶本来没什么困意，但躺在他的手臂上，莫名放松下来，往他身边拱了拱，很快就睡着了。

翌日，宋岚来敲门的时候，她身边已经空了，只有枕头边上一朵海岛上特有的小花。她握着这朵花失笑，整个化妆的过程中都神采飞扬。

摄影师边拍边赞叹，宋岚也忍不住拍了几张生图发到微博。她还来不及去看网友评论，就听到有人喊“时间差不多了”，紧接着，窗外忽然响起轰隆声。许洛清趴在窗边，毫无形象地大叫一声：“直升机来接媳妇儿?!”

喻瑶的头纱刚放下来，她急忙掀开，扭头去看，只见直升机盘旋在窗边。

有人匆匆把她的头纱放下来，遮住脸颊。她呼吸加快，耳朵都泛红，耳朵自动屏蔽了其他声音，只听到容野的脚步声。

他径直走向她，没人能拦住他，不管是现在还是未来，不管路上有多少荆棘，都不能阻挡他向她走去。

容野笑着，没有半点矜持，双手抱起喻瑶就走。一群伴娘完全没反应过来，等人都上了直升机，才回过神来追了过去，却只能目送新娘被新郎“挟持”到飞机上。

喻瑶的婚纱几乎铺满了机舱，她搂着容野的脖子，笑盈盈地问罪：“你也太兴师动众了吧！”

容野俯身亲她饱满的红唇，眸底的光格外夺目：“公主出嫁，排场不够怎么行？”

婚礼现场在海边，直升机在减速降落，喻瑶从窗口往下看，现在所有人都已经到位。主持人仰头望着天上，跳起来朝他们挥手。万众瞩目下，直升机平稳降落，舱门打开，容野长腿伸展，抱着喻瑶走下飞机。

不需要新娘的任何亲属来牵她走过花道，他的人，他要亲手牵着，一步一步走到终点。

婚礼一直持续到了傍晚，太阳落下后，热闹的夜间酒会开始了。喻瑶快记不清自己换了几套衣服，虽然中间偷了不少懒，容野陪她小睡了一阵，但还是觉得腿要软了。亲身经历过，她才知道结婚居然可以这么忙。

眼看着酒会要开始，喻瑶换上一条酒红色拖尾长裙，正要戴项链，一双手从她的颈后伸过来，慢条斯理地给她系好搭扣。

男人在他耳边低声问：“累不累？”

在容野面前不需要伪装，喻瑶点点头，仰靠在他身上，声音不自觉地变得绵软：“我快站不起来了，早知道结婚这么累，我当初就……”

容野把她的长发绾起来，低着头，深深地注视她：“当初就怎么样，不嫁了？”

喻瑶完全不在乎形象，在他胸前蹭了蹭，杏眼弯成新月，笑着说：“是啊！不嫁了，换我娶你，让你做新娘，也换这么多裙子。”

反正他又不是没做过。当初诺诺懵懂可怜地睁着“狗狗眼”，巴巴地求着嫁给她来着。

容野难得耳根泛红，在喻瑶的额头上亲了亲："主人娶我也行，总之都在一个户口本上，跑不了。"

说完，他在喻瑶身边蹲下，将衬衫袖口卷到手肘，双手握住她的小腿，轻轻地按摩。他的指腹和掌心有很多陈年旧伤，伤口留了疤，略微粗糙，磨着她的皮肤。

每一下按揉，热度从她的脚腕蔓延到小腿，刺激着她敏感的神经。她抿住唇，控制不住地红了脸，伸手捏住容野的下巴："等下还要出去，你不许乱动。"

容野的手没放开，手顺着小腿继续往上，最后停在膝弯处，在她的脸颊隐隐涨红时，他忽然站直，把她从椅子上抱起来，低笑道："好，等晚上再乱动，现在咱们确实要出去了，不过不是去酒会上，而是去另外一个地方。"

从更衣室出去时，喻瑶远远看见前面海滩上连绵的灯光和人潮，容野牵着她往人潮相反的地方走去。

喻瑶迈上一座小桥，她不想知道目的地，只义无反顾地跟着容野往前走，直到看见桥的尽头有船在等着。

晚上八点，海面宁静，岸上的热闹离他们很远。喻瑶上了船，在船上踢掉鞋子，赤着脚，懒洋洋地躺在容野的臂弯里，仰头看着穹顶的星辰。

这里还没有被污染，星河璀璨。喻瑶孩子气地伸手朝天空抓了一把，随口感慨："可惜太远啦。"

容野扶着她的腰，温热的手抚着她的下巴："瑶瑶，你看。"

他话音落下，无数焰火忽然在夜空绽放。她愣怔地望着漫天散开的巨大烟花。美丽绚烂、遥不可及的星海好似突然间降落，热烈地奔着她而来。容野盯着她的侧脸说："你喜欢的，我都会一一为你实现。"

喻瑶说不出话，心里甜蜜和酸涩交织。等到烟花落幕她才转头看容野，眼里弥漫着水雾，轻声说："好看。"

容野抹抹她的眼角："瑶瑶说好看，那就再看一遍。"

喻瑶呆住，还没反应过来，耳边就再一次听到炸响，刚暗下来的天幕重新被更盛大的烟火照亮。

光点在半空熄灭，落到海面，又有新的色彩涌向高空。在轰响声里，容野把她抱得更紧，低声央求："这位太太，新婚快乐，我能请求你给你的爱人一个吻吗？"

喻瑶闭上眼，在满天的光彩里，对着他微翘的唇重重地吻上去。

等两人折返回到婚房时，喻瑶才恍然想起来，她那套金丝刺绣的正红喜服还没穿。喻瑶看了容野一眼，容野浅笑着，抬手对她做了个手势。她的心猛然一跳，意识到接下来是什么。

正红喜服和凤冠霞帔在古香古色的更衣室里摆着，做工比她在大投资电影里穿过的服饰精细很多。几个小助理飞快地给她上妆、换衣服。等把红盖头蒙上，她眼前只剩下一片摇曳的红色时，她终于忍不住泪湿眼眶。

喻瑶抓着红绸，被领着坐在婚床上，低头瞧着自己脚上缎面刺绣的婚鞋，笑意压都压不住。

房间里烛光荧荧，她紧张地等待夫君进门。

时间一分一秒过去，喻瑶刚想把盖头掀开一个角，忽然木门就被推开了，一抹衣摆映入眼帘。她屏息，立即把手收回去，嘴角弯着，心跳不禁加速。她听着他锁门，脚步声越来越近，直到一双手伸过来，替她把盖头撩起。

喻瑶曾经拍过、看过很多次这样的情景，没想到自己也会亲身经历。她抬起眼，在摇动的烛光里看见容野站在床前。

他还是那样，一头短发利落，身上穿了跟她同样的大红喜服，宽袍大袖，领口微敞，露出修长的脖颈和锁骨，薄纱软绸层叠的衣袍，更衬得他肩宽腿长。

喻瑶从来没见过他这样打扮，一时看呆了。

容野先用指腹描摹她的眉眼，然后后退一步，郑重地朝她躬身，声音低沉而富有磁性。

“新婚夜，我不拜天地，不拜父母，只拜你。”

天地没有厚待于他，父母没有养他长大，他这一生只有她，也只要她。

喻瑶站起来，把手中红绸的另一端塞给容野，正式地跟他对拜，而后抬眸含泪看着他：“那我们俩就只要夫妻对拜。”

容野从床头柜上拿起两瓣盛了酒的精巧小葫芦，递给喻瑶一瓣：“瑶瑶，这是合卺酒，一起喝了就能白头到老。”

喻瑶爽快地接过来，一饮而尽。这酒酒精度数并不高，但她有轻微的眩晕感。容野带着酒气的唇迫切地吻上来，又恋恋不舍地退开。她第一次看到他笑得这么开心，阴霾尽数散去，整个人被欢喜填满。

容野把分成两瓣的小葫芦紧紧合起来，再亲手用红线一道一道地缠紧，打了死结，才凝视着她，指指自己身上：“老婆，该睡了，但是这种衣服我不会解。”

他一脸纯良：“你帮我。”

喻瑶被这夜的他蛊惑，借着酒气把他推倒在床上，自己甩掉婚鞋，在他身边坐下。她一只手按着他的肩膀，一只手拽他的衣襟，眯着眼，说：“放着别动，让我来。”

烛火摇曳，满室春光无限……

婚礼结束之后，宾客们先后离开。

容野近期的工作都已经提前安排好，喻瑶更没压力，她的电影宣传工作都已经告一段落。两个人在岛上停留了将近一周，等到喻瑶享受够了海边的悠闲生活，容野才迫不及待开展他的蜜月计划。

他把活动列出来让喻瑶定。她看来看去，最后果断决定先去泡温泉，听说温泉对伤口有很好的治疗效果。

他身上大大小小的伤太多了，喻瑶想尽可能调养他的身体。

从海岛出发去目的地，飞行的时间很长，喻瑶过去最不爱坐长途飞机，但现在容野在身边，她乐在其中。

早上，她拽着他小声地说话，和他一起看外面的云层。晚上，两人就在昏暗的机舱里耳鬓厮磨。后来喻瑶扛不住睡着了，醒过来的时候，她看见窗外天色还很暗，距离降落还有三四个小时。

喻瑶以为容野肯定也睡了，没想到刚转头，就跌进他幽深的眼神里。她突然意识到，他一直在看着她，从她睡下到现在目光从未移开过。

喻瑶撑起身，用手勾住他的手指："不累吗？"

容野摇头，轻笑道："你不知道，看着你睡在我身边对我来说是多好的事。"

这是他那么多年里，想都不敢想的事。

到达当地时正是上午，机场人流量不算大。容野一只手拖着行李箱，一只手牵着她。走出大厅时，她被一家茶舍吸引。异国机场，没什么人认识她，她蠢蠢欲动，瞄了一眼过于沉重的箱子，不忍心让容野跟着跑："阿野，你在这儿等我一下，我去买两杯尝尝。"

容野把她往回一揽："你安心等着，我去买。"

喻瑶表示拒绝："怎么就非得你亲力亲为？我去一趟又不累。"

她踮起脚，揉了揉他的头发："狗狗乖。"

这句话简直是法宝，让容野完全没有抵抗能力。喻瑶轻快地走向那家茶社，他看着她的背影，耳根泛红。接受自己就是诺诺以后，他也不知道是怎么了，喻瑶只要一叫他"狗狗"，他就心痒，被勾得想跟她唱反调。

容野低头笑，朝喻瑶追去，但只走出几步，就猛然停在原地，盯着某一处，眼里的温度荡然无存。离他五六米的地方，有个气质优雅的中年女人坐在长椅上，黑发黑瞳，在金发碧眼的人群里非常显眼。

她手里牵着个少年，此时，她脸上带笑，歪着头柔声跟少年说话。

"妈妈是怕你乱跑，别让妈妈担心，想要什么你就说，都给你——"

女人紧紧地抓着少年的手臂，似乎感觉到了不寻常的视线，她突然抬头朝容野看过来。对上容野的目光时，她的表情还有一丝困惑，但短短几秒钟，她就像是见到了可怕的洪水猛兽，目光顷刻间变得怨毒。她立即站起身，本能地把少年护到身后。

截然相反的态度，一个是她手心里的宝贝，一个是她恨不得消失的污点。

容野脸上没什么表情，这是他只在照片里见过的人。小的时候，他日日夜夜把她的照片抱在怀里，天真地期盼着某一天她能回去接他，让他叫她一声"妈妈"。他不需要多有钱，不需要当豪门的子孙，只要妈妈给他一个家，不管过得多难多穷苦，他都会甘之如饴。

但长到这么大，无论他是死是活，她从来没有出现过。她早就再婚了，有了两个儿子，眼前这个应该是小的，被她细心呵护着。这还是他第一次见到她真人，原来已经比照片里的她衰老了那么多。

容野无所谓地垂下眼，往前走了一步。女人以为他是要朝她走过去，急忙带着儿子退后，目光越发冷漠。她像是怕他来索取他不配得到的亲情，更怕他伤害自己心爱的孩子。

喻瑶提着两杯饮料回来，看见的就是这幅情景。她拧眉盯了女人几秒，恍然反应过来这个人是谁。她咬紧牙关，加快脚步直接跑过去，抱住容野，当着那个女人的面，仰着头，爱惜地轻轻亲他。

"阿野，我回来了，我们走。"

容野低头看她，瞳中的坚冰融化："我不在乎，真的不在乎。"他吻了吻喻瑶发红的眼睛，弯着唇，"我有瑶瑶，其他的在我眼里一文不值。"

喻瑶拉起容野就走。经过女人身边时，喻瑶侧过头，冷冷地看了她一眼，微笑着轻声说："放心，您不要的，这辈子有人把他当宝。"

容野接过喻瑶手里的奶茶，把吸管插好，送到她面前："老婆不生气，尝尝。"

喻瑶揉了揉鼻尖，尽力忍下酸涩："没胃口了，不想喝。"

容野自己喝了一口，又将奶茶递到喻瑶唇边。喻瑶就着吸管喝了一口，容野笑着问："甜吗？"

喻瑶点了点头。

"乖，"他低声哄道，"别为我难受，不值得。"

去温泉酒店的车上，喻瑶的眼窝还是热的。她靠在容野的手臂上，跟他十指相扣。他静静地说："我跟我爸的五官有点像，她透过我好像看见了当年的秦历城。这么多年过去，她还是一样恨他，也连带着厌恶我。"

秦历城在狱中的时候，挣扎着想再见容子妍一面，但一直到他闭眼也没能如愿。

容野收拢臂弯，把喻瑶搂住，合上眼，脸埋在她的头发里，声音低哑：

"瑶瑶，如果当初你不要我，我可能会跟他走上一样的路。"

不管她愿不愿意，他都要把她锁在自己身边，用再卑劣的手段也无所谓，直到他死。那她一定也会这样恨他，二十多年后，看见一张长得跟他相似的脸，都会无比厌恶。

喻瑶抓着他的手，用微凉的鼻尖蹭蹭他，笃定地说："没有如果，你不是秦历城，我更不是容子妍，我从最开始就爱你，就算咱们换一种方式认识，我也一样会爱你。"

温泉酒店由一栋栋独栋小别墅组成，各种造型的汤池应有尽有，尤其适合新婚的小夫妻。酒店会专门安排一些高大英俊的男孩子戴上半张手绘面具，穿着浴衣，为女性宾客引路送餐，讨人欢心。

入住之前，喻瑶和容野都不知情。抵达以后，喻瑶还迟迟没能从失落的情绪里走出来，见到两个戴着面具的男性，也只是瞥了两眼，就进了自己住的那栋小别墅。

到了温泉汤池边，四周是栽种的花树，错落有致，而汤泉池里白雾氤氲。容野留下一句"我去给你点晚餐"就走了。

喻瑶迈进水里，四肢享受地舒展开来。她一个人在这儿，总觉得有些不安，手拨弄着温热的水，喊容野的名字："阿野。"

没人应，她又喊了一声："阿野——"隔了片刻，还是没人应她，她恶趣味地故意换了称呼："狗狗，主人召唤你。"

几秒之后，果然就有了动静。一道穿着黑色浴衣的清俊身影朝她走来。他腰间束起，领口大开，脸上戴着半张彩绘的邪灵面具，薄唇扬起浅浅的弧度，跟他本人反差极大。

她心跳一窒，随即突然加速跳动，原来这种面具戴在他的脸上才真正蛊惑人心。

喻瑶不自觉地攥紧手指，凝视他，问道：“你要干吗？”

他手里端着餐盘，一步一步地向池边靠近，到了她面前，他半跪下来，隔着面具看她，嗓音透着疏懒：“来给太太提供特殊服务，免得太太又乱看别人。”

喻瑶跟容野在温泉酒店住了七八天，感觉泡温泉真的对他有所助益，她立即拍板决定以后每年来这里度一次假。

蜜月计划仍在进行，喻瑶随着容野到处游玩，一路上走走停停。看他尽情地沉溺其中，也看他蹙眉在酒店远程处理公务，开会时冷淡果决，跟在她面前的样子判若两人。

她经常看着看着就失神了，发觉不知道从哪一天起，自己对他的感情已经变得很深了。温存的、脆弱的、缠人的、放肆的他，她都喜欢。这世上有一个人这样爱她，是她最大的幸运。

原本容野计划的行程里还有两个目的地，但喻瑶母校校庆日临近，校方提前联系她，希望她作为学子表率，能到校跟学弟、学妹们见见面。喻瑶接到电话以后，跟容野商量。

阿野从来不会拒绝她的要求。得到他同意后，喻瑶认真地保证：“陪我一起去学校，等你工作不忙，我也不接戏的时候，我们再出来，把列表上剩下的地方，一个一个地走完。”

容野心满意足地抱住她，声音轻缓：“好，不管去哪儿，都是度蜜月。”

校庆日那天，喻瑶大大方方地牵着老公，到处跟人打招呼。平常难得一见容二少，趁这时候，众人自然要抓紧和小夫妻攀攀交情，也顾不上矜持了。

校庆典礼上，喻瑶受邀上台跟在校师生分享经验。她站在大礼堂上，望向台下的观众席。容野坐在离她最近的地方，目不转睛地看着她。

她不知道的是，当年她以文化课和艺考第一名的成绩考进来，入学典礼那天，她作为新生代表发言，而他就站在礼堂的最后面，一片没有光能照到的角落里。那时她穿着一条素净的白裙，长发扎成马尾，全身被镀上浅金色的光，像油画中的少女，在那里被无数人欣赏。

而他贪婪地凝视她。他曾经为她鼓过掌，拍得掌心红肿，哪怕她根本就听不到，但现在……

喻瑶在光芒里朝他笑，在千万人里，她只看向他。所有人都在鼓掌，他为心爱的姑娘感到骄傲。

典礼圆满完成之后，校方难得邀请到喻瑶，自然舍不得轻易放她走，又约她去主楼大教室里给学弟、学妹们面对面指导。喻瑶不好意思拒绝，跑去跟容野说明情况。容野摸摸她的头发："你先去，我马上就到。"

"主楼教室那么多，你能找到吗？"

容野挑眉："可以试试。"

大教室在二楼，喻瑶随着校领导进去的时候，太阳西斜，阳光透过窗户大片地洒到桌面上。她怔了一下，觉得这场景很是熟悉。

喻瑶故意没有告诉容野大教室的具体位置，几分钟后，他却顺利地走过来。他手中提着东西，随意地倚靠在门框上，安静地看她。

一屋子的人哪能受得了他的气势？学生们乖得像一群小鸡崽，恭恭敬敬地向喻瑶提问，下课铃声一响，他们半分钟也不敢多耽误，齐刷刷往外冲。

教室里只剩下喻瑶，外面的走廊也渐渐空了，夕阳照在她身上，她感觉全身暖洋洋的。她好奇地问："是不是有人给你指路了？"

容野慢吞吞地走进教室："我对自己偷吻过老婆的地方印象都

很深。”

喻瑶愣了，反射性地环顾整间大教室，心里的某一处在悄无声息地坍塌陷落。原来是这里，他就在这儿，在相似的夕阳下，无人知晓的傍晚，安静地坐在她身边，默默地吻过她。

喻瑶忍着内心的悸动，又问他：“你拿的是什么？”

容野抬了抬手，少见地露出一抹赧然：“其实除了这个，还有很多，不能都带过来，就只挑了一样藏在后备厢里，我刚去取的。”

他拆开纸袋，从里面拿出一个椭圆的玻璃罐，里面是他从前折的纸鹤。现在看来很幼稚，甚至让人觉得好笑。但过去的他，用一个最普通不过的账号，伪装成她的同学，加了她的微信，从不言语，被她彻底忽略，却一直默默地关注她的动态。

她说对某本英文原版书感兴趣，他就买来；她说最近喜欢玻璃杯，他就收集了很多；她为了学校活动跟别人一起折纸鹤，他就在无法触及她的地方，陪她一起折。那些暗恋沉积在时光里，苦楚酸涩，如今他终于守得云开见月明。

喻瑶捧着玻璃罐，手指在上面磨得发烫。她红着眼眶，哽咽地继续问他：“最后一个问题，那次亲我，是在哪个座位？”

容野不回答，直接把她抱起来，走到窗边的位置，那里原本有套桌椅，但现在已经撤掉了。他拥着她，轻轻地将她放在窗台上，吻了下去。

喻瑶环住他的脖颈，然而刚要回应，就听见窗外响起尖叫声。

“天啊，我看见了什么?!”

“学姐，你快回头！”

“姐夫好帅！继续，继续！不要停！”

喻瑶惊得差点咬了舌头，赶紧扭头去看，只见楼下一大群学弟、学妹。他们看到二楼窗口的这一幕，激动地跺脚招手。

微风拂动窗帘，容野靠在她颈边低声笑，忽然揽过她的腰，抱着她转身，把两个人的位置完全颠倒过来。他腿长，手撑着窗台，靠着窗，用宽阔的背将喻瑶彻底挡住。两个人之间的高度差倏然拉开，余晖落在男人身上。

他垂眸，睫毛勾勒着淡淡的金光，望着她说："瑶瑶，辛苦你，抬头吻我。"

初秋的傍晚，山风把河面吹得波纹层层。

包括导演在内，剧组七八个工作人员聚集在河岸边，小心翼翼地将喻瑶从河里拉上来。宋岚冲在最前面，顾不上自己微凸的小腹，待喻瑶上来后，第一时间把毯子裹到她身上。

喻瑶全身湿透，嘴唇苍白。她拢着毯子，跟大家摆手，示意自己没事，而后转头和宋岚说："你怀着孕，别总跟着我跑了，我自己可以，再说还有助理呢。"

喻瑶没想到，宋岚和男友交往三个月居然就闪婚，紧接着就怀了孩子，速度相当快。

宋岚正忙着给她擦身上的水："哎，你还说我呢，我一直想问，你结婚比我可早多了，没打算要孩子？"

喻瑶停顿片刻，才神色自然地说："我不想要孩子，当妈太辛苦，受罪。"

宋岚翻了个白眼："得了吧，那位就差把你供起来了，你要是怀孕，他恨不得把你当菩萨供着，你能受什么苦？而且，我可以打包票，以你的条件，就算有了，身材照样好，不用有顾虑。"

喻瑶挑了挑眉，看着宋岚的孕肚有些失神，但很快便掩饰住，暗自轻叹，表面上还是态度坚决："真不想要。"

宋岚不再劝她，转而安慰她："我怀四个月了，已经稳定了，你不用太紧张，我照顾你不成问题。他最近不在你的身边，把你交给别人我放心不下，还是自己跟着好。"

"我就是正常工作，真没事，"喻瑶说着，又忍不住好奇，"岚姐，都好几年了，你还那么怕他啊？"

宋岚倒吸一口冷气："看你问的，他就只在你面前是个天使，要换成别人，才没那副好脸色。"

喻瑶失笑，这未免太夸张了。

宋岚又感慨道："这也就是他不在，不然他要是看见你现在这样子，不知道得是什么反应。我都怕导演撑不住压力，把你这些吃苦的戏份全给删了。"

太阳西沉，风更大了些，喻瑶浑身是水，裹着毯子，被寒风吹得瑟瑟发抖，忍不住打了个寒战。她想给容野正名，就算他在，也不会给导演施压，让导演给她删戏份的。他平常是管得多，但极少干涉她的工作。

蜜月过完以后，她逐渐回归工作，只是选择剧本时挑剔了不少，涉及大尺度亲密戏的，都被她直接回绝了。

她的爱人敏感，容易受伤，她心疼他，自然要照顾他的情绪。况且，她一直相信，好的电影就算没有那些戏份也一样出彩。

她现在在拍的是一部亲情片，扮演被骗怀孕，独自带小孩儿的年轻单亲妈妈。拍摄的环境艰苦，这倒不难熬，真正让她不适应的是，这次容野没有陪在她身边。以前每次拍摄，容野都会来剧组陪她，哪怕事务缠身，也要抽出时间陪她。但这次不一样，他在M国有几场重要会议，又加上需要敲定合同，已经出去快十天了。

山里信号奇差，别说跟他视频，打电话、发信息都难。这十天里，他们连一通完整的电话都没有打过。结婚以后，他跟她头一次分开这么久。

天凉了，再被寒风一吹，毯子也挡不住凉意。喻瑶感觉身体都快冻成冰了，她发着抖，心里思念愈重。喻瑶自嘲被他惯坏了，越来越矫情了。

她整个人蔫了下去，话也不想多说，低着头想去室内避避风，但刚走出两步，前面就隐约传来喧哗声。

喻瑶脚步顿了顿，抬起头想看看，然而将落的太阳格外耀目，她眼睛被晃了一下，伸手挡住的短短几秒钟里，就感觉有人大步走到了她面前。她不需要看清楚，在那人气息逼近的时候，她的心跳骤然加快。对方很沉默，将她抱起来，紧紧地搂着。身体紧贴的一刻，她双手自动环了上去。

她知道这个人是谁。喻瑶咬住唇，一时说不出话，只亲昵地蹭了蹭他。

“阿野，”她平复了一下情绪，轻声说，“你回来了。”

容野把她身上的毯子裹紧，低低地“嗯”了声，抱着她径直走到休息区。

山里条件实在有限，就近只有几间小板房。宋岚从后面跟过来，怀里抱着新的浴巾、毛毯和大衣，放到容野手边。

喻瑶忙说：“岚姐，你快去歇着吧，当心肚子里的宝宝。”

容野的目光扫过宋岚的小腹，宋岚赶紧识趣地带上门撤退。

周围没人了，喻瑶在容野微凉的后颈上摸了摸，又叫了他一声：“阿野。”

十天没见，他比离开时清瘦了，下颌线更锐利，睫毛上沾了尘土。一看就是又没休息，一路披星戴月赶回来的。

容野坐下，把喻瑶放到自己腿上，扯开那毯子扔到一边，给她披上更厚的毛毯，又拿大浴巾给她擦头发，手上的动作不怎么温柔，故意把她的长发弄乱。

喻瑶既好笑又无奈。他这是闹别扭呢。她笑眯眯地问他：“是不是不想我啊，一回来就这个态度？”

容野手上动作一顿，下一秒他的唇就重重地压在她的唇上。她身上的冷意消退，浑身热意翻涌，脸颊也有了血色。

“你说想不想？”他沉声逼问，“你仗着我联系不上你，就敢随便往河里跳是吧？这种戏拍几场了？”

喻瑶攥着他的衣襟，多少有点心虚，她确实是瞒着他的。

“还不是怕你担心，”她试图辩解，“我要是提前跟你说，你在外面能安心才怪，再说没几场……”

他的眼神仍然透着担忧，没有放松的迹象。喻瑶跟他对峙几秒，迎上那双满是血丝的眼睛，主动亲了亲他的眉心：“好，我说实话，趁你走以后，我一直在拍，不是落水的戏，就是滚山坡的戏。但确实是剧情需要，没人为难我，今天是最后一场，受苦的戏份已经全拍完了，真的。”

她语气温柔，轻柔地抹掉他睫毛上的灰尘：“你看，你一来，我就都好了。”

容野闭了下眼，手在她腰上掐了一下，略微用了力，不会让她疼，只让她酸痒：“没有下次了。我就得天天盯着你，一天看不见，你就——”

“我就想你。”喻瑶搂着他笑。她太了解他了，只要是她坚持的、她喜欢的，即使他再不情愿，他也会无底线地纵容她。他看起来凶得很，其实对她哪有脾气。

容野的脸色刚缓和，关着的门就被一双短短的奶白小手从外面推开。敞开的门缝里，探进来一张肉乎乎的圆脸蛋儿。

小男孩儿怯生生地叫：“妈妈……”

喻瑶一怔，随即朝门口招了招手：“龄龄，怎么了？”

她给容野介绍：“这是演我儿子的小演员，你之前应该见过。”

喻瑶说得很顺，但话音刚落下，就觉得哪里有点别扭。果然一看容野的神色，脸上的笑意已经彻底消失。他眼眸低垂，双眸阴郁地看向龄龄。

龄龄被他吓哭，呜咽着说：“我听说……妈妈落水，怕妈妈感冒，来送被子。”

“妈妈？儿子？”容野缓缓侧过头，注视喻瑶，“我上次见他的时候，他还不这么叫。”

喻瑶额角直跳，这是什么诡异的场面？她决定逐个击破，先挑好哄的来哄。

喻瑶立刻从容野腿上下去，走到龄龄跟前，弯腰摸摸他的脑袋：“我没事。天冷，你快回去。还有啊，‘妈妈’这种称呼只能在拍摄时叫，平常叫‘姐姐’或者‘阿姨’就行。”

把泪汪汪的龄龄哄走后，喻瑶一转身就撞在男人坚硬的胸口上。她下意识拉开距离，容野却不留余地地欺近，身体抵着她，气息火热。他扣着她的腰把她提起来，让她踩在他的鞋面上，四目相对。

许久后，他才问：“瑶瑶，你是不是也想要？”

喻瑶愣住：“要什么？”

他抿了抿唇，低声说：“孩子。”

喻瑶放慢呼吸，在他看不到的角度调整好语气，才揉着他的短发，笑道：“别闹了，我早就和你说过不想，孩子有什么好的，怀的时候辛苦，生的时候疼，既麻烦又闹腾，还影响我们两个人的生活。

“你别因为龄龄喊我妈妈就胡思乱想，”她斩钉截铁地道，“我只想跟你过简单的日子。”

容野僵着的脊背似乎慢慢地放松下来，把她往怀里按了按：“嗯，听老婆的，不喜欢，不要。”

喻瑶已经分不清自己是心疼，还是欣慰。结婚后，孩子成了容野的心病。起初她没意识到，还很期待怀孕，看见别人家的小孩儿，经常拉着他一起去逗弄。后来她才发现，每一次她热情地对待小朋友时，他站在她身后，眼底都充满敌意。

喻瑶知道，他的心病需要时间疗愈。要让他接纳新生命，她必须用更多的爱去治愈他。从想通那天起，她就再也没逗过孩子，对身边的孕妇也尽量表现得毫无兴趣，不管谁来问她什么时候要孩子，她都以不想要孩子为由应付过去。她还时不时给容野分享别人生孩子的痛苦经历，顺势表达对怀孕生产的抵触，成功把他糊弄过去。

这太简单了，对演技好的她来说没什么难的，他安心就行了，别的都无所谓。喻瑶暗中松了口气，安抚地摸了摸容野的背。

他很容易吃醋，她乐意哄着他，就算永远不要孩子又能怎么样？谁也不会比他更重要。

一个月后，喻瑶的戏份杀青，正好赶在结婚纪念日前夕。宋岚没给她安排其他工作，只给她谈了一个游戏代言，游戏方第一时间送来三套服装。

衣服送到那天刚好是纪念日，容野在公司，她难得有空，便决定不到外面庆祝，要亲自下厨。

小助理个个懂事，把衣服放下就赶忙溜。她们知道日子特殊，生怕撞上回来的容二少。

喻瑶好奇地拆开，看到衣服的那一刻耳朵有一丝红，是九尾狐的造型啊！全套衣裙、配饰，按照游戏里的角色一比一还原，的确是大手笔。

喻瑶瞄了眼时间，估计容野还要半个小时才能回，时间比较宽裕，她来了兴趣，把盒子里的东西一样一样地取出来，穿戴在身上。好家伙！妖冶而不艳俗，妩媚又不暴露，游戏方还挺会把握尺度。

喻瑶对着大镜子，最后把一对雪白的尖狐耳戴在头上，屏住呼吸回过身看，后面九条蓬松的大尾巴，这画面……

她莫名想起当初诺诺为了哄她，在自己身后绑了一条尾巴，那一幕差点让她流鼻血。她现在这样要是被某人看见，大概……

喻瑶越想越觉得危险，又看了看时间，当机立断决定脱下来。这种东西还是要藏得严严实实的，别叫他看见了。

她觉得自己动作已经够快了，但刚开始摘饰品，上身的薄纱才脱掉一小半，就清楚地听见车子开进院子的声音。没过几秒，脚步声已经在门外响起，一声提示音响起后，指纹锁解开。

容野的嗓音隔着一点距离传到她的耳边："老婆。"

完了！喻瑶感觉头都快要炸了，抓紧看了一眼镜子。此刻的她衣衫半解，皮肤因为紧张而泛红，场面比刚才还要精彩。喻瑶的嗓子有些干涩，心底又控制不住有些期待。她急忙喊道："等一下！我马上出来！"

她一只手解外裙，一只手去抓发卡，但越忙越错，裙子的拉链卡住了，根本弄不开，发卡又夹住了头发，扯一下就很疼。

脚步声越来越近，逼近衣帽间，她干脆松开了手，深吸一口气。算了，别折腾了，就当她这是为纪念日特别准备的造型。

门打开的瞬间，喻瑶刚捋顺尾巴，摆正狐耳，脸上泛出胭脂色。她转过身，活脱脱的九尾狐的模样，笑着望向容野，而后慢慢地走过去，仰着脸，轻声问："我扮得像吗？喜不喜欢？"

容野一怔，随后直接用行动回答了她。最后筋疲力尽的时候，她隐隐觉得自己忘记了什么事。

不过这种念头只在她脑中一闪而过，她昏昏欲睡，很快就安稳地睡着了。

她之后正常接戏、拍广告、做宣传，一样没落下。二十多天后，她拍完封面杂志，在一片吵闹声的化妆间里睡着了。

宋岚肚子已经显怀，有些不方便了，看坐在化妆椅上睡着了的喻瑶，她眼中不禁露出一丝深意。喻瑶工作时向来精神专注，极少有这种当场睡着的情况。她轻轻地拍了拍喻瑶："还好吗？"

喻瑶醒过来，清醒几秒才坐好，脸上倦色明显，倒是让化妆师眼睛发亮，大美人这样别有一番风情。

宋岚摸摸她的额头："应该没发烧啊，哪儿不舒服？"

喻瑶摇摇头："就是有点困。继续吧，我不睡了。"

宋岚还是不放心，给她试测了体温，温度竟然偏高。

喻瑶也没在意："应该是化妆间里太热了，我没觉得难受。"

宋岚没再说话，到一边暗中观察喻瑶，她最近不仅犯困，连喜好都变了。以前很喜欢吃芒果糖，现在居然很嫌弃。

宋岚每天跟着喻瑶工作，确信这些变化就是这一两天里才出现的。宋岚摸了摸自己的小腹，忽然心头一紧。

她趁着喻瑶去拍摄了，抓紧时间去车里翻出一盒东西来，藏进包里。等喻瑶中途休息时，将其拉到旁边悄悄地问："你这个月来了没？"

喻瑶皱眉："还没，不过我的月信本来也不是特别准，有时候会推迟几天。"

宋岚把纸袋里的东西塞给她："不管那些了，先试试，万一呢？放心，这是我怀孕之前买来没用完剩下的，没过期。"

喻瑶接过袋子，脑子还没转过弯来，等打开纸袋一看，她猛然睁大眼睛，心跳加快。

"别开玩笑了，岚姐，"她往回塞，"不可能。"

容野每次都会做措施，她根本就没考虑过这个可能性。宋岚心急道："就试一下，又不疼，那些措施也不是百分之百安全的。"

原本十五分钟的休息时间不得不延长至半个小时，拍摄现场气氛凝重，谁也不敢多说话，都等着宋岚的消息。大家只知道喻老师的身体好像出了点小问题，但没人敢上前细问。

喻瑶出了卫生间，紧紧抓着那根有两道杠的验孕棒，一脸茫然。怎么可能？喻瑶拼命回想，算着日子，应该是结婚纪念日前后。

她不知道自己是怎么撑着把后面的拍摄完成的，结束以后，她的腿有些没力气了。

她坐在休息室里攥着手机，心绪混乱，不知道该怎么和容野说。各种情绪纠缠着，最终化为想要流泪的喜悦。她的手掌放在自己平坦的小腹上，里面有他的小孩儿。

手机"嗡嗡"振动，是容野打来的。喻瑶决定把事情原原本本地告诉容野。她尽力平复呼吸，接通电话，但在听到他声音的那一刻，她还是忍不住轻微哽咽。

"老公，你快点过来，我这边……

"弄出人命了。"

容野在办公室里刚结束一场短会，立刻就给喻瑶打了电话，准备告诉她他去接她。他隔着手机，听见她那两句话，呼吸有几秒钟停滞。

他脑中电光石火，只想着怎么把事情全揽到自己身上。如果真出了人命，如果不是意外，那就是有人欺负她。如果是意外的话，他一定要让喻瑶全身而退，换他自己去承担责任，如果是别人欺负她的话，那别人就是罪有应得，他会处理后续事宜。

容野在反应过来的第一时间马上往外走，声音仍然冷静："别怕，别慌，我现在就去接你。无论现场是什么情况，不要理任何人，等我。"

喻瑶一时间有点迷茫，正想问他是什么意思，就听到他沉声开口："我在这儿，什么事都能解决，把地址告诉我，其他什么都别做，闭上眼睛，不要看。"

听到这儿，喻瑶总算明白过来，溢到眼眶的泪不由得憋了回去，说不清是想哭还是想笑。

她就顺口开个玩笑，想逗他一下，结果他当了真。

喻瑶鼻子酸涩，这种老公，不跟他生孩子还等什么?!她努力调整好状态，让自己的语气听起来能平静一点，手抓着椅子，话到了嘴边，却又生生咽了回去。

她是很喜欢孩子，但容野并不想要啊。这个孩子的出现，对他来说是负担，是威胁。他本来幸福的人生，可能会因为她的怀孕而再一次蒙上阴影。

喻瑶捏着眉心，眼眶红了。她咬了咬牙，心渐渐静下来。容野在她心中永远是第一位的，不管她多想要孩子，可如果因此给他带来的伤害，那她宁愿选择放弃。

她攥着手机，轻声跟容野说："是出人命了，不过不是你想的那样，人命在我肚子里。"

听筒那边一阵沉默，她将手机握得更紧，停顿了一会儿，认真地说道："我怀孕了，完全是意外，等你过来之后，我们再商量怎么办。"

听筒里静得好像连呼吸声都消失了。喻瑶抚摸着自己的小腹，下意识找了两件外套盖上，生怕自己着凉，喉咙微微发紧。

她记不清过了多久，容野的声音终于传来，语气没有之前镇定："瑶瑶，原来我还是那么悲观，你一句玩笑话，我就信了，下意识做了最坏的打算。我心里想着我还能跟你在一起多长时间，我会把每分钟都当成生命的最后时刻来过。"

他低低地笑着，笑声却有点发颤："然后你告诉我，不是我想象的那样，我们还有很长的一生，跟'闹出人命'比起来，我居然觉得有孩子也没那么难接受了。"

喻瑶愣怔着，眼睛湿润。容野说：“在原地等我，别动，我有件事要当面告诉你。”

他脱下西装，随便抓在手里，穿过集团大楼冷清的走廊，大步跑向电梯。这些日子，让他惴惴不安的，终究还是来了。

——瑶瑶，如果不全是意外呢？

电梯还没到，但容野片刻也等不下去，直接转身进了楼梯间。他快步往下走，才下了两层，就碰上喘着粗气下楼梯的元洛。

元洛一看到他就惊了，泪眼汪汪，立即双手合十，就差九十度鞠躬了：“哥，求你给我放两天假，我这一年的年终奖不要了都行，我媳妇儿怀孕了。”他双眼放光，咧开嘴露出一口小白牙，“我得陪她去做检查，好好哄哄她，求你了！哥，我保证就两天！”

容野居高临下地看着他，握着扶手的五指收紧了：“你老婆怀孕，你这么开心？”

元洛惊疑地看向他：“当然开心啊！换谁谁不开心啊？我爱的女人肚子里有我的孩子！哪有比这更好的事啊！而且，哥，你知不知道，女人知道自己怀孕之后，最期待的事是什么？就是看到老公的反应啊！就那种——”

他夸张地扭动着身体：“惊喜、期待，恨不得飞上天和太阳肩并肩，全世界我老婆最伟大！女人怀孕，老公的第一反应非常重要，我必须得重视。”

容野拧眉，挥了挥手：“给你一周假，不扣奖金。”

元洛听了，毫无形象地欢呼起来，一步三阶往楼下跑。容野站在楼梯间里，他失神两秒，猛然回身上楼。回到办公室，他拉开桌子抽屉，抓起里面的丝绒盒子。

宋岚把拍摄现场清了场，以免有什么消息过早流出去，对小夫妻俩不好。喻瑶很听话地坐在原位上，脑子里乱成一锅粥，悲喜交加。

她听见阿野说没那么难接受，本是应该高兴的，结果越想越头疼。主要是她自己挖的坑啊！这两年，她在他面前表现出的全是对生孩子的排斥，为了让他相信，光是那些描述怀孕生产如何恐怖的文章和视频就给他看了一堆。

现在真怀了，她怎么解释啊？如果她表现得欢喜，不是很奇怪吗？这不就等于坦白了自己之前在骗他吗？要是继续维持人设，那干脆直接把孩子流掉就好啦。

喻瑶双手护住平坦的小腹，那里面神奇地多了条小生命，是她暗地里期待了那么久的宝宝，能在这么巧合的情况下降临到她的身体里，是多么珍贵啊！

如今她不是一个人了，她想了很多，一时没有了平常的果断，瞻前顾后，不确定怎么做才好。

二十分钟后，容野从集团大楼赶到拍摄现场。他冲进化妆间的时候，只有喻瑶一个人低着头坐在里面，对他进门毫无所觉。她整个人看上去纤细单薄，她自己还是个需要照顾的小姑娘，却暗地里心心念念想给他生一个孩子。

容野盯着她，心口细细密密地疼。他放轻脚步走过去，把她抱到怀里。

他不在时，喻瑶还能静下来思考，但他一来，只是站在她面前，她那些想好的说辞就突然哽在喉间说不出来，只能搂住他的腰。

喻瑶闭上眼，鼻音浓重地喃喃："怎么办？我意外……"

容野在她身边蹲下，把她的头发别到耳后，在灯光下注视着她水润的眼睛，轻声反问："你怎么就肯定是意外？"

四周倏然寂静，喻瑶定定地望着容野，一直看到他漆黑瞳仁的最深处，动了几下唇，却没能发出声音。她的心跳突然加快，而后才难以置信地问：“什么意思？”

容野攥着她微凉的手，包裹在自己掌心里。他抬头跟她对视，眼眶也逐渐染上了一层薄红。

“瑶瑶，你以为你故意装作对其他孕妇不好奇、不羡慕，我就看不出来你也想要孩子，是不是？

“你以为，你表现得对小孩子没兴趣，我就发现不了你偷偷捏人家的脸，还趁我不注意的时候抱一下，再跑回我面前，若无其事地说讨厌小孩儿？”

喻瑶惊呆，这两年里，她自以为毫无破绽的伪装，就这样被他轻易识破。

他从来没信过，她演技再好，骗得了别人，却骗不了他。他一直清楚，她嘴上说的是假的，其实她很想跟他有一个孩子。

容野上前，自然地枕在她腿上，感受着她的体温：“瑶瑶，你不知道我多自私。其实我都懂，可就是不愿意承认，想继续装傻，让你哄着我，骗着我，继续过我跟你两个人的日子，不想接受入侵者。

“瑶瑶那么爱我，”他合起眼，“为了让我安心，宁愿把自己想要的放弃，一生只给我一个人，我却还是这么无可救药。

“结婚纪念日那天晚上有个安全套破了，我发现的时候已经来不及了，我又不想让你吃那种药，所以我明白，时间可能到了，老天都想帮瑶瑶实现心愿。”

喻瑶从他说话开始眼泪就没停过。她瞒着他，因为爱他，他懂得这些隐瞒。她给他的爱，竟然没有半分落空，他完全明白。她不用再踌躇彷徨了，他跟自己是心意相通的。

容野拿出那个丝绒盒子，掀开盒盖，把里面的东西套到喻瑶的手腕上，触感温润微凉。喻瑶低头看去，翡翠剔透，像腕间多了一缕流淌的月光。她隐约记得，一两个月前，她在他身边懒洋洋地翻看一本珠宝杂志，似乎多看了几眼某张插图。现在，那张插图上的翡翠手镯就戴在了她的手腕上。

容野抬手捏捏她被泪沾湿的下巴："对不起，我太急了，准备不了更好的，手边只有这一件，是庆祝老婆怀孕的礼物。

"别人有的，我家瑶瑶一定要有，别人的老公为了孩子多开心，"他扣着她的后颈，抬起头眷恋地亲吻她的唇，"你的老公就因为你怀孕而有多幸福。"

医院里，喻瑶坐在等候室里，身上披着男人的西装，上面还残留着他的体温。容野在她身边，低头摩挲着她的手指。等了半天，他终于忍不住起身说道："我去看看报告出来没有。"

喻瑶拉住他："你别急，要是报告出来了，医生肯定会告诉我们。"

离开拍摄场地后，容野直接把车开到医院，找了信任的医生，给喻瑶做详细的检查。

喻瑶也很紧张，但不能在他面前表现得太明显。

她把他按坐下，头靠到他的肩上，下意识去摸小腹。刚把手贴上去，他的手掌就压在她的手背上，跟她的手交叠。

等候室的门被敲响，喻瑶精神一振，赶紧坐直。医生笑眯眯地走进来，把新鲜出炉的报告单递给小夫妻："恭喜，确实是怀孕了。"

喻瑶悬着的心终于稳稳地落下，急忙去看容野的反应。他捏着报告单，来回看了很多遍，手放到喻瑶头上。

医生又说："今天要做孕早期的基础检查，如果结果都好，你就可以回家好好休养了，以后在固定的时间来产检就行，不用太担心。"

喻瑶当然配合，抽完血她站起来的时候，有些头晕，脸色苍白。本来那阵眩晕很快就过去了，但容野的脸色比她更白，等把她送到沙发上休息，他径直跟着医生出去，两人在低声交谈，她听不清他和医生具体说了些什么。

一个小时后，各项指标结果都出来了，没有任何异常，容野的脸色终于略微缓和，恢复了一点血色。

喻瑶彻底松了口气，抓住他冰凉的手晃了晃："这下你可以放心了吧？"

容野捏她脸颊："放心什么？最快也要等到九个月之后。"

临走之前，医生细心地给喻瑶交代了不少注意事项，还逮着机会悄悄叮嘱她："多关注关注你先生的心理状况。他那会儿问了我好多极端问题，我觉得他精神太紧绷了，不知道因为什么，他好像有点心理阴影，最好找心理医生给他疏导一下。"

喻瑶欲哭无泪，她当然知道容野对于怀孕生产的阴影从哪儿来，都是她一字一句亲自给他灌输的。

他本来就是那么敏感悲观的人，知道她怀孕后，心里头指不定默默压了多少事。

从医院回到家以后，院门一开，芒果就兴奋地狂奔过来，眼看就要扑到喻瑶跟前，被容野挡住了。

容野眼帘低垂，目光冷厉。芒果嗷呜两声，委屈地让到一边，湿润的小鼻头努力地嗅着喻瑶。

都说狗狗对这方面很敏锐，喻瑶猜芒果可能是感觉到她哪里不一样了。喻瑶牵着容野往后院的玻璃花房走去。

三年过去，花房扩建得越来越大，里面样样都是他精心布置的。喻瑶瞧了一圈植物，回头去看容野。他正低头侍弄一盆盆栽，感觉到她的视线，他抬起头，眼里情绪似浪潮汹涌。

她问容野："阿野，你养了这么久的花儿，有哪种被你养坏养死了吗？"

容野扬眉："没有，我个个都养得很好。"

喻瑶笑着掐住他的下巴："所以啊，你连娇贵的花儿都能搞定，何况是我这么一个大活人，老婆肯定比花儿好养。"

她搂住他的脖颈，郑重地说："怀孕确实是件辛苦的事，但对我来说，孕育一个我们的孩子，让孩子在我的身体里慢慢长大，幸福感远甚于辛苦。不管我以前给你看过多少耸人听闻的东西，我确定都不会发生在我身上。"

容野扶着她的腰，反问："你怎么这么确定？"

喻瑶踮了踮脚，挨近他，一本正经地说："因为我有神明庇佑。我的神明已经保护我十几年了，以后他都会在。我经历过好多次危险，受过不少欺负，都是他带着我走过来的。你说，我现在有了他的孩子，他会不会继续护着我？"

喻瑶不用他回答，干脆又温柔地替他说："他会！"

容野抱起她走到吊床边，让她坐在自己腿上。喻瑶亲亲他的额角："阿野，你的苦早就已经吃完了，受了那么多苦才换来一个老婆，老天怎么可能再让你失去？"

"而这个小家伙……"她温柔地触摸自己的肚子，"从出现在我的肚子里开始，其实就已经被他爸爸用羽翼笼罩住了，是不是？"

容野的声音绷着，有种得到了抚慰的别扭："孩子是你身体的一部分，生下来之前又分割不开，我不管又能怎么办？"

喻瑶将音调拖长："是！那我就采访一下新晋爸爸，想要个儿子，还是女儿？"

容野皱眉，注视她：“一定要选？”

喻瑶点头：“选，我想听。”在容野回答之前，她脑中忽然灵光一闪，“要是怀上双胞胎就好了，最好是龙凤胎，一男一女。”

容野明确地反对：“不行，怀双胞胎对身体的负担大，你的身体还要不要了？再说……”他毫不掩饰自己的抗拒，“要是有两个孩子，我一只手拎一个，还怎么牵你？

“就生一个，”他抿着唇，伸出左手，“最多空出一边来牵孩子。”

喻瑶被他逗笑，勉强把话题拉回来：“好，那你重新回答，想要儿子，还是女儿？”

容野被逼无奈，深深地盯着她：“如果非选不可，那只能是儿子。”

喻瑶有些惊奇：“为什么？”

容野别开头，别扭道：“如果是儿子，我还能争一争，如果是女儿就不能这么做了，我一点胜算都没有了。”

喻瑶只觉得心口痛，她依赖地环住他的背，缓慢而清晰地说：“不用争，不管什么时候你都不用争，我最宠你，阿野在我心里是第一位的。”

“咚咚”的声音响起，喻瑶循声望去，一眼就瞧见一颗毛茸茸的小脑袋正在吃力地拱着门，因为进不来急得直打转，小声地叫唤着。

她恍然，说道：“芒果估计察觉到什么了，想来看我。”

容野淡淡地瞥了一眼芒果，吓得它一缩头，他说：“不只是想看你，它还害怕。”

喻瑶不理解，怀孕是好事，它跑来撒娇还差不多，怎么会怕？

容野摸了摸她的头发，嘴角扬起，他的瑶瑶这一辈子都不需要体会被抛弃的恐惧感。他吻了吻她的睫毛，把她放到吊床上，扯来一条小被子仔细地将她裹住：“我去处理它。”

芒果蹲在花房外面，低着脑袋，圆溜溜的眼睛湿润了。它这些年辗转被寄养在各大宠物寄养站，看到过很多被抛弃的同类。

它蜷缩着，小声地叫着，想跟花房里的人说，它一定乖，不随便靠近主人，不吵不闹，还可以吃得很少，住一个能挡风的小窝就行，能不能不要丢掉它？

芒果缩成一团，内心的惧怕在容野推门出来的那一刻达到了极限。它鼓足勇气仰起脑袋，无助地望着这个抢走它的地位，让它在夹缝里艰难生存的大魔头，怯怯地伸出了一只小爪子。

容野垂眸看它，弯下身，在它的头上有些粗暴地揉了一把："你怕什么？"

他懒洋洋地看着芒果："虽然你的地位不高，但也是家庭的固定成员之一，做狗得自信点。这就是你的家，没人能把你赶出去。"

"就像喻瑶是我的，"他眼尾上扬，"这辈子谁也抢不走。"

喻瑶没有把怀孕的事情对外公开，她倒不是怕那些传统风俗禁忌，只是目前孕周太短，胎儿要两三个月之后才算稳定，容野和她暂时都不想被外界打扰，平白给自己增添麻烦。

那部亲情片已经拍完，宋岚把她原定的工作能推的都推了，在谈的几个片约也搁置了，可她有点恋恋不舍，抱着剧本不忍心撒手。

容野从她手里拿走剧本，说道："你喜欢的都扣下，等明年休息好，想出去拍戏的时候再拍。"

喻瑶把他拽过来，半是罚半是宠溺地咬了一下他的耳朵。随意的一句话，他背后要多付出多少钱财和人力？他不在意，可她不行，比起电影，她更不舍得让他费心思。

自打那天从医院回来，家里就被孕期用品堆满了，根本用不完，但某人就是控制不住自己的购物欲。

她胃口变得更刁钻，私厨都换了好几个。两个月过去，孩子还是个性别不明的小豆丁，她的体重却已经上涨了三四斤。

“电影先不拍了，剧本不要了，也不能再吃这么多了。”孕二月的时候，喻瑶的体重突破九十五斤大关，她立誓管住嘴，举着手机跟容野说，“平安夜，陪我出去嗨一嗨。”

容野简直就是完美老公，对她有求必应。平安夜他原本安排了一连串轻松悠闲的约会计划，但老婆想闹，就必须闹起来。

冬天，两个人武装得严实，在外面没被人认出来。晚上下了一点儿小雪，江边流光溢彩，热闹非凡。有个当红的摇滚乐队在举行露天演出，现场人山人海。

喻瑶挺喜欢那个女主唱，奈何黑压压的人群挡住了她的视线，她踮脚，怎么也看不到。容野看她看得入神，雪夜里，她的睫毛纤长，上面落着点点莹白，每次朝他望过来时，眼瞳里都是满溢的甜。

他俯身把她托起来，举高，让她坐在自己的手臂上。她惊呼一声，随即笑了，低下头，在他的眉间轻吻。

一首歌唱完，容野想趁着人群没注意把喻瑶带走，免得被认出来，但显然有些晚了，已经有人发现了她，发出了惊叫声。此时，人群推挤着向她靠近。

喻瑶有点慌神，晃了晃，差点摔下来，容野一把揽住她的腰，扣到臂弯里。

她准备大大方方地跟路人打个招呼，抿了抿唇，发觉小腹有些胀痛。容野看出她神色不宁，紧紧地护着她，一言不发地走出人群。

眼看着容野搂着她上了车，才渐渐有反应过来的人议论纷纷。

“刚才看见没?!他那么小心地护着喻瑶的小腹，喻瑶怕是怀孕了吧！”

容野把喻瑶送到医院的时候，“喻瑶疑似怀孕”的话题直接冲上新闻话题榜首位。

医生紧急给喻瑶做了检查，确定她没事，只是情绪变化引起的不适，属于正常反应，多休息就好。

检查室里，医生给小夫妻听胎儿的胎心。喻瑶攥住容野的手指，声音有点发颤：“阿野，你听见了吗？”

“听见了，”容野低声说，“我们的孩子，在努力地让妈妈放心。”

闻风而动的媒体冒雪聚集在医院门口，翘首企盼。喻瑶披着大衣，和容野牵手走出医院时，见到的就是这火热的场面。

一个话筒颤巍巍地伸到了容野面前：“请问，喻老师怀孕是真的吗？”

喻瑶看着他，抿唇笑。容野把喻瑶护到怀里，从容地回答：“不好意思，我们家小喻老师家教严格，她没允许我说，我就不能说，我只听她的话。”

刚在医院确定了胎儿的情况很稳定，怀孕也将近三个月了，何况这晚场面闹得这么大，喻瑶本就打算公开宣布自己怀孕的消息。她以为容野会公布，结果他守口如瓶，完全不顾颜面，在媒体面前坦白自己是“妻管严”。

喻瑶挽紧他的手臂，含笑道：“现在小喻老师允许了，请这位先生正面回答。”

容野抬手放在她的额头前，遮着漫天落下的细雪，免得沾湿她的眉眼。而后他才面对一众记者，说：“是，我们有孩子了。”

当事人亲口承认喻瑶怀孕的消息，在圣诞当天毫无疑问上了热搜。晚上睡觉之前，喻瑶想起自己还有一个“容野是狗”的小号，好久不用，名字一直没来得及改。她登录上去，把“狗”改成了“狗狗”。

喻瑶心满意足地用换了新名字的小号刷了下微博，满屏都是他们在医院门口被抓拍的照片，各种角度的都有。她注意到，原来阿野的目光始终在追随着她，几乎没离开过。

而后她点开“荣誉夫妇”相关话题，最热门的一条微博的评论、转发数已经大几千了。

“我追的夫妇真的有宝宝了！快来猜猜到底是儿子还是女儿！我希望瑶瑶生一个长得像她的儿子，我是不是恶趣味？我就是想看容野既想争宠又不忍心对他儿子下手的样子，哈哈——”

底下的留言十分热闹。

“那如果瑶瑶生的是女儿岂不更好？缩小版瑶瑶，他不知道要怎么宠。”

“对嘛，女儿又会撒娇又贴心，想想就要被萌化了，当爸爸对女儿绝对没有抵抗力。我要投瑶瑶生女儿一票！”

“说起来，我今天还看了个视频，女儿长得超漂亮，超级依赖爸爸，抱着爸爸不撒手，连妈妈牵下爸爸的手都不许，又哭又闹的，爸爸只能哄着她，评论里还一堆人喊可爱。我天！我简直要疯掉！代入到瑶瑶身上，我会崩溃的！”

喻瑶看得直乐，她相信这种事不会发生在自己身上。她往容野身边挪了挪，唯恐天下不乱，故意问：“阿野，若真生的是女儿，你怎么办？宠我，还是宠她？”

容野说：“如果是女儿，你要辛苦了，多疼她一些。”

“你呢？”

“我可能会很严格，她应该会怕我，”他语速缓慢，“从小就要让她明白，爸爸能保护她，替她解决问题，但爸爸给不了她像妈妈那样的爱。”

喻瑶转过身看他：“要是女儿长得特别像小时候的我，你也忍心？”

容野扬眉，微微一笑：“你混淆概念，你不是其他人能代替的，我熬了这么些年，好不容易将你娶到手，还需要一个复刻版的你？”

他贴过去，亲亲喻瑶的额角：“对不起，瑶瑶，我的病估计很难被治愈了,我也许做不到像别的爸爸那样对孩子很疼爱。你包容我，好不好？你宠女儿，我宠你。”

喻瑶搂住他的腰。她懂了，如果是儿子，他就可以没有顾虑地来争夺家庭地位，是女儿的话，他已经做好了让步的准备，接受她的爱转移到孩子身上。

喻瑶将耳朵贴在他的胸口上，听到他的心脏跳动。她想让他被爱着，不想让他孤独。

孕中期时，要给喻瑶做B超检查的医生临时接到紧急任务，便让自己的徒弟代劳。

徒弟非常认真地给喻瑶做完剩余的检查，正巧旁边一位护工阿姨是喻瑶的影迷，看到B超数据后她一时激动，主动说：“依我看，是个超可爱的小公主，非常健康。”

一旁的小医生听了瞪大眼睛，咳嗽一声：“你们别听她的，她胡说的，不专业。”

“哎——我在医院做了十来年，没错的。”

“你别乱说，你不是专业医生，不能凭经验来，”小医生扶额，表示无奈，转身对小夫妻俩说，“总之，男孩儿女孩儿都是一样的，健康就行。”

听护工阿姨这么说，容野认命了，忽然感觉时间紧迫，于是争分夺秒地享受独占老婆的时光。

喻瑶已经显怀了，越发犯懒，但身形依然纤细，别人都羡慕得很，只有容野心疼。她越瘦，越显得孕肚扎眼，谁也不能替代她孕期的辛苦。

他每天都很担心，自己亲自下厨，换着花样做菜，给她补充营养。

喻瑶坐在客厅里看着容野在厨房里忙碌的背影，没来由地鼻子发酸。她摸着肚子，蹑手蹑脚走进厨房，想从背后抱住他。

无奈肚子有点大，她只能为难地揪住他的衣服，姿势极别扭。容野回身把她抱到料理台边的椅子上坐好，双手撑开在她两侧，彼此的脸贴得很近，呼吸交融，唇将碰未碰，扰得人心乱。

他就保持着这样极近的距离，直视她，问："想干什么？"

喻瑶眨眨眼，睫毛就快刮到他了，干脆直白地说："想接吻。"

容野镇定地抬了抬眉："想跟谁接吻？"

喻瑶"啊"了声："这个问题够严肃，我考虑一下——先跟阿野，行吗？"

容野没说话，忽然压上去。喻瑶不由自主地向后倒，被他揽住，托着后脑。

锅里炖着汤，冒着沸腾的气泡，喻瑶觉得全身血液也如锅中水翻涌沸腾。她轻喘着，捏了捏他的下巴，说："下一位，换我家诺诺。"

容野喉咙里发出很轻的笑声，闭了闭眼，再睁开时，是她最熟悉的干净澄澈的眼神。

他凑过去，鼻尖轻轻蹭着她的脸颊，不再矜持，说着容野平常不会说出口的话："主人，小狗崽崽快出生了，到时候她再可爱，你也别忽视你身边这么大一只狗狗精，行吗？"

喻瑶一本正经地回答："论可爱，小狗崽崽哪能比得过你这只狗狗精啊？"

她双手环住容野的背，轻声说："阿野，大名还不急着取，你先给宝宝取个小名。"

她想增强他对孩子的亲切感。容野低头，去吻她肩窝里那一道花瓣形的伤痕。她悟了，当场拍板："好，就叫'小桃花'。"

喻瑶越念越喜欢："'小桃花'真好听！定了！就它了！"

预产期前一周，喻瑶就被容野哄着住到了医院，唯恐她有任何闪失。她也不想让他操心，在病房里吃吃喝喝七天，懒洋洋地享受老公的全套服务。

预产期当天下午还没动静，本以为小家伙要延迟报到了，没想到，吃完晚饭她突然就有了痛感。喻瑶早就跟医生定好，一旦她开始阵痛，医生就尽快把她送进待产室，不要让容野亲眼看到她受罪的过程。医护和导乐师围在她的病床车周围，进待产室之前，她看到容野通红的眼睛。

容野听从她的叮嘱，没用特权，没硬闯，乖乖地在外面等着她。可门关上的一刻，她突然心疼到似要窒息。

容野经历了刀山火海，所剩不过一个伤痕累累的自己，所求不过是一个她，她不会再让他有这么无助的时刻。

喻瑶事先看过很多生产日记，心惊胆战地做好了各种准备，结果小家伙简直是天使，打了无痛针之后，她像掉进棉团，只剩下轻微痛感，凭借着之前做的功课和医生的指导，做了半个小时的助产运动，紧接着一阵强烈的腹痛和便意袭来，很快在医生和护士的协助下，顺利生产。

孩子的哭声响亮地传来时，喻瑶的脑子还很迷蒙，根本没反应过来。

这就生了?!小桃花出来了?!

生孩子不是都有个饱受折磨的漫长过程吗?!

产房里气氛轻松，医生把小家伙简单地清洁一番，抱到喻瑶身边给她看，欢喜地说："恭喜，健康足月，是个男孩儿。"

喻瑶刚轻轻嗫嚅了一句"小桃花"，听见医生的话愣住了，隔了几秒，才睁大被泪水覆盖的双眼，沙哑地问："什么？是儿子？"

医生点头，专门把小家伙的关键部位指给她看："对，是特别漂亮的小男孩儿。"

喻瑶彻底怔住。当初主动给喻瑶“鉴定”的护工阿姨也在产房里，此刻她尴尬得无地自容，急忙解释：“到底是乱说了，对、对不起啊……”

喻瑶盯着儿子圆嫩的小脸儿，实在没忍住笑了出来。所以，她家这个拥有粉色婴儿床、粉色小衣服和小鞋，还让爸爸为了争宠纠结不已的“小桃花”，居然是个货真价实的男孩子。

喻瑶伸出手碰了碰孩子的脸蛋儿，本来正在哭的他忽然不哭了，短暂地睁了一下眼睛。她看到两抹清澈的流光，忽然眼眶潮湿。他那么小、那么柔软，对上他双眼的瞬间，她就像看见了小时候的容野。

喻瑶抱住他，泪如泉涌。从此她的神殿里不仅有庇护她的神明，还有年幼的天使。

不知道是太疲累，还是药物作用，喻瑶很快昏睡了过去。等喻瑶彻底清醒时，她已经回到病房。

“阿野……”对上容野关切的眼神时，喻瑶轻轻地叫了一声。

他压抑着哽咽，俯身去吻她微红的鼻尖。她余光扫过旁边的婴儿床，瞧见里面的小家伙从头到脚穿着一身粉色衣服，头上还戴了顶粉红小兔的帽子，被子也是粉红美少女款的。这都是她当初亲手给女儿选的，她贴贴容野的脸颊，问：“我生了个儿子，医生告诉你了吗？”

容野低哑地“嗯”了声。

“小桃花”忽然哇哇大哭，容野看了他一眼，他顿时变得老实，抓着小被子，泪眼汪汪。

喻瑶生产顺利，状态恢复得很快，按理说，三天左右就可以出院。但在容野的坚持下多留了两天。院方给喻瑶做了细致的检查，确认没有问题后，容野才办理了出院手续。

出院之前，容野在收拾喻瑶的贴身用品。喻瑶坐在床边，看着儿子肉嘟嘟的嫩白小脸蛋儿，忍不住伸手捏捏，像摸一块嫩豆腐。小家伙这几天又长开了不少，轮廓分明了些，眉眼和鼻形隐约能看出容野的样子，嘴唇和下巴却很像她。

喻瑶笑着说："阿野，小桃花的名字咱们是不是得改改？他毕竟是个男孩子。"

容野本来就舍不得把"桃花"这两个字给儿子用，瞥了一眼瑶瑶跟孩子亲昵幸福的画面，他忍不住酸味，抿了抿唇，提议："桃木剑、核桃仁、猕猴桃？"他顿了顿，黑眸里浮现出狡黠的笑意，"黄桃罐头？"

喻瑶快笑倒在床上，半真半假地称赞："好，我家阿野说什么就是什么，黄桃罐头也挺好……"

"小桃花"张大眼睛望着妈妈，莹润乌黑的眸子里荡漾着水光，小嘴巴一动一动，肉嘟嘟的小手按住身上的小被子。她怜爱又好笑地摸摸儿子，小家伙好像生怕自己遭爸爸嫌弃。

喻瑶把儿子抱起来，用脸颊贴了贴，奶香味扑鼻。她的手指轻轻抚过他那双跟容野相似的眼睛，越看越爱。她搂紧小家伙跟容野说："儿子还是叫'小桃花'吧。"

目睹老婆怀抱着"小桃花"，低头亲吻、极其亲密，容野不禁绷起嘴角，当即站起身。

既然是儿子，那可就别怪他不客气了。

他把"小桃花"接过来，熟练地三两下用被子裹好，捂严实，装进婴儿篮里。他一只手提着婴儿篮，另一只手揽过喻瑶，在她唇边反复地吻了吻，并不掩饰眼里的霸道："老婆，我们回家。"

喻瑶看他这样子，轻声说："阿野，别怕。"

别怕被抢走，别怕被忽视，时间会让你知道，我给你的爱只会无止境地增加。

容野懂她的意思，嘴角向上扬："好，不怕。"

回到家以后，喻瑶成了金贵的"珍稀保护动物"。

她只是简单洗个脸，容野也得试好了水温，替她端到床边，省得她动手。

喻瑶头上戴着小猫咪睡帽，手指掐住他的脸颊，说："你把我当婴儿了吧？阿姨照顾'小桃花'都没你这么仔细。"

容野任由她掐，甚至把自己的脸往前送了送，无辜地眨了眨眼，极其招人疼，她根本就没法拒绝。

他眼睛里流动着清冷的琉璃色，亲吻她的耳垂，嗓音低而沙哑："瑶瑶，你别拒绝我，让我照顾你。"

诺诺一出手，就知有没有！喻瑶当场宣布投降，芒果天天按时进来报到，撒娇、卖萌、打滚、舔手，把人的心都萌化了。

"小桃花"被阿姨们照料得很好，越长越精致，伸着小手够她的样子，让她的心都要化了，趁老公不注意就赶紧把他抱过来亲个够。

然而，偷亲被容野当场发现，他一没自我感伤，二没抑郁。当着"小桃花"的面，他俯身下来，跟喻瑶四目相对，一副楚楚可怜的模样盯着她："主人，不亲亲我？"

他睫毛颤动，问道："你有了新的小狗崽，就不要我了吗？你对我的兴趣呢？我没他讨你喜欢吗？"

喻瑶屏息——亲，亲，亲！喜欢，喜欢，喜欢！谁能比得过你?!

喻瑶月子快结束时，容野不得不回集团处理工作。喻瑶推着他去忙正事，给他穿好西装，亲手打好领结，踮起脚去吻他蹙起的眉心："我在家等你。"

容野叮嘱道："不许出去吹风，不许光着脚在家里走，不许穿太少。"

喻瑶弯着唇，挑眉看他："还不许什么？"

他微微凶狠地说："不许趁我不在，太亲近'小桃花'。"

喻瑶答应得很好，目送容野上车，直到车消失在院门外。她把头发一扎，火速下楼，把肉嘟嘟的"小桃花"往怀里一抱，尽情贴脸。

他的眉目越来越像容野了。容野这么大的时候，没有人要他。他被嫌恶，被厌弃，像垃圾一样被丢掉。

阿姨们贴心走开，喻瑶点点儿子的额头，喃喃："爸爸不是跟你争，爸爸只是受过太多苦，孤单太久了，他会害怕。"

"我们'小桃花'最乖，"她搂着又小又软的婴儿，眼窝有些热，"要理解爸爸。"

"小桃花"睁着黑曜石一样的双眼，着急地张了张口，费了半天劲儿，只吐出个圆溜溜的泡泡。阳光透过落地窗照进来，照得人暖洋洋的。喻瑶托着儿子靠在沙发上昏昏欲睡，不知过了多久，她忽然听到门口传来异响。

只见芒果做贼一样，小心翼翼地从门口挤进来，身上沾了不少碎叶子，嘴里叼着一枝蔷薇。

它像是知道自己身上弄脏了，不好意思走太近，把蔷薇放下，用嘴巴拱了拱，又拿小爪子拨拨，往喻瑶跟前送。喻瑶被它萌化。

她刚想起身去摸摸它，怀里的"小桃花"就动了。他贴在喻瑶胸前，哼哼唧唧发出声音，引得她低头去看。她靠近的那一刻，他软乎乎的小嘴正好贴在她脸上，稳稳当当地亲了一口。

喻瑶愣了一下，被儿子甜到忍不住尖叫。人类幼崽怎么这么乖啊！

容野争分夺秒地赶回家，看到的景象是芒果用他种的蔷薇讨好老婆，"小桃花"则得到了老婆的亲亲。

他把西装脱下来，随手扔到旁边，走到喻瑶身边，手指不疾不徐地解衬衫的纽扣。

他回来这么早，喻瑶很是惊喜，看着他衣衫半解，垂眸站着，直到衣服完全敞着，露出冷白色的肌肤。

喻瑶耳根泛红，直勾勾地盯着他看，不由自主地伸出手摸了一把他的胸肌。手感太好，阿野的身材无可挑剔。

容野弯腰坐下，把“小桃花”轻松地抱过来，唇贴着喻瑶的额头往下一点点轻蹭，令她呼吸加快，渐渐失去节奏。她忍不住抬起头，循着他的唇贴得更近。

容野却一触即分，手指捏住她的下巴：“老婆，我和他，你喜欢哪个？”

喻瑶眯起眼，想先哄一哄容野：“我两个都喜欢，但我最喜欢的是阿野。”

容野把她抵在沙发角恣意地深吻。吻了一会儿，他怕动作太大伤到她，艰难地退开：“想三言两语把我哄过去，是吧？我手里可还抓着小家伙呢，万一你对我不好，我就只能欺负他——”

他这么说，等于把自己摆在比“小桃花”低的位置上了。圈套是不是，就想故意招她心疼？

喻瑶一脸正经地说：“欺负他也没用，整个家里你最重要，你如果不高兴，咱家一大一小一狗都得陪着你哭。”

几秒钟后，他突然觉得手上一热，触感绵软，像贴了块棉花糖。容野蹙眉，低头一看，竟然是“小桃花”抓住了他的手。“小桃花”眼睛眨动两下，露出一个天真的笑。

容野愣了一下，难得地露出无措的表情。

他把儿子当天敌，处处防着，儿子竟然主动亲近他。

喻瑶的心脏加速跳着，抱住他，仰头轻声说：“这才只是开始，咱们家的‘小桃花’天生就爱爸爸。”

三个月后，“小桃花”会翻身了，喻瑶拉着老公来围观。

容野挑眉，双手抱胸，冷冷淡淡地打量着小家伙。翻身有什么好看的，有他好看吗？小家伙都长大一截了，该怕他了吧？

容野搂着老婆，面无表情地垂眸。芒果紧张地蹲在一边，嗷呜两声帮“小桃花”助阵，甚至在地板上完美地翻滚了一圈，给它的“小桃花”弟弟打了个样。

“小桃花”趴在爬爬垫上，当众给全家表演翻身，一骨碌滚到了容野脚边。

他咯咯笑，伸手抓到爸爸的长裤，没什么力量地抱了一下，接着拿又短又胖的小手臂贴上去，耍赖地黏着，哼哼唧唧不让开。

容野腿僵了，试图撤开，又不敢用力，只能转过头，神色复杂地求助于老婆：“瑶瑶……他抱我。”

喻瑶摸着下巴：“看这架势，怕不只是要抱抱。”

“小桃花”七个月不到就会爬了，成长飞速。

这一天“小桃花”咿咿呀呀地爬向爸爸。容野鬼使神差地弯下腰，朝小家伙伸出手。“小桃花”得寸进尺，顺势就蹭到他的手臂上，那张跟喻瑶十分相似的红润小嘴巴微张着要抱。

容野心里无形的壁垒出现隐隐的裂痕，他蹲身托起儿子，眼底不知怎么就蒙上了一层薄红。

他盯着喻瑶，喉结滚动，沙哑地说：“老婆。”

喻瑶走过去，从背后搂紧他，脸颊贴着他紧绷的脊背，鼻音浓重：“阿野，他爱你。”

“小桃花”如愿以偿进了爸爸的怀里，睁大眼睛看他，又凑上去，在他脸颊边试探着亲亲，睫毛忽闪，伸出红润的小舌头舔了他一下。

容野瞬间仿佛凝成冰雕。

喻瑶大笑，拍手道："这感觉怎么越来越熟悉了？"

"小桃花"快要满一岁时，容野因为公事不得不出差，去D国一周。七天并不长，他却度日如年，完成所有工作后，他提前两天返程。

此时家里的"小桃花"正靠在喻瑶身上，穿着一身带尾巴的奶黄色小衣服，鼻尖上都是汗，抓着喻瑶的手，发音极其不标准地叫着："麻（妈）——麻麻（妈妈）——"

喻瑶一愣，手忙脚乱地把儿子抱起来："乖，再叫一遍。"

"小桃花"小声地欢呼，又努力地叫："麻——"

他紧接着又怯怯地喊："拔拔（爸爸）——"

喻瑶欣喜地抱住他，哽咽道："乖，爸爸马上就回来了，记得叫他。他只是看起来冷漠而已，你不要怕，他很爱你。"

喻瑶把"小桃花"交给阿姨，去了机场。

容野快步下了飞机，远远看见喻瑶，大步直奔向她，将她一把搂进怀里。

"快回家，"喻瑶亲了亲他，"有大礼给你。"

喻瑶迫不及待拽着老公回家，想着容野听到儿子叫他爸爸时，不知会作何反应。

两人刚进家门，刚会走路的小家伙摇摇晃晃扑到容野腿上。他抬起小脑袋，对上爸爸幽深的眼睛，本想好好表现一番，却紧张得小嘴直颤，芒果在旁边急得绕圈。

"小桃花"一时忘了怎么发声，抱着爸爸的大长腿，急得要哭出来。

哼唧两声之后，他看了看芒果，张开红润的小嘴巴，奶声奶气地脱口而出："嗷——嗷呜——"

偌大的客厅一片寂静。芒果呆住了，容野也不动了，只有喻瑶忍不住发笑，倒在容野肩上。

喻瑶笑着说："什么叫出来混总是要还的，你懂了没？我说呢，儿子怎么越来越像某人，喜欢黏着人不放，撒娇耍赖，喜欢谁就舔人家，现在张嘴就嗷呜，是不是跟你当初刚进家门的时候一模一样？"

容野低下头，贴在喻瑶耳边，张口就说："嗷——呜。"

喻瑶的耳根当即红透，容野问："老婆，好听吗？"

他指芒果，问："它叫得好听？"他又指肉嘟嘟的"小桃花"，问，"他叫得好听？"他的目光转回来，蕴满笑意，"还是我叫得好听？"

"小桃花"滴溜溜的眼睛看着父母一脸不解，那表情仿佛在说：拔拔（爸爸）是在跟我和狗狗争宠吗？

"小桃花"快两岁了，他最爱在院子里晃荡。喻瑶正好在训练儿子上楼梯，就在庭院的栅栏边搭了个台阶，正好能让他爬上去看风景。

容野知道这件事，台阶上面的软垫还是他铺的。每天忙完回家，只要听见栅栏边有动静，他就知道是小家伙在那儿玩。

这天回到家，他放慢脚步走过去，看见"小桃花"背对他站在台阶上，小手抓着栏杆，凶巴巴地瞪着外面。

有小孩正在形容他爸爸如何高大威猛，语气很是炫耀。

"小桃花"奶声奶气地说："谁的爸爸也没有我的好！我爸爸就是天底下最腻害（厉害）的！"

容野垂在身侧的手指不自觉地收紧。外面的小孩儿憋了半天，气不过，说："厉害又怎么样？别以为我不知道，你爸爸根本就不喜欢你！我看见过，他都不愿意抱你！他都不对你笑！”

“小桃花”愣住，气得小手攥紧。他忍着哭腔，大声地澄清：“不是！我爸爸喜欢我！他只是——”

他手舞足蹈，情绪激动，没想到一脚踏空，就要从台阶上滚下来。一只手迅速将他接住，拢到怀里。

容野拧了拧眉，事发突然，他左手的腕骨似乎扭了一下，但脸上丝毫没有表现出痛苦，凉凉地扫了一眼栅栏外的小孩。

前来挑衅的小孩吓呆了。

“小桃花”趴在容野的肩上，泪眼汪汪，小肉手紧紧环着他的脖颈。

“小桃花”抽抽噎噎地说：“爸爸，喜欢我好不好？我乖，最乖了。”

容野眼眶泛红，拍拍他：“谁说不喜欢？”

“爸爸……”小家伙的声音沙哑，“和妈妈一样喜欢‘小桃花’。”

喻瑶在客厅里隐约听见声音，急忙出来。“小桃花”见到妈妈，不舍地从爸爸怀里挣脱下去，扑到喻瑶身边，抱紧她的腿，抬起小脸儿央求：“妈妈，你低下来一点。”

喻瑶俯身，小家伙贴在妈妈耳边，泪眼蒙眬地说：“爸爸救我，伤了手腕，他疼，却不说，你快管管他。”他的大眼睛干净清澈，说，“爸爸需要妈妈疼。”

喻瑶一只手抱起儿子，一只手抓住容野的手臂，拉着他进了门，而后把他摁到沙发上坐下，给他上药酒。

上完后，她对着他的手心疼地吹了吹，皱眉问：“怎么样，疼得厉害吗？”

容野目不转睛地盯着她，忽然伸手将她拉到自己怀里。

容野的唇温柔地覆上她的唇，喻瑶热情地回应，好一会儿才意犹未尽地分开，沙发上忽然响起奶音：“再……再亲一下！”

喻瑶侧头看过去，“小桃花”一对上妈妈的视线，马上羞涩地举起小手捂住眼睛，又忍不住偷偷地从指缝里看。

喻瑶很不好意思：“被孩子看见了。”

容野环抱着她，把她完全圈在臂弯里，眉眼间的笑意更浓：“亲老婆天经地义。”

“不过……”他顿了顿，自己都没发觉嘴角往上翘着，“下一个吻，儿童不宜观看，不能给你看了。”

“小桃花”长大一点后，喻瑶才慢慢恢复从前的工作强度。

“可以接剧本，但有条件，”容野在她的软磨硬泡下松了口，“别离得太远，让我去陪你。”

喻瑶握着他的手指，缱绻地磨蹭：“不许陪！拍电影要进组几个月，你工作那么忙，还得替我多照看小家伙，最多让你去探班。”

容野抿了抿唇，得出结论：“你不想我。”

喻瑶瞧他一脸郑重，笑着看他：“再说一遍。”

容野狭长的眼尾微微上挑，添油加醋道：“喻瑶一心工作，完全不想阿野，让他独守空闺。这要是上了新闻热搜，词条我都给你想好了——喻瑶醉心事业遗弃可怜老公。”

喻瑶又气又笑，掐着他的脸，把他推到床上，双手紧紧地压着他：“你自己信吗？”

容野盯着她，片刻后终于忍不住露出笑意，翻身把她压下：“不信，所以请求老婆答应我，让我每天都去探班。”

一个月后，喻瑶在宋岚的陪同下，拎着行李正式进组，拍摄一部悬疑故事片。

送她走的那天,“小桃花”抬着圆乎乎的小脑袋,眼眶里藏了满满的泪,巴巴地看着她。

送走喻瑶，容野拎着儿子的后衣领，淡淡地说：“要是想去看妈妈，就得知道自己该怎么做。”

他本意是想让小家伙坚强独立，但小家伙误会了，愣了愣，扭头就一把抱紧爸爸的腿，泪汪汪地撒娇：“爸爸，妈妈不让你经常去看她，对不对？那你带……带着我一起去，就说我太闹了不听话，让妈妈管管，她肯定会答应让你多去看她，是不是？”

容野捏捏“小桃花”的脸蛋儿，觉得这事可行。

喻瑶进组第一天，拍到傍晚才休息。周围的喧嚣声一散，思念就开始涌上来，习惯了与老公和孩子朝夕陪伴，突然分别，她莫名觉得很不适应。

结果她刚下了戏往外走出几步，就远远看见一道火红的小身影摇摇晃晃地朝她跑过来，小奶音又糯又甜：“妈——”

喻瑶惊讶地看着儿子穿了一身巨显眼的卡通装，后背还带着两只扑腾的洁白小翅膀，在夕阳的余晖下扑向她。

快到跟前时，小家伙突然刹车，反身朝后面跑，一直撞到容野腿上，小肉手把他往前推：“爸爸，爸爸先去，爸爸最想妈妈了。”

容野穿了件深红色的毛衣，跟儿子是亲子装。他把儿子往臂弯里一夹，走到喻瑶跟前，略微俯身，含笑着跟她平视，低声问：“怎么办？一大一小都离不开瑶瑶了。”

喻瑶把他和小家伙一起搂住。她要怎么说？她也是一样的，只是短暂地分开一会儿，竟然觉得度日如年。

片场寂静了片刻，随即响起尖叫声。别人听不见小夫妻俩说了什么，只是单看这画面就已经深受刺激了。见容野没有反感的意思，一群人赶紧举起手机猛拍，争着发微博。

事实证明，小家伙的计策是真的好用。

喻瑶进组前，本来只允许容野三天探班一次，没想到他天天带着儿子来探班。

父子俩配合起来简直天衣无缝。喻瑶心里蜜一样甜，心里虽知道是一大一小合谋的，但哪忍心拒绝，只得作罢。

在片场容野在任何人面前都是矜贵的容二少，在喻瑶面前却是成熟可靠的好老公，羡煞旁人。

剧组里从导演到演员，都在私下感慨喻瑶活成了甜宠文的女主角。

喻瑶只能露出个意味深长的笑来回应。

——你们瞧见的是普通甜，没瞧见的那更不用说了。

作为喻瑶产后复出拍的第一部主演电影，电影频频被媒体关注。

有人酸溜溜地唱衰，有人暗讽喻瑶休养两三年，已经跟不上圈子的发展了，这次光看片子类型就是一部扑街电影。

从电影点映前，网上还一片质疑声，点映后，在短短几天内，这部电影成了全网口碑极佳的年度最大“黑马”。

生了孩子的喻瑶复出又是巅峰。

新片战胜了同期一众热门电影，获得了票房冠军。喻瑶也凭借这部片子先后斩获了这一年三个大奖的最佳女主角，成为整个影视圈年纪最轻的大满贯演员。

导演张罗了声势浩大的庆功宴，大喊着不醉不归。喻瑶作为女主角，自然坐在上位，众人纷纷给她敬酒。以前她从不在外面喝酒，但这一次她没有拒绝，喝了小半杯。

席间有很多人笑着议论："看新闻了吧？今晚有流星雨，城里不知道能不能看得见。"

"别想了，"有人泼冷水，"城市里抬头估计只能看见路灯。"

庆功宴散场得晚了些，喻瑶还奇怪容野这天居然没打电话催她回家，也没过来找她，结果不经意地一抬头，正好看到有人推开宴会厅大门。

容野穿着白衬衫，手里牵着"小桃花"。看到喻瑶，他唇边翘起一点弧度，安静地在门口等着她。

喻瑶的防线一秒告破，归心似箭，再也待不下去。她匆忙跟导演打了招呼，拿起包就往门口走。这时候，宴厅里的众人看到了这情景，忍不住起哄。

喻瑶走到容野面前，脸颊泛红，抬头问他："来了怎么不告诉我？"

容野用指腹蹭着她微微发热的脸："胆子大了，还喝酒。"

喻瑶环着他的脖颈，笑得狡黠："因为知道阿野会来接我，所以我喝多少酒都不害怕。"

她带着轻微醉意的时候格外可爱，眼睛湿润，里面波光粼粼，鼻尖发红，唇上还有湿意。容野想着她刚才就是以这样的状态在和人推杯换盏，心又不受控制地不舒服。

他给了儿子一个眼神。"小桃花"抿紧小嘴，严肃地点头。

两个人分工明确，容野揽过老婆的肩，直接把她抱起来。喻瑶手里还提着包，一下没抓住滑落下去。

"小桃花"举起两只小手稳当地托住，责任感超强地把妈妈的包搂进怀里，奶声奶气地跟容野说："爸爸，我接到啦！"

容野扬眉，转身朝外走。"小桃花"形影相随，揪着爸爸的裤腿，跑得小帽子一抖一抖的。

喻瑶经过这几年早就特别放得开，谁爱拍谁拍吧。她安心地待在容野怀里，眯着眼打量他，呼吸渐渐屏住。

阿野这天跟平时不太一样，一身白衫黑裤，像个大学生。

等出了大门，喻瑶更意外，外面停的居然是辆专门改装过的单车。

那辆单车停在那里，一下勾起了喻瑶久远的记忆。容野笑着说："老婆，今天你坐单车后面，我带你去个地方。"

喻瑶的心跳加快，侧坐在铺了软垫的后座上。她本想把"小桃花"抱起来，却被容野抓住："今天瑶瑶的手只负责搂好我。"

他弯下身，把脸蛋儿红红的小家伙拎起来，放进前面特意加大加固的车筐里。

"小桃花"老实地坐好，让爸爸给戴上防风的帽子，还不忘把妈妈的包护得更紧，甜声说："妈妈负责抱着爸爸，桃桃负责给爸爸开路！"

喻瑶恍惚着，双臂搂紧容野的腰，脸颊贴在他的背上，竟然有些鼻酸。

他骑车极稳，速度也不快，晚风温柔，拂过喻瑶的长发和衣摆。她攥着他的衬衫，轻轻地开口："阿野……"

容野知道她要问什么，笑着说："瑶瑶肯定不记得今天是什么日子，所以……"

"我记得，"喻瑶眼眶红了，"我记得啊，今天是我们第一次见面的日子。"

不是遇见诺诺的那个雨夜，是她被妈妈牵着手，怯怯地走入不见天日的深宅大院里，初次见到那个孤独又阴郁的小孩儿的那天。

容野不想让她总想起那时狼狈又凶恶的他，所以很少提起那天。她不想让他回忆起从前吃过的苦、受过的伤，所以也从来不说。

容野的单车停住，长腿放下来，撑在原地，有好一会儿没动。喻瑶也不催他，只是紧紧地抱着他，睫毛被泪水润湿了。

风很温柔，吹着他薄薄的衬衫，洁白的衣角翻飞，空气中有少年身上干净的皂角香。

容野重新往前，声音已经完全哑了："大概还是我暗恋开始的日子。"

"瑶瑶，你知不知道暗恋是什么心情？"他笑着问。

喻瑶将脸贴着她的背，轻轻地喊他："阿野，阿野……"

那个午后，他阴郁地坐在桃树下，用小刀毫无章法地雕刻着木头，眉眼凶狠，等着每天都会来报到的小姑娘上门。

她迟到三分钟，他心里焦躁不已；迟到十分钟，他的刀尖差一点就划到自己的手。

每天早上他都冷着脸凶她，让她以后再也别出现。一到夜晚，他蜷缩在冰冷的小床上，害怕明天太阳升起时再也看不见她。

喻瑶那天来的时候，提着个绣花的小包，里面鼓鼓的，装着什么东西。门口负责监视的人将她拦下来问是什么，她用奶甜的声音乖巧地回答："是礼物。"

给他的礼物。

偷听到的时候他紧张得手指都屈起来，却装作不在意，甚至满脸厌恶地转过身，却在无人的地方勾起嘴角。

直到他听见她对着电话说："是给凌易哥带的蛋糕呀，他的病刚好，我晚点就去看他。"

照进来的一点阳光没了，那些温暖从他身边抽离。他许久没有动，握紧的手再张开时，里面都是被尖利的石头割出来的伤痕。

不是给他的礼物，是给别人的。他只是一个阴郁、危险，不讨人喜欢的麻烦的病患。

嫉妒像虫子一样啃噬着他。

那天，他的情况很不好，病发作得厉害。喻瑶被程梦带走，留下那只粉白色的绣花小包。他把里面的蛋糕拿出来，一勺一勺机械地吞下去。她给别人送礼物，他偏不让她如愿。吃到最后，他发现小蛋糕的下面压着一张对折的字条。

字条上写着：别凶啦，好不好？吃了我的蛋糕，就告诉我你叫什么名字。

除了他，没有一个病患凶过她。除了他，没有一个病患向她隐瞒自己的名字。

她的礼物是给他一个人的。

那个不为人知的晚上，他抓着空了的小小蛋糕盒，身体蜷缩起来，双手抱住膝盖，心里泛起从未有过的甜蜜。

“我不知道我应该姓什么。但我的名字里有一个‘野’字，你叫我阿野，好不好？”

那些年不能宣之于口的话，在这个温柔的夜里，终于从他的薄唇间温柔地吐露出来。喻瑶抱着他的腰，咬住唇，泣不成声。

是给他的呀！她的礼物从来都是给他的！

“你中学的时候，你隔壁班的男生天天去等你放学，还有那么多人给你塞情书，堵在你教室的门口，而我躲在阴暗的地方，日夜受折磨，想把觊觎你、你可能会亲近的人都毁掉。但我知道你不喜欢，我若那样做了，你会怨恨我。”

“瑶瑶的怨恨……”他哑声笑了，“是我最恐惧的。后来的很多年里，我最大的愿望，就是能骑着一辆单车去接你放学，让你坐在我单车的后座上，走遍大街小巷，跟你看夕阳、吹夜风，去最高的山顶上看灯火。”

喻瑶不知道容野骑了多久，直到单车停在某座山的山脚下。

容野下来，一只手提着“小桃花”，一只手抱着她：“老婆，今天实现我的愿望。”

“阿野的每个愿望，”她克制着哽咽，“以后都会实现。”

他似笑似叹：“不会满足的。瑶瑶，这一生直到最后，我都不会满足。”

他走到一辆停着的车前，司机已经贴心地撤走，就剩下芒果在后座上，从车窗口探出一个雪白的脑袋，头顶扎了个标致的蝴蝶结，离得老远就嗷呜嗷呜地呼唤。

容野换了车，开上山路，一直到不能再往前，他才在路口停下，打开车门，低下身背起喻瑶。

喻瑶听话地搂住他的肩膀，脸颊贴在他的颈边：“阿野，我重不重，你累吗？”

“不重，”容野笑，“我能背着你一直走下去。”

离山顶很近了，剩下的山路并不崎岖，头顶星辰璀璨，远处的城市有不灭的灯火，近处的路两边有橙黄的小灯。

扎着蝴蝶结的芒果耀武扬威地跑在最前面，跑几步又停下来等“小桃花”。别看“小桃花”矮，两条小腿倒是灵活，一人一狗相互追赶着。

山顶上像与世隔绝的桃花源，也是充满烟火气的人间。

芒果第一次上到这么高的山，蹲坐在草丛里，仰起脑袋，小狼一样欢乐地连声叫着。

“小桃花”在爸爸、妈妈那里得到了两个最甜的吻之后，跑到它旁边，靠着它肉肉的小身子坐下，也跟着一起嗷呜叫。

食物链顶层的某人轻咳一声，对“小桃花”要求道：“说人话。”

“小桃花”得令，歪歪扭扭地朝爸爸敬了个礼，然后用小手摸摸芒果的背，传达指示：“乖，说人话。”

芒果：“嗷……嗷呜？”

——你们欺负狗，本狗不会说人话。

喻瑶笑得停不下来，眼眶里的热意却经久不散。她侧过身，抱住容野，太多话堵在喉咙里，只能不厌其烦，轻声地反复叫着他的名字。

容野抚摸她的头发：“瑶瑶，今晚有流星雨，在山顶上看得最清楚，要许愿吗？”

喻瑶摇头：“我的心愿已经实现了。”

璀璨的流星划过时，喻瑶抬起头和他亲吻。

——阿野，我的心愿只有你。

Extra Chapter 2

## 番外二

# 老婆变成猫了怎么办

“小桃花”四岁那年的深秋，在幼儿园的后院捡了只瘦弱的小奶猫。小奶猫不知是被遗弃了，还是自己走失了，奄奄一息地蜷缩在角落里。

“小桃花”惊奇地抱起它时，它虚弱又乖巧，喵喵叫着，依偎在他的怀里。

在“小桃花”双手合十，撒娇卖萌，拜托容野让自己收养小猫的时候，他毫不犹豫地拒绝了，将冷血父亲的形象贯彻到底。

“小桃花”只能悄悄地向妈妈求助。他早就知道，全世界所有人加在一起，也没有妈妈简单的一句话管用。

喻瑶听完儿子的请求，郑重地对容野说：“阿野，咱们是该考虑给芒果找个玩伴儿了。”

她一边用手指卷着小猫尾巴，一边耐心诱导：“芒果这几年一直陪伴着儿子，现在儿子越来越大，肯定没空再陪它，它寂寞起来多半又会来缠我，还不如……”

“养，”容野攥住喻瑶的手，果断决定，“今天就带回家里，在芒果隔壁给它搭个窝。”

喻瑶笑着抱他，趁机对小桃花得逞地眨眨眼。“小桃花”握紧小拳头，激动得原地跳了起来。

然而，芒果作为一只见过世面的成熟大狗，对毛都没长齐的病弱小奶猫嗤之以鼻，看在“小桃花”的面子上，才勉强给了它一点好脸色，体型相差巨大的一狗一猫也算相安无事。

为了跟芒果相配，喻瑶给奶猫取名叫西米，组合名是“芒果西米露”。

小猫咪身体好转后，从早到晚撒娇缠着芒果，倒真让她清静下来。

容野对事情发展的这种走向表示非常满意，难得地对西米多了点笑意。芒果被西米缠得团团转，根本没空再来黏着喻瑶。容野偶尔会允许西米跳到他膝上。

男人修长的腿舒展开，深色裤管勾勒出利落的线条，奶油色的小猫咪在腿上恣意作乱。他的手伸进小猫柔软的绒毛里，懒懒地揉弄，小猫则享受地抱住他的手腕，用脸蛋儿轻蹭。

岁月静好。

喻瑶旁观的时候心里是欢喜的，但又隐隐感觉不舒服。

她打死也不想承认自己跟嫉妒心极强的某人一样，会幼稚地去吃一只宠物的醋。

开玩笑，小猫是她要求带回来养的，她才没吃醋。

喻瑶自以为自己掩饰得很好，容野却感觉到了。他知道老婆最近情绪不定，自我反思了半天也没明白原因在哪，软硬兼施地问，她都没有承认，一口咬定自己没事。

吃醋这种事，对于容野而言是家常便饭。从跟喻瑶认识到现在，二十几年过去，他毫无长进，仍然经常溺在醋缸里，但他没想过喻瑶也会为了他吃醋。

眼见老婆心情不佳，还找不到问题的症结，容野忍不了了，准备等她这晚新戏杀青就把她抓回家里好好逼问。

喻瑶晚上八点钟杀青，容野六点不到就去了片场。他刚到就听到摄影棚里面突然传出惊恐的尖叫声，有人喊着“喻瑶”的名字。

容野狂奔过去，眼睁睁地看着喻瑶倒在血泊里。

深夜，医院的抢救室外。

“小桃花”跌跌撞撞地奔向容野，一把抱住他的腿，靠在他的膝边，断断续续地哽咽：“爸爸你别哭，妈妈没有事。”

小家伙的声音刚落下，抢救室大门上方的红灯就熄灭了。抢救的医生摘了口罩出来，看着容野，欲言又止，而后才低声说：“病人的情况不太好。”

喻瑶的外伤没有大碍，没有性命之忧，只是撞到了头，苏醒后，很可能会意识混乱。

病房里，容野眼底堆满红色血丝，攥牢喻瑶温热的手，感受她腕间跳动的脉搏。

只要她在，只要她还在呼吸，能被他触碰，其他什么都无所谓。

喻瑶昏睡了将近一天，就在容野即将崩溃时，她终于有了转醒的迹象。

容野守在床边，做好了心理准备，预想到喻瑶可能出现的各种状况，甚至想起喻瑶以前看过的某个剧本——女主角发生意外撞到头，失忆，忘了男主角。以前的深情没有了，女主角把男朋友当成一个陌生人，冷语相向。

随着喻瑶抬起眼帘，容野紧紧地盯着她，掌心里一片湿凉。

她卸掉了戏妆，双眼圆而剔透，如同不染尘埃的湖面，安静地倒映出他的影子。

容野哑着嗓音，手伸到她的脸颊边，想碰碰她。她没有叫他名字，也不反抗，没有做出任何她该有的反应，懵懂地随便他做动作，还乖巧地歪了歪头，用额角蹭他的手指，然后嘴角弯了弯，有些胆怯地朝他伸开双臂，脸颊微微泛红，又轻又软地说：“抱抱。”

容野感觉心跳几乎停止。医生满脸遗憾，给出结论：病人思维混乱，可能暂时性失智。

一个月之后，喻瑶外伤痊愈，顺利出院。心智问题没办法在短时间内恢复，只能回家慢慢休养。

这个过程可能很快，也可能很漫长。

喻瑶新片的所有戏份都已经拍完了，工作告一段落。住院期间，剧组的人和投资商轮番来，都被容野拒之门外。

“小桃花”千辛万苦等到妈妈回来，跟芒果一起急切地绕着容野，仰着头，想去摸摸她。

容野一个眼神扫过去，一人一狗都下意识变老实，再着急也不敢再随便伸手。

但西米还小，来家里的时间也不长，何况容野对它的态度一直不错，它并不害怕，于是胆大包天地跟上去。

容野把喻瑶抱进卧室，放到床上，用被子仔细裹住。

他坐到她身边，反复吻着她的嘴角。他对喻瑶低声说：“宝宝不怕，我们回家了。”

以前他叫她“宝宝”，她会不好意思，现在听到依然会脸红。

喻瑶眼睫颤抖，刚想环住他的脖颈，就看到一只奶油色小猫跳上他的膝盖，肆无忌惮地趴到他腿上，婉转地喵喵叫。

喻瑶目睹这个画面，不禁咬住唇，挣扎着离容野远了些，说不清满腔的酸意从哪里来。

容野忙去拉她，一时顾不上西米。西米不明所以，叫个不停，一声比一声软糯。

喻瑶的脸更红了，分不清是气的，还是因为别的什么，找准机会拽住容野的衣襟，不甘示弱地挤进他怀里，占据他的另一条腿，软若无骨地靠在他怀里，张开口在他耳边叫："喵——"

容野愣住，反应过来之后，只觉得身体骤然升温。他轻掐住她的脸颊问："你刚才……叫什么？!"

"喵——"喻瑶瞪着他，眼中波光粼粼，"喵喵喵。"

容野用力抱住她，头埋在她的肩上，闭起眼。

这场景多熟悉，熟悉到让他心脏胀痛。

那时他头脑空白，对世界一无所知，像小狗一样"嗷呜"叫着，只为了能被她爱。

现在，她跟当时的他一模一样。她懵懂天真，想做他腿上被爱抚的猫咪。

原来那些难以启齿的不安、酸涩、独占欲，她也会有。他怎样爱着她，她就怎样爱着他。

容野抚着喻瑶的后颈："宝宝，对不起，让你为我吃醋。"

他把她的脸抬起来，用她能听懂的措辞郑重地说："我没有别的小猫咪，我只有瑶瑶一个。瑶瑶随便怎么对我都好，不用争宠。"

喻瑶歪过头，眼瞳闪亮："随便？"

容野深深地看着她，任她为所欲为。她羞赧地笑笑，从他腿上爬下来，学着刚才西米的样子让自己平躺，随即掀开短上衣，露出细窄白皙的腰腹，抓过他的手来摸，颇为骄傲地抬着下巴："我也有，给你。"

——小猫能摸，我也能。

所以你不能宠别的猫，你要宠我。

容野的手心贴着她滑嫩的肌肤，彻底头昏了。"小桃花"趁机凑过来，爬上床，钻进喻瑶臂弯里哭鼻子。

喻瑶吓一跳，不等容野出手，“小桃花”先一步搂住她，抽抽搭搭地说：“妈妈，我是你的崽，就这里——”

他也用小手去摸她的小腹，泪汪汪地为自己解释：“这里生的，那么疼，你忘了吗？”

喻瑶认真端详他跟容野相似的五官，没法不喜欢，把他揽过来亲了亲。容野一把抱过她，在“小桃花”脸上惩罚地捏了一下：“你长大了，自己去玩，妈妈生病期间只归我所有，不准抢。”

喻瑶现在是重新认识世界的阶段，一旦被别人占去了注意力，他就夺不回来了。谁都不能跟他争。

西米体型小又灵活，一般的门防不住它，它甚至带着芒果进来看喻瑶，顺便表演一个猫咪撒娇。

喻瑶看在眼里，有样学样，“西米”怎么在芒果身上作乱，她就变本加厉地在容野那里重演。

吃饭的时候，容野把她圈在怀里，一只手抱着，一只手拿勺子喂她。

喻瑶懵懂地问他：“每个主人都会这样对自己的小猫吗？”

容野低声笑：“别人我不了解，但我知道，我的主人会这样对她心爱的小狗。”

喻瑶马上心安理得地搂着他的脖颈，展现小猫的习性，缠人、爱闹，离了他就拖长了音喵喵叫。

她喜欢被疼爱，喜欢被抚慰拥抱，喜欢他的体温，喜欢在他怀里撒娇。

她开心了闹得疯时，会不管不顾地去咬他，在他颈上留下一点浅浅的牙印。

容野微微战栗着，滚烫的手指扣住她的后脑勺，手从头上一路抚下去，滑到脊背上，她慵懒地眯起双眼，绵软无力地靠在他的胸口上，享受地呜咽出声。

这对容野来说，是最甜蜜的折磨。

“乖，”容野威胁，“别这样叫，我听不得。”

喻瑶不以为意，跟他鼻尖相碰，甜甜地笑着问：“那你怎么对待你的主人？教教我。”

容野顿住，随即把她推倒在床上，低声回答：“我当初也像你一样引诱她，不管生死，缠着不放。”

“然后呢？”

“然后，她爱上了我，”容野俯身去吻她湿红的唇，“哪怕忘了一切，不记得自己是谁，她也爱我。”

他愿意一生做她的小狗。

一个月后，容野挑了天气好的工作日，趁着人少，带喻瑶去看海。

去最近的海滨城市，开车要三个小时。

“小桃花”领着芒果和西米坐在后排，兴奋地拍小手，趁爸爸不注意，偷偷去戳喻瑶的脸。

喻瑶回过头，跟儿子亲密地贴了贴。

容野用余光瞥见，好气又好笑，故意沉下脸，屈起手指敲了敲方向盘。

“小桃花”马上规规矩矩地坐好，抱紧芒果胖乎乎的身子，为自己辩解：“我才没有抢妈妈，妈妈现在是咱们家最小的小朋友，比西米还小，我在照顾她。”

容野唇边展开一抹笑，望向喻瑶：“你是小朋友，还是小猫咪？”

喻瑶睁大眼：“哪个能和你结婚，我就是哪个。”

不想跟主人结婚的小狗不是好小狗，同理，不想跟主人结婚的小猫咪也不是好猫咪。

容野被她的话触动，眼睛有些泛红，低声说：“那两个都不行，你要做小公主，才能嫁给我。”

车在高速路上平稳地行驶着，但变故突如其来，有辆严重超速的跑车呼啸而来，轰响着冲破中间的隔离带，猝然撞向容野的越野车。

电光石火之间，容野反应迅速，猛打方向盘，千钧一发时险险地躲过突如其来的劫难。

车轮重重地摩擦地面，车子向前驶出百米后终于在路边停下，而后方不远处那辆跑车已经支离破碎，烟尘滚滚。

容野立即去看喻瑶。她身上系着安全带，额角撞到了车窗，昏迷了过去。

医院病房里，喻瑶的手在被子底下暗暗地抓着床单，纠结到底要不要睁开眼。

这么一撞别的没事，倒是让她傻掉的脑子恢复了，记忆潮水一样涌来。

喻瑶试探着掀开一点眼帘，映入眼帘的是容野的一双手。他似乎扭到了手腕，关节处肿得老高。

她心惊肉跳，立即坐起来，紧紧抓住他的手腕。

容野弯折膝盖，在床边蹲下身，仰起脸盯着她，哑声问："你是小朋友、小猫咪，还是小公主？"

喻瑶眼眶滚烫，回想这些天的事情，像做了一场梦。她俯身抱紧他，哽咽着贴在他的颈侧。

"都是，还是要跟你一起走到白头的爱人。"